英珠

葛亮 著

作家出版社

图书在版编目（CIP）数据

英珠 / 葛亮著. -- 北京：作家出版社，2022.11

（第八届鲁迅文学奖获奖者小说精选集）

ISBN 978 - 7 - 5212 - 2078 - 0

Ⅰ . ①英… Ⅱ . ①葛… Ⅲ . ①中篇小说 - 小说集 - 中国 - 当代 ②短篇小说 - 小说集 - 中国 - 当代 Ⅳ . ①I247.7

中国版本图书馆 CIP 数据核字（2022）第 198189 号

英 珠

作　　者：葛 亮

责任编辑：史佳丽　李亚梓

装帧设计：琥珀视觉

出版发行：作家出版社有限公司

社　　址：北京农展馆南里 10 号　　　邮　　编：100125

电话传真：86 - 10 - 65067186（发行中心及邮购部）

　　　　　86 - 10 - 65004079（总编室）

E - mail: zuojia@zuojia. net. cn

http: // www. zuojiachubanshe. com

印　　刷：唐山玺诚印务有限公司

成品尺寸：152 × 230

字　　数：185 千

印　　张：15.25

版　　次：2022 年 11 月第 1 版

印　　次：2022 年 11 月第 1 次印刷

ISBN 978 - 7 - 5212 - 2078 - 0

定　　价：48.00 元

目 录

飞 发

喂呀呀！敢问阁下做盛行？

君王头上耍单刀，四方豪杰尽低头。

——题记

楔 子

"飞发"小考

清以前，汉族男子挽髻束于头顶；清代则剃头扎辫，均无所谓理发。

辛亥革命，咸与维新，剪发势成燎原。但民国肇造期的"剪发"，把辫子齐根剪断而已，发梢披散，非男非女。发而能"理"，决定性条件乃西洋推剪之及时传入。有了推剪，中国男人才有延至今日之普遍发型。

"理发"之英文表述，是 to have a haircut。cut 者，切割而已，就与"发"之动宾配搭而论，规范化汉语把它演绎为"理"，言简意赅。

不过粤方言自有特点，广府人善于吸纳外来词并使之本土化。例如

"理发"，地道粤方言要说"fit 发"，把 fit 读得更轻灵，便成"飞"。何以粤方言弃 cut 而选 fit？首要，是 fit 之核心内涵乃"使之合适"，把头发修整得合适，正好跟"理"相符。"飞发"即"fit 发"，其有上海话可资佐证。自十九世纪中叶出现洋泾浜英语迄今，上海俚语把配备传动装置的小机械称作"飞"，如单齿轮作"单飞"，三级变速自行车叫"三飞"。洋泾浜的"飞"，已被确证为对于 fit 的借用。异曲同工，粤方言借 fit 指称理发。

民间另一"桥段"即与配备了弹簧的推剪相关。剪发师傅是用推子和剪刀来剪发，每推一下，手部都有一个向外甩的动作，把顾客的头发甩至一边，因此便有了"飞发"一词；而近更有一说，源于男发剪技之"铲青"，亦作"飞白"。铲也要铲得有层次，可看出渐变效果。此"渐变"，便是英文的 fade，也就是飞发之"飞"。由此源自西方的"Barber Shop"，便顺理成章，成为港产的"飞发铺"了。

壹

年初的一次春茗。我的朋友谢小湘对我说，你们中文系，真是个藏龙卧虎的地方。

我摆摆手，表示谦虚。

我和小湘算是港大的校友，但在校时并不认识。他是读电机工程的。他爸是港岛一间酒楼的主理，机缘巧合，在一次朋友的婚礼中相识。他每每和我饮茶，总是会告诉我一些学系的新闻。大约因我深居简出，他四处包打听的性格，是有些讨喜的。

他说，真的，我前些天遇到了你的师兄，翟博士，他开了个理发店。

我一时愣住，头脑里风驰电掣，想起了翟健然。高了一级，跟系主任研究古文字。博士论文研究楚简，四年，认出了五个半字，在当时的学术界还引起过不小的轰动。毕业以后，传说他在新亚研究所做过一段时间的研究员，许久没有联系了。

我于是明白了小湘说的"藏龙卧虎"。是的，近年来，我们中文系不走寻常路的同窗，的确不少。在一次文化部组织的活动上，我和学妹小哲惊喜相遇。才知道她早就放弃了对"新感觉派"的乐理研究，投身梨园，已经是香港粤剧界崭露头角的花旦。依稀谈起当年我给她带导修，说，师兄，我大二古典小说课程演讲提到任白，唯你一个还能聊得上，我就觉得自己得出来闯一闯。至于闯得更大的，是我同门师弟陆新航，博论跟导师研究南社。前段时间，还在巴士上看到他巨大的照片，写着港大五星导师。才知道已经跻身补习行，是业内甚有名望的"四小天王"。同学聚会，他自谦下海不过是要给女儿买奶粉。旁边同学起哄，瞒不过上了新闻啊，"天王陆生斥半亿，喜购康乐园跃层别墅"。

但是，翟师兄开理发店这件事，还是有些超越了我的想象。印象中的他，头发有些谢，终日穿一件深灰的美式夹克，见人脸上总是有谦卑的笑。但只要不见人的时候，立刻换上了自尊而清冷的表情。

五月的一个周末，我收到了一张甲骨拓片。是个搞现代艺术的朋友，要做一个专题展，叫"符语千年"，大约是有关中国巫文化的。他电邮中说，这是新出土的甲骨，上面有些字不认得，请我找人帮他认一认。

我忽然想起了翟健然，就找出小湘给我的地址。

当我到达北角时，太阳已经西斜。我沿着春秧街一路穿过去，才发现，这里已经和我印象中的发生了很大变化。早就听说要仿照台北的松山，做一个文创园区。没想到几年间已经成形了。路两旁的唐楼，都带着烟火气，保留了斑驳的外墙，甚而还能看见五十年代鲜红的标语的痕迹。墙上装有简洁的工业风的外楼梯，虽也是复古的，但因为明亮的红色，却带着劲健的新意。我想一想，原来是《蒂凡尼的早餐》中防火梯的样式。大约走到了以往丽池夜总会的旧址，已经是一个广场，这才看见有一些肥胖的铸铁雕塑。这些人形没有面目，或坐或卧，都是很闲适的样子。我立刻意会，这是本地一个艺术家的新作。他的雕塑系列"新欢·如胖"（For New Time's Sake），分布在这座城市不同的地点。比如油塘地铁站，或是湾仔利东街。这些作品中的形象一律是富足而悠闲的，有着今朝有酒今朝醉的表情，或许寄予了对本地人生活的冀盼。其实香港人是如何都闲不下来的。我就在转身的时候，看见了"乐群理发"的标牌。

这幢红砖墙的独立建筑，在广场的一隅，不知是什么名堂。外面是转动的红白蓝灯柱，在香港其实也很少见到了。

我确认了一下地址，推门进去。门上有铃铛"当啷"一声响，提醒有客人进来，也是复古的装饰。店里有人迎出来，正是翟师兄的脸，挂着殷勤的笑。他招呼我，问我预约了几点。我说，我并没有预约。他说，不碍事，正好有个客 cancel 了 appointment，他可以为我服务。

但是，翟师兄始终没有认出我来。我一时竟不知怎么开口与他叙旧。他的模样依旧，并未老去，但神情昂扬。穿着洁白的制服，身姿也是挺拔的。更不可思议的，头上竟是一头丰盛的黑发，用发油梳得十分整齐。

在我愣神的时候，他问我怎么剪。

当时我的眼睛，正盯在墙上挂着的一张猫王海报。艾尔维斯·普莱斯利，在这店里昏黄的射灯光线中，浅浅地笑。

翟师兄站在我身后，微笑说，虽然依家兴复古，但这个"骑楼装"，还是有点夸张哦。

我这才回过神，说，那，那就稍微修一修。

"修一修"这个似是而非的要求，往往会让理发师和顾客，都有台阶可下。

但是，翟师兄却忽然现出肃然的表情，道，到我这里，怎么可以修一修。来，我给你推荐一个发型。

我嚅嗫着，以为他会拿出一本目录给我挑，这是一般发廊通常的做法。然而，他指着橱窗玻璃的一幅招贴画说，我只剪这六种发型。我放眼望去，这张发型示意图是手绘的。模特都是欧美人的样子，暗影呈现深邃的轮廓，头顶一律用白色标记了耀眼的高光。

每张图底下，有英文的注释。比如 City Slicker, Aristocrat, Valentino, Executive。在一张看起来十分浮华，布满了波浪的发型下头，写着 Play Boy。

翟师兄跟着我的目光，详加介绍说，这个"水浪涡"靓仔得来，但打理起来好麻烦。"九龙吊波"就好些，出街冇问题。

他反身看一看我，依你的头型，剪这个"蛋挞头"最正。既然怀旧，就做足。

这烟火气的名字，让我一愣，看不出怎么像"蛋挞"，但却似曾相识。他瞧出了我的犹豫，便说，潮流就是这样。兴足十年，兜兜转转又十年。当年 Casablanca 里头的 Humphrey Bogart 就是这个发型。

我顿时明白为什么觉得眼熟，于是点点头说，那就这个吧。

坐下的时候，我的心情很复杂。因为我在翟师兄的眼中，只看到了面对一个陌生顾客的殷勤，以及职业性的微笑。我想，即使并非同门，但毕竟在一个系里待了四年的时光。记忆竟然真的可以了无痕迹。

他走到了墙角，打开一只电唱机，又弯下腰，挑拣了会儿，才将一张黑胶唱片放进去。音乐响起来，瞬间就将这店里的空间充盈了。沙沙地响，圆号和萨克斯风的前奏，是久远前灌制唱片的信号。即使许久没听爵士，我还是认了出来，*Summertime*。比莉·哈乐黛的声音，永远略带苦难感。

翟师兄按了一个按钮，开始将理发椅缓缓降下，我的脸冲着天花板。听着音乐充盈着空间，让不算狭窄的店堂，忽然显得拥挤。

翟师兄给我干洗头发，手法十分轻柔。我的眼睛，停留在了天花板盘旋的裸露的排风管道上。我看到一滴冷凝水，与另一滴聚合在了一起，越来越大，就快要滴下来了。

这时候，我感觉到眼睛上一阵温热。翟师兄将一块毛巾覆在我的脸上，同时间闻到了植物清凛的味道。黑暗里头，我听到他说，这是柑叶精油，能够放松心神。听爵士，要闭上眼睛。哈乐黛的声音，像一个黑洞，进去了，就一眼望不到头。你知道吗？我第一次听 *Strange fruit*，听到泪流满面。

说到这里，他的语气轻颤了一下。其实此刻，我努力想睁大眼睛，看一看翟师兄的神情。我回忆在大学里的每一个和他交谈的线索，他的寡语、不苟言笑，都恍如隔世。

包括在头顶工作的这一双手，按摩间的停顿和敲击，也让人踌躇。当我终于想要问句什么，他告诉我，头已经洗好了。

他用吹风机将我的头发吹干，然后说，我要开动了。

翟师兄拿出一只电推，在我的后脑勺动作，手法十分娴熟。我面对着落地大镜，看到他专心致志，这倒是有几分印象中面对古文献的情形。此刻，我放弃了唤起他记忆的想法，于是有充裕的时间看清楚整个店面的陈设。虽然墙体用原木砌成，没什么多余的装饰，走的北欧路线，但细节上，却有许多欧洲 Barber Shop 的痕迹。取光的玻璃柜里，摆着品牌的洗发水、润肤皂，甚至还有不同款型的须后水。普普风的大幅电影海报，镶嵌在镀金的画框中。桌椅，包括他特制的工具箱，都规则地铆着铜钉，是略有奢华感的暗示。

我从镜中看到对面的墙上，贴着许多的黑白照片。有风景，也有人。仔细看去，大都是本地风物，拍得非常有韵味。光影之间，竟让我联想起喜爱的摄影师何藩。其中一张，我一眼认出，是在港大附近水街的甜品铺"有记"。照片上的女人，是我们都十分熟悉的老板娘。她以精明著称，但对学生仔，永远有一种宽容慈爱的神情。

我不禁说，这些照片，真好。

别动。翟师兄略使了一下力气，将我的头扳正。然后轻轻说，我过去这些年，都花在这些照片上了。

我心里倏然漾起暖流，虽然不知道他何时有了摄影的爱好，但是感慨，师兄原来以这种方式，记录下我们共同的母校时光。

我说，"有记"去年关门了啊。

他说，嗯，是啊。

我发现他在用推刀时，话少了很多，似乎神情也肃然起来。我想，这样好，还是以往的翟健然。

过了一会儿，他改用了剪刀。在两鬓铲青的上缘修剪发梢。这时唱片放完了，我只听到耳畔有极其细碎的声音。嚓嚓嚓，嚓嚓嚓，好像蚕食桑叶。

他说，再冲下水。

他给我擦干头发，一边问我，等一阵出去是公事，还是去 party？

我愣一愣。

他笑说，莫误会，我要为你塑形。不同场合，塑形的方式不同。

我说，其实没什么所谓。

他开了电吹风，一边用手指一点点地将湿头发顺着一个方向捻开。

吹风的声音很大，忽然戛然而止，店堂里过分地静了。我的目光又移到那些照片上，其中一张，看不出是什么年代，但应该是久远的。一位理发师傅，站在街边给个孩童剪头发。理发椅不够高，上面还架了一只矮凳。旁边有个穿着碎花短衫的母亲。她看着理发师的手势，一边用手绢擦着汗。脚边是个菜篮子，里面装着丰盛的果蔬。

翟师兄将一些发油，抹在我头顶，一边说，还是做个斯文的型吧。

我问，你为什么把理发店开在这里？

他手略为停了一下，然后说，这里原本是我的摄影工作室。

我说，你只拍黑白照片啊。

他笑一笑，对。你不觉得拍摄黑白照片，其实和剪头发是一回事吗？

我想一想，无从发现其中的联系。

他指着其中一张给我看，那是一个巨大的天台，有星星点点的光晕构成了斑驳的形状。他说，为什么黑白相好，因为是用最有限的，表现最多的。不同的光影部位间，黑色与白色的浓度都不同。黑白之间，还有太多的层次，我们叫灰度。灰度的频率、节奏和连贯性，最变幻莫测。我们亚洲人的发色以黑色为主，懂得观察，处理得出色的话，中间也绝非只纯粹地有黑、白两色而已。最可看的，其实是中间渐变的部分。

这就是我剪头发的道理，男人的发型，无外乎厚、薄两个部分。头顶发线最厚，发脚和"的水"部分的发线则最为单薄，每每露出头皮与皮肤。一个优秀的发型，同样存在着灰度，如何去铲青或偷薄，使头发在薄与厚之间，展现出优美的渐变、结构、轮廓和光泽，道理就如摄影中对灰度的处理一样，无比奥妙，要将这个灰度拿捏得好，是门很大的学问。懂得欣赏的话，实在又是一件很好玩的事。

他将一面镜子放在我身后，左右观照，我果然看见，中间有水墨退晕一般的渐变，从鬓角到耳际，是圆润青白的流线。

我看着镜中的自己，也有些陌生。这是一个我从未剪过的发型，带着某种老派的年轻，但似乎还原了这些年在我身上消失的一部分。

我说，剪得真好。

翟师兄眨一眨眼睛说，谢谢侬。

他见我愣住了，便说，你的广东话很流利，但是能听出上海口音。我认识一个老人家，口音和你一模一样。

他从上衣口袋里掏出一张名片，对我说，谢谢帮衬，欢迎下次再来。

我接过名片，上面是一个英文名字：Terence Zag。

在校时从来不知道，一直循规蹈矩的翟师兄，还有个时髦的英文名。

我终于忍不住。我说，师兄，你不认识我了吗？我是毛果。

这回轮到他愣住了。

但很快，他就哈哈大笑起来。他说，你是不是找翟健然？

我茫然地点点头。

他笑得更厉害了。我一直以为比我大佬要靓仔好多，还是时时被人认错。

他将名片反转过来，一拱手道，我是翟康然，幸会。

在明园西街见到翟健然时，已经是黄昏了。

翟康然带着我，在北角的街巷往返穿梭，终于停下。我再一次看到了"乐群理发"的标牌，但这个门脸却要小得多，甚至有点过于简陋。

它的左边是一个花店，右边是一个腊味铺，两者间其实应该是一处后巷。它就在这巷口上搭建起来。门口也是三色的灯柱，但却是用油漆画在墙上的，静止的螺旋形的图案。

翟康然并没有进去。只是在门口喊，大佬，有人揾你。

就有人掀开了塑胶门帘，走了出来。

没错，是我的师兄翟健然。

我一时有些恍惚。因为面前是两个一模一样的人，但似乎又大相径庭。走出来的那个，仿佛比我印象中的，头发更为稀薄了。他佝偻着肩膀，架着高度数的近视眼镜，但并没有挡住青紫的黑眼圈。他脖子上挂着围裙，出来时，还使劲在围裙上擦一擦手。

而我身边的这个，挺拔而壮硕，穿着合体的 A&F 的 T 恤衫。站在夕阳里头，金灿灿的。他见翟健然出来，没有多话，但目光却向店里草草扫了一眼，转身便走了。

见到我，翟师兄眼里有惊喜的一闪，这让他刚才木然的神情生动了一些。

他说，毛果。

而我也只是微笑了一下。因为，毕竟刚才和翟康然的见面，已经消耗了大半故人重逢的热情。

这时候，天上忽然下起了淅淅沥沥的雨。翟健然拍了一下我的肩膀，将我让进了店里。

店里的空间非常局促，还有两个人。准确地说，是两个老人，一个站着给另一个在剪头发。站着的那个，头发已经快掉光了。我注意到，他和翟健然的脸相十分相似，更瘦一些。脸色干黄，也戴着眼镜。眼镜腿上缠着胶布。

翟师兄开口道，爸，这是我学弟。

老人轻轻"嗯"了一声，并没有抬头，只是说，坐。

翟健然将椅子上的一摞杂志搬下来，让我坐。这椅面上的皮革似乎修补过。我坐上去，感到不太平整，大约是里面的海绵脱落了。迎面是一个变电箱，上面贴着一个财神，手里拿着"招财进宝"的条幅。下面有个接线板，延伸出各式缠绕的电线，蜿蜒向店里各个角落。

　　我看到翟健然有些抱歉似的，看着我。我才想起说明自己的来意，从包中拿出 iPad，找出朋友传来的拓片，说请师兄帮忙认一认。

　　翟师兄扶一扶眼镜，很仔细地看，然后从手边拿出一张报纸摊开，开始用笔在上面勾画。

　　有些淡淡的香气，在空气中浮动，是隔壁的花店传来的。但同时也有些陈年腐败的、酸而发酵的味道，是这老旧巷弄的气息。

　　每几分钟，便有行人匆匆经过，大概是抄后巷作为捷径。耳边传来老人清喉咙的声音，间或有孩子的吵闹，和女人大声的呵斥。

　　翟师兄专心致志，似乎没有被这些所打扰。同样专心的是他的父亲翟师傅，大概因为视力的缘故，他将头埋得格外低，几乎贴着那位客人的脖颈。他用剃刀，细细地在客人"的水"处刮着。这是理发最后的程序。他仿佛做工艺的匠人，用了很长时间刮完了一边，接着又去刮另一边，又用去了很长时间。他轻轻对客人说，得嘞！

　　翟师傅用一只鬃毛扫在客人后颈轻轻地扫，一边很小心地将围单一点点地扯开来，好像生怕头发楂儿掉进客人的衣领，然后扑上了爽身粉。客人满意地在镜中看一看，从口袋里掏出包烟，递一根给他，道，好手势！

　　客人付过钱。翟师傅忽然喝一声道，你畀多咗喇，老人优惠二十八蚊咋！①

　　他一边敲敲大镜上的价目表，上面写着：长者小童，二十八元。

　　客人一愣，却即刻佯怒道，老人？你话我老人？丢！我无头发咋？收咗佢啦！

　　他也不依不饶，硬是抽出了几张，塞回这老客人手里，道，你以

----

① 你给多啦，老人优惠只要二十八块啊！

为我唔知咩，你上个月满六十五，都可以申请长者八达通啦。同我扮后生，唔知丑！

两个人就这样嬉笑怒骂着。老客人终于拗他不过，将钱收回去，却没忘回头追一句，得闲来搵我饮茶。我请！

翟师傅用围单在理发椅上掸一掸，然后对远处挥了挥手。

他坐下来，点上那根客人留下的香烟，抽了一口。翟师兄立刻抬起头，对他道，阿爸，医生话，你唔好食烟啦。

他一拧颈子，背对着我们，说，你理我做乜嘢？

翟师傅走到门口，看着外头的雨，好像下得大一些了。我听到他和隔壁腊味铺的人寒暄。对方说，今日落雨，生意唔好。早点收。

他点点头道，都系，长做长有啦。

这时候，翟师兄叹了一口气。我安慰他说，不急。我让朋友再问问别人。

他摇头道，都认出来了。翻来覆去，不过还是那几个字。可见近几年，也并没什么新的发现。

我很开心地说，师兄还是你厉害。好汉不减当年勇！

"认出来又点？又不能用来搵食。"[①]这时候，就听到翟师傅苍老的声音传来，虎声虎气的。

我们两个于是都沉默了。

这时候，我才看到翟师傅盯着我看，目光透过眼镜片，鹰隼一般。他拍拍理发椅，冲我说，坐低。

我犹豫了一下。他更大力地拍，说，坐低。

我于是坐下，翟师傅给我围上了围单。拿出剃刀，开始在我后脑勺上动作。我感到了一阵凉意，但那不是来自锋刃，倒好像是丝绸柔软地

---

① 认出来又怎么样？又不能用来讨生活。

掠过我的脖颈。

这时，头顶响起了一个炸雷。雨忽然更大了，势成滂沱。雨水沿着塑胶皮的门帘流下来，外头的景物也都模糊了。雨打在铁皮的屋顶上，砰然作响。但翟师傅的手并没有一丝停顿，甚至没有过犹疑。那种凉意渐渐暖了，像是猫尾巴在皮肤上轻扫，有种舒适的痒，一下又一下。

暴雨卷裹。终于有雨水从屋顶渗漏下来，滴落在了我面前的镜台上、隔壁的座椅上，以及打湿了那一摞杂志。翟师兄倒是有条不紊地，在滴水的各处放上不同的容器接着，仿佛驾轻就熟。他将一只空保鲜盒放在镜台上，很快里面就积聚起了一汪小潭。

这时，滋的一声，灯忽然灭了。店铺沉入一片黑暗之中。

暗中只有一星光，在镜子里头一闪，那是翟师傅还叼在嘴里的香烟。

我什么都看不见，想他也是一样。但我感到他的手没有停，锋刃丝绸一般，熟练而清晰地在我颈项、两鬓游走，有极轻细的摩擦声。

翟师兄点亮了一支蜡烛。昏黄的光晕中，我忽然看见了一颗人头，在我的身后的柜上微笑，不禁一个激灵。

我有些恐慌地转了一下头。终于看清，那不过是一颗塑胶的模特儿的头，有茂密卷曲的头发，大概是用于给理发师日常练手。

感觉到有一双手轻轻地将我的头扳正，说，别动。

声音似曾相识。在黑暗中，这双手没有停。

翟师兄找到了电箱。将电闸拉了上去，店堂重现光明。

翟师傅已经在用毛扫扫着我颈子上头发楂，他笑笑说，睇下点？

我看到我的两鬓、后面的发际，被他刮得十分干净。是匀净的青白色。然而，让 Terence 引以为傲的灰度，所谓 fading，没有了。不见退晕，非黑即白，界线分明。

他将我的围单取下来，有一些轻柔的光，从眼镜片后放射出来，对我说，依家青靓白净①翻！

但即刻，鼻孔里轻"哧"了一声，说，不知所谓，飞发佬呢啲位都整唔清爽，畀啲客出街，好丢架！②

我听出了他话里的针对。站起来，下意识地掏出了钱包。他用手使劲一挡，说，你在那边付过了。我帮条衰仔补镬③，唔收得。

翟师兄送我出门。沿街的店铺陆续关门了。也是华灯初上的时候，不知是哪户人家，飘出了极其浓郁的炒虾酱的香味。

我们默默走着。我说，师兄，你离开新亚多久了？

他愣一愣说，有一排喇。④

我说，你学问这么好，不可惜吗？

他摇摇头，说，你知道的，我在校时就不善人际，应付不来这么多的事情。好多都是功夫在诗外。与其要费心机和人打交道，不如整天和人头打交道，还简单些。

我说，你在这帮你爸爸，那 Terence 那边呢？

他又沉默了，半晌，说，一言难尽。

送我到了路口。我说，师兄，好久没见了，一起吃个饭吧。

他说，不了，改天再约。我要回去帮阿爸收铺了。

我顶着新发型，去学校上课，意外地受到了学生们的赞美。

如今的大学生，行止已不以含蓄为准则。他们总是如此直接而发自肺腑地表示喜欢与不喜欢。下课时，有个学生专门走到讲台对我说，毛

---

① 形容人清俊，白皙洁净。

② 理发师连这些地方都不能剪干净，还要给客人上街，太丢脸了。

③ "镬"原指煮食器具，在粤语中演变为"事件"，多指负面。"补镬"引申为补救过失。

④ 有一段时间啦。

老师，呢个发型好劲，好似 Sam 哥。

Sam 是吴镇宇在《冲上云霄》里扮演的角色。当年街知巷闻，是个型到爆的机师。

我承认，我的虚荣心莫名地得到了很大的满足。

于是两周后，我又去了"乐群理发"。

我的头发生得快和茂密，而且发质硬挺。九十多岁的老外公常说，我刚生下来，就是"一头好鬃毛"。所以，想保持一个时髦的发型，于我殊为不易。

我和翟康然预约了下午的时间。他见到我，似乎很高兴。

我有些意外的是，翟健然也在。他佝偻着身形，坐在一边的沙发上，看着翟康然为上一个客人做收尾的工作。

那客人来自法国，有着巴黎人一贯的健谈与爱交际。他走的时候，连坐在旁边的我，都知道他是一家欧洲香精公司的驻港代表，住在西半山，有两个孩子和一条金毛犬，以及一只英短金渐层猫。他似乎对翟康然的服务十分满意，说要介绍更多的朋友来。

终于，翟康然让我坐下，去换了一张唱片。*Torn Between Two Lovers* 的吉他前奏，在店堂里头响起来了。所有的陈设好像都镀上了一九七〇年代的昏黄。

他给我围上了围单，看看镜中的我。忽然眉头一皱，轻轻说，有人动过了。

嗯？我有些茫然。

他说，那些 fading 的部分，有人动过。

我明白了，他指的是用去了很多的时间，打出的渐变式"飞青"。但我吃惊的是，这头发已经长了半个多月，他竟依然一眼看出，那些他所说的黑白之间的"灰度",被人染指。

他咬了一下嘴唇,似乎忽然明白了。他转过头,狠狠对翟健然说,你看看,他永远不放过。别人都是错的,只有他自己那套老古板的套路,才是对的。

我在镜子里,看到翟健然张了张口,终于欲言又止。

在以下的时间里,没有人再说话。翟康然面目十分严肃,格外细心地为我剪发。剪刀在我的面颊、前额、耳尖游动。

金属摩擦的声音,混合着音乐的声响。

"Couldn't really blame you, if you turned and walked away. But with everything I feel inside, I'm asking you to stay."

他的动作依然很轻柔,应和音乐的节拍,金属在皮肤上游动。我倏然记忆起了另一把剃刀,是丝绸轻掠过的感觉。

在他为我塑形的时候,翟健然终于站了起来,走近了我们。

或者是为了打破一直沉默的尴尬,我说,师兄,这张照片上的人,好像你们两个。

我指的是墙上一张很老的黑白相。因为我在另一间"乐群"见到过同一张,只不过更为老旧些。那上面有几个年轻人,都是在彼时很时髦的打扮。他们一律留着齐肩的长发,站在中间的那个,眉目酷似翟师兄和 Terence。

翟健然目光落在了照片上,愣住了。他没有回答我,但似乎是什么让他下了决心,他很认真地说,阿康,你再考虑一下。

翟康然也就开了口,但声音有些冷:我说很多遍了。他想剪头发,可以到我这里来。

你知道那是不一样的。翟健然叹了口气。

Terence 在我脖子上扑爽身粉。口气软了下来,说,大佬,就算林生不收回间铺，好快政府也要清拆。他不是要更怒气？依我看，长痛不如短痛。

翟健然搓一搓手，说道：你知道老豆①的情况，我们要对他好一点。

我听到了他声音中的无力。Terence 手停一停，回转了身，眼睛直直看着他的胞兄，说，他的情况，难道不是在安老院更保命？你辞咗份工，由他性子，陪他日做夜挨，就是对他好？

翟健然哑然。他没有再说话，而是径直向门口走去。

走出去的一刹那，好像被猛烈的阳光刺了眼睛。他用手挡了一下，似乎回头又看了我们一眼。

当我出去的时候，看见翟师兄还站在烈日底下。整个人呆呆的。

我走过去，说，师兄，你怎么还在这。多晒啊！

他这才回过神，用一块不太洁净的手帕，擦了擦额头的汗。他说，我在等你。

等我？我说，为什么不在里面等？

他用殷切的眼光看着我，说，我，我想请你帮个忙。

我们坐在附近一间冰室里。外面的阳光，似乎是太猛烈了。景物在蒸腾的空气中，影影绰绰地抖动。炎热得不太像是初夏。我们靠窗坐着，可以看到外面依墙生了一丛芭蕉。叶子浓绿而肥厚，在暴晒中耷拉了下来。

翟师兄呆呆望着面前的杯子，说，这个冰室，有四十年多了。小时候，阿爸收工，会带我们来吃红豆冰。你看那个肥仔老板，是我的小学同学。

我说，师兄，我能帮什么忙？

他似乎立时不安起来，用手指捻动吸管。他眯起眼睛，忽然抬起

---

① 粤语，称父亲。

头，对我说，医生话，阿爸还有一年多了。

他将身体前倾，想要与我靠近些。他说，肺癌第三期。我们只要一年，再租一年就行。

他说得支离破碎，但因为早前他和康然的对话，我基本上拼接起了事情的大概。

我说，所以，是业主不肯续租了，但你们还想将老店做下去？

他点点头，说，阿爸不知自己的情况，还想要做。其实是几十年的街坊了，但林伯去年过身，他的仔想收翻间铺，不租给我们了。

我们近来成日收到匿名投诉。"四大部门"都来，消防、地政、食环什么的，好折磨。又说你是僭建，要看地契。那么旧年代的地契，业主不帮手，我真的应付不过来。

想起了翟康然的话，我说，按理讲，休息一下，对伯父是比较好的。

翟师兄摇摇头，你不知道，阿爸好硬颈。明知成条街都快清拆了，还要做。

我和业主谈过一次，可他觉得太麻烦，不如收回。我嘴巴又笨，都不知该怎么说。博论答辩，我都结结巴巴，是上不了台面的。其实前年你发新书，我去书展听过你的演讲，讲得真好。你能不能帮我去跟业主说说，我们只要一年，就一年。

我说，其实，Terence 说让他到新店里来，倒是个两全的办法。

翟师兄沉默了一下，终于说，阿爸和细佬，已经几年没怎么说话了。还是你陪我去，好吗？

我看着他热切的目光，说，好。

翟师兄似乎舒了一口气，整个人也松弛了下来。

他想起什么似的，对我说，你在店里看到的照片，是阿爸在"丽声"的电影训练班拍的。旁边都是与他同期的学员，后来蓝天和丁虹，都做了大明星了。

贰

"飞发"暗语

旧时广府理发业，内部使用暗语繁多。

如称理发为"摩顶、割草、扫青"；理发师则称"摩顶友、扫青生"；理发店称"扫青窑"；头发叫"乌云"或"青丝子"，剪发洗头叫"作浆"；胡须叫"蚁王"，剃胡须称"管蚁"；挖耳称"推雀"；徒弟拜师为"单零"。

到了近时飞发铺，又用"草"来指代头发。以此类推，厚头发是"叠草"，短头发是"短草"。剪发为"敲草"，洗头则为"浆草"，烫头发为"放草"。染发为"包草"，吹头发为"爬草"。头发茂盛的客人，则为"草王"。

理发师傅之间，交换顾客信息，也自有一套话语系统。"生"代表男性顾客，"莫"代表女性。小女孩为"莫仔"，成年女性为"莫全"，"顺莫"指靓女，"波亚莫"则专指"挑剔麻烦的女客"。

店堂内外，数目字的暗语则从一至十，编成顺口可唱歌诀：

百万军中无白旗，夫子无人问仲尼。霸王失了擎天柱，骂到将军无马骑。

吾公不用多开口，滚滚江河脱水衣。皂子时常挂了白，分瓜不用刀把持。

丸中失去灵丹药，千里送君终一离。

这些暗语乍看玄妙，但细看不过是关于数字笔画拆分的字谜。如

"百万军中无白旗",即把"百"字的上边一横与下边的白字分开,便成了"一";"夫子无人问仲尼"的"夫"字,将"二"与"人"分开,便成了"二";"霸王失了擎天柱",将"王"字的中间一竖抽去,便成了"三";"骂到将军无马骑"的"骂"字,将下边的"马"字去掉便成了"四"……以此类推,"丸中失去灵丹药",将"丸"字中的"、"抽去,就成了"九";"千里送君终一离",将"千"字的上边一撇"离"去,便成了"十"。这种类似文字游戏的暗语,亦似江湖隐语,长期流行于市井业界,也别有一番趣味。

叁

翟师傅叫翟玉成。年轻时候,有个外号,叫"孔雀仔"。

这其中有一段故事。他当年考上"丽声"的电影训练班,培训期间,是要住宿的。年轻的孩子们,晚上玩得疯一些。夜里回宿舍迟了,吵醒看更的阿伯,不免被唠叨几句。阿伯是新界大埔人,没有读过什么书,一见他就说:"雀仔,外出揾食咁迟都唔知返啦。"原来是不认识他的姓"翟",只当是"雀"。一来二去,"雀仔"就成了他的花名。翟玉成自己是不甘心的,因为他格外地骄傲和自尊,又精于潮流装扮。有人便完善了这个外号,叫他"孔雀仔"。但是,虽然他的相貌可称得上清秀,但却并非特别出众或个性张扬。这个绰号就显得名不副实。久了,大家仍旧叫他"雀仔"。

后来,当他在理发店做工时,老板为了招揽生意,便将他在"丽声"时的照片放大,贴到了店里当眼的位置。果然吸引了一众师奶,到了店里便点名让他剪,追着他问,丁虹是不是割过双眼皮,蓝天和赛落是不是一对,李由是不是有私生子。开初时候,因为能带出自己的见闻与掌故，他便好脾气地一一作答，至少也是敷衍。一时之间，他成了当红的理发师傅。但久而久之，他的故事不免重复而缺乏新意，而在这个过程中，每次的讲述其实多少也触碰了他的痛处。毕竟这些同期学员，有一两个已经成了明星，而他又是格外自尊的人。有次，一个太太忽然向他打听起梁慕伟，他终于不耐烦，冷笑一声，说，他迟过我好多先入来"丽声"。

或许是他的神情，触怒了太太敏感的神经。于是客人在服务结束时，去经理那里投诉了他，还抛下一句，故意很大声让他听到，"有乜巴闭①，不过一个飞发佬！"

或许如此，让他动了自己开店的念头。

至于为什么要开理发店，他也有一套说法。

那时节的青年人，在工厂里打工其实是时髦。可翟师傅除了短暂地在一间塑胶花厂做过一个星期，再也没有打过一天的工。用他自己的话来说，"工"字不出头。要想出人头地，就要有自己的一爿生意。

这观念，大约是家里世代累积的言传身教。按说五十年代时，内地迁港移民如涛而至。翟家来的时候，已是尾声。情形又是较为落魄的，不像前人带了雄厚的资本来，他们除了几枚傍身的黄鱼和细软，别无所有。

翟家在佛山也是大户，家里有种植香柑的果园。但到他父亲一辈，已经是强弩之末。时代的一番迭转之后，自然是动了根基。到了香港，本想过东山再起，但人生地不熟，英雄难有用武之地。将不多的家底跟人投资，不知底里，也败在了里头。按理说，如果甘下心来，细水长流地过倒也算了。翟父是心气高的人，爱面子，先前的排场不想倒，便更加速了衰落。他们从半山搬到了北角，是在翟师傅上小学的时候。在他

───────────────

① 有什么了不起。

成长的记忆里，父亲是个半老的人，总是带了周身的酒气，和输了牌九的怨气。翟师傅是二房庶出。他的"大妈"，父亲的原配，终日躲在逼仄的小房间里，吃斋念佛。所有的持家的重担，便都落到了翟师傅的母亲身上。母亲又的确是能干的，迅速地将自己嵌入了这福建人与上海人混居的地界，独当一面，几年后竟在春秧街开了一爿南货店。翟师傅自小就浸淫在这方尺之地，深谙于福建人的务实和上海人的精明。这让母亲大为放心，觉得家业有继。

但她不知道的是，这做儿子内里呢，却觉得自己是个理想主义者。虽然读书不成，却深爱电影和戏剧。大约皇都戏院一有新的戏码，便迫不及待地翘课去看。而且呢，海纳百川，并不挑戏。从邵氏的黄梅调，一直看到张彻的新武侠，当然还有午夜二轮重放的詹姆斯·迪恩的黑帮片。看得多了，自然人就自信，觉得自己也可以演。北角一带，当时有一些左翼剧团，都是热情的年轻人为主力。他就报名参加。可试戏的时候，那剧团的负责人说，演戏靠天分，但得有个方法。你底子不错，还缺些方法。

这话对他是很大的激励。他并不当是托词，而体会出了自己是块璞玉的意思，"玉不琢不成器"。后来在报纸广告上看到电影训练班在招收学员，便毅然辍了学。

如今，翟师傅仍然保留了定点看粤语残片的习惯，甚至在理发铺里，终日开着一台小电视，有个台叫"岁月流金"，都是老电影。台词他都背得出，只当是店铺里的背景音。

在训练班期间，他照样早出晚归，似乎比以往更为勤奋。因为这孩子独来独往惯了，家里竟没有看出一丝破绽。直到了年尾，有个女孩子找上门来，才知道自家儿子，竟瞒天过海了半年。

这女孩是翟师傅在训练班交下的女朋友。后来他回忆起，便说是初恋。但他对这初恋的回忆并不美好。也怪自己儿女情长，夭折了演艺事业的大好前程。这女孩后来也并没有读完训练班，草草地就嫁人了。中年失婚，后来又嫁，境遇也每况愈下。翟师傅便评价说，将自己当戏来演，可不就败给了"命"字。

这事让翟家大为光火，尤其翟师傅的父亲。老翟先生的亲生母亲便出身梨园。这女人到了翟家，生下了他，却抛夫弃子，又偷偷跟戏班子跑了。这令他成长的境遇，很不如意，所以一辈子痛恨伶行。此刻，老翟先生前所未有地清醒，指着儿子骂，我是戏子养的，知道戏子的德性。生个儿子，还要当个下贱的戏子，死都合不上眼。

好说歹说，翟师傅不学电影了。但中学他也是死活不想再上。家里就想他早点接手南货店，他便说，人各有志，我这辈子，可不再劳你们操心了。

他自然有自己的主意。在公司上训练班时，年轻的孩子们没少见到往来的明星，便也提前染上了娱乐圈虚荣的习气。男的要型，女的要靓，除了衣装，便是被前辈们带去 Salon 做个好看的发型。发型要 keep 住，绝非易事，常常帮衬便也日渐看出了端倪。一来二去，他便懂得，这里不单是整个香港最潮流的地方，还是个如假包换的交际场。这发廊开在铜锣湾百得新街，叫"新光明"。客人大抵是社会绅商名流、导演明星和骑师等等。

翟玉成便去毛遂自荐。老板见小伙子是以往的客人，以为他胡闹。他就将训练班的照片拿出来。老板看照片上方烫了四个字："明日之星"。他说，我一个"明日之星"，都来给你撑场面，不就是店里的生招牌吗。

老板一想也对，便叫他试试，半年出不了师便走人。何承想读书不行，演技欠奉，这年轻人学起剪发却灵得很，合该是祖师爷赏饭吃。

活好，加上人样子标致，说话又很伶俐。打小在南货店锻炼出的好口才，全都派上了用场。不出一年，已惹得新老顾客都十分喜爱，人人点他。他在店里是"8号"，行话叫"番瓜"。预订的电话来了，大半是找"番瓜仔"或"雀仔"的。木秀于林，长了自然惹人不待见。再加上他自己，见技术上再无所精进，也有些疲于敷衍那些九不搭八的故事。所以，后来遭遇了投诉，对他并不是意外。或许，反而是一个台阶，他便就此跟老板辞了职。

老板自然早看出了他的心气儿，也不想再留了。算是好来好去，还多给了一个月的工资。但他没想到的是，一个月后，这小伙子便和自己打起擂台。

说起鲗鱼涌英皇道上的"孔雀理发公司"，那真是翟玉成师傅一生中的高光。是他落手落脚，亲自打理起的生意。

北角一带的老辈人，谈起"孔雀"，总是有许多可堪回味之处，仿佛那是他们的集体回忆。如同时下上海静安区的老人儿，谈起百乐门，谈得眉飞色舞，其实并不见得都是当年叱咤舞场的"老克腊"。毕竟"孔雀"作为一间高级发廊，当年用的是会员制，并非可以自由出入。

大家记忆中的，大约是"孔雀"堂皇的门口，高大的西门汀罗马柱上是拱形的圆顶，上面有巨大的白孔雀浮雕。灵感来自翟玉成爱去的"皇都戏院"上的浮雕"蝉迷董卓"，声势上却有过之而无不及。据说当年在夜色中，这孔雀便是缤纷绚丽的霓虹，不停地变换着颜色。在罗马柱旁，则有一对汉白玉的维纳斯。但和人们所见的断臂女神不同，这对维纳斯复原了自己的双臂，一个举着镜，而另一个则托着一只地球。创意谈不上高妙，但足以让人印象深刻。

就如同对这繁华包裹下内里的不知情，当这间高级发廊在北角的版图上荡然无存，人们也并说不出子丑寅卯，仿佛先前描述的，只不过是头脑中的海市蜃楼，连自己都疑心它曾存在过。对于这个花名叫"孔雀仔"的发廊老板，也就有了许多的猜测与想象。因为他的年轻，没有人会相信白手起家的传奇，坊间流传的是他与一个女富商之间的暧昧。

多年后，翟师傅已入老境，再回忆起霞姐这个人，会觉得恍若隔世。因为开始与结束，似乎都没有清晰的界限。但有件事他记得很牢，可谓眉清目楚。

那时他还在"新光明"。有天黄昏时，正在为一位女客梳很复杂的盘髻。时间久了，客人阖目养神，忽然睁开了。在镜子里头，他看见这女人原本严厉的目光柔和了，落在他在头顶动作的手上。她说，你的手真好。指头又白又长，比女仔的手还漂亮。可惜了，应该去弹钢琴。

对于"可惜了"的评价，他在心里不置可否。但当下却是享受这句话，手势便分外地仔细与尽心。

后来，霞姐的确教会他弹钢琴，但他也只会她教给他的那几支曲子。在如水的夜凉中，他坐在"丽池"顶楼的落地窗前，弹《致爱丽丝》。霞姐说，我教会你，就是只要你弹给我听。你不要弹给别人。

"丽池"有三分之一的业权，属于霞姐的先生。准确地说，霞姐是他的外室。这男人发迹于南洋，捭阖半生，在一片莺歌燕舞中想通透了，终于叶落归根。霞姐跟他，从青春少艾到寞寞徐娘。他自然也没有负她，算是打点好了她的后半生。香港就这一点好，交易都在明处。哪怕中间有情，都是实打实的，没有一丝虚与委蛇。霞姐对翟玉成有真心，但也是"讲清楚"后的真心。她看出这个年轻人，有着同辈不及的现实与早熟。这份自知之明，不会给她带来麻烦。只是因为年龄的关系，还欠缺见一些世面。这她不怕，她的过去，就是他的世面。

翟玉成承认，这个女人深刻地影响了他，并不仅仅在经济和事业上。还有她的品味和审美，在漫长的岁月中以心得与阅历做底，没有保留地传授给了他，塑造他，并使之居高不下。至于爱情，因为年龄的悬殊，于他们都显得奢侈。但毋宁说，她给他带来了十分完整的情感教育。有关爱的质量，门槛被无限提高。这让他此后，对女人变得很挑剔。与他个人的境遇无关，就只是挑剔。

无疑，是她为"孔雀"带来丰沛的人脉，使得"会员制"经营可实行得顺风顺水。这其间形成了微妙的舟与水的辩证。达官巨贾、名人士绅以"孔雀"的服务彰显地位，后者自然也倚重于前者打开局面。而从"新光明"这样的发廊挖来师傅与客源，到后来似乎成为顺理成章的常态。尤其是邓姓大哥，是霞姐的"契哥"。作为家喻户晓的明星，兼有三合会首脑身份，他入股"孔雀"，自然使得业内不敢再有任何微词。至于有心还是无意，本地的小报都算是拍到了几张他口中叼着雪茄，在保镖簇拥下进入"孔雀"的照片，算是坐实了"力撑"的姿态。

让翟玉成抱憾的，始终是半途而废的演艺生涯。在他又蠢蠢欲动时，邓哥适时发出警告，有关这一行的水深难测。但这不影响他格外善待娱乐界的朋友，例如女猫王沈梦、歌手吴静娴等等，都是他的座上宾。后来，在他们的鼓动下，他终于在两部电影中客串过角色。一部因为尺度问题，没有上映。他在里面演一个偷渡而来和女友团聚的青年，因后者的背叛而自尽。最后有一句台词，"香港也没这么香"。而另一部里，则是和女主角有简短床戏的花花公子。他在里面的表现十分生硬，且能隐约看到松弛的肚腩。他为对自己身体的不自律而懊恼，也从此放弃了演戏的梦想。霞姐也只是宽容地笑笑，"'雀仔'就是这个脾性，你说他不听。试过不行，他就安生了。"

在现在看来，这句话有如谶语，甚至预示了翟玉成一生的转捩点。当"试"成为常态的时候，人往往会忽略评估其中的代价。何况彼时，香港的经济已走向了蓬勃，每个人对自己能力的预判，都会稍微夸张一点点。然而就是这么"一点点"，可能会影响未来的走向。

并非要为翟玉成开解，但是有一些历史事实，可能会帮助我们了解他的心态。上世纪整个六十年代，是香港工业腾飞时期。由 1962 年至 1973 年，香港的本地生产总值 GDP 撇除通胀后，每年以 9.4% 复式增长。1962 年的本地生产总值为 86 亿港元，上升至 1973 年的 410 亿港元。一九六〇年代，香港工业成就举世知名，是全球最大的纺织制衣、钟表、玩具、假发、塑料花等的出口王国；旅游业亦享誉盛名，有"购物天堂"之称。就业情况良好，失业率几乎接近零。

不得不说，翟玉成得自遗传的生意头脑，比较他的父辈，还多了与生俱来的野心。在家人尚在犹豫时，他毅然投资了一家成衣公司，并且在此后的两年获得了丰厚的利润。当然，这其中自有霞姐的点拨。在一个蒸腾的时代中，她要做他的底，让他放心地当他的弄潮儿，而不至于从浪尖上跌下来。他是风筝自飞于南天，卓然同侪，他身后有一条看不见的引线。而放线人，便是霞姐。

但是，翟玉成对这条引线的感受，渐渐地从牵挂而转为牵制。其中有一种很难言喻的傀儡感。迅速的成长，让他产生了一种错觉，自己的骨骼血肉，已经足够地丰满强劲。而这一点，让他在性事上表现出更为明显的主导。这是具有迷惑力的细节。霞姐点上一支烟，拍拍他光裸的后背，满意地叹一口气，称他已"大个仔"了。他们都没有体会到，这句话下面暗藏的危机。

仅仅在两年后，香港爆发了前所未有的工潮，并因此发展成为轰轰烈烈的反殖运动。百业萧条，"孔雀"自然难以独善其身，翟玉成在成衣厂的投资，亦有不小折损。他没有听霞姐的，选择壮士断腕，关闭"孔雀"。这间高级发廊每天都有着庞大的开支，不得不将晚上的霓虹也关掉。翟玉成对霞姐说，"孔雀"是我的梦，还没有做踏实，我舍不得醒。

事实上，这次坚持成为日后他与霞姐争持的资本。这个时代，或许先天就是为翟玉成这样的年轻人所准备的。为了"孔雀"，他日渐逸出了霞姐那代人相对保守的轨道，而与这城市的起伏同奏共骞。年轻的翟师傅，曾是1969年底远东交易所开业以来，第一批入市的香港人。恒生指数两周后创下160.05当年新高，从而由此开启了这座城市的股市神话。

这神话的覆灭，是在五年之后。老辈的香港人回忆，都说其中过程不突兀，有许多不可思议的信号，如今被称为笑谈。翻开当年的报纸，"置地饮牛奶"收购战，"过江龙饱食远扬"事件，桩桩足可警惕，但在一个全民嘉年华的时代，只当是这神话链条中的异彩。自1972年至1973年，香港有119家公司上市。市民们陷入了"逢买必涨，不买则输"的狂欢中，每日以粗糙而世俗的方式，举办自己人生的盛筵。"鱼翅捞饭""鲍鱼煲粥""老鼠斑制鱼蛋"是1973的荒诞与疯狂。这一年，"孔雀"也迎来了它的巅峰时刻。翟玉成亲自登高，将两颗硕大的哥伦比亚祖母绿，镶进了浮雕白孔雀的眼睛里。

孔雀瞳仁中的绿光，说不出地艳异，其实是最后的回光返照。只一个谣言引发的蝴蝶效应，便破碎了泡沫，让恒指在一年间跌至150点，跌幅近91%。来势汹汹的股市坍塌，殃及楼市，元气大伤。数万股民毕生积蓄，朝夕化为乌有，哀鸿遍野。这场股灾，让多年后的香港人谈起，仍是噤若寒蝉。以致TVB以此为题材的剧集《大时代》播映，派生出了都市迷信般的"丁蟹效应"，如幽灵在城市上空游荡不去。

即使到了暮年，翟玉成听到了《大时代》的主题歌《岁月无情》，总会伴随着一阵生理的痛感。

"爱几多，怨几多；柔情壮志逝去时，滔滔的感触去又来。"所谓柔情与壮志，只不过都是孔雀的尾翎，盛时展开来是一幅锦绣。一根根地脱落了，被踩踏进了泥土，怕是自己都不想回头去看一眼。

幸耶不幸，当年他遇到的，也还都算是重情义的人。最后的疯狂中，他暗自转移了霞姐的部分资产投入股市，直至一败涂地。她没有起诉他，甚至没有追讨，权作分手的礼物。而因道上的规矩，邓姓大哥要为"契妹"讨个公道，便教手下人斩了他的一根手指。斩断了，即刻派人送去医院，给他接上了，也算是顾念交情，留足面子。

在医院里醒来，他睁开眼睛，看到陪在病床边的，是好妹。

郑好彩是"孔雀"的美发助理，其实干的是俗称"洗头妹"的活儿。当然她一边为贵客们洗头，一边也在接受着剪发的训练，再过一个月就满师。

在"孔雀"这样的理发厅工作，于她这样的女孩，多少有一些虚荣的性质。对其他人来说，还未来得及体会这场中的浮华，便要离开，是会不甘心和落寞的。但她却没有。

"好彩"在广东话里，是"幸运"的意思，经理就顺理成章给她起了个英文名字，叫 Lucky。如今要离开了，lucky 没有了，她还是好彩。

她自然说不出"成败一萧何"这样的话，但她信命，也服气命，是随遇而安的脾气。日后，她便总是想起当年面试时的一幕。那日看其他来面试的女孩，都是漂亮的。她也算生得周正，胳膊是胳膊，腿是腿。但身形却敦实，其实是很好的干活的身架子。但是，她举目四望，看这理发厅里，是她想不到的堂皇，水晶吊灯将繁花般的光影投在了天花板和四壁上。喷泉跟着音乐的声音起伏，上面有个小天使，手中是一把金色的弓箭。这些都与她的日常无关，她便有点慌，好像自己走错了地方。面试的一个环节是洗头。到了要她下手的时候，她的手不听使唤，不停地抖。被她洗头的那个模特，索性站起来，说，不行了，这妹仔抖得厉害，跟触电了一样。我都跟着抖。

好彩叹口气，擦一擦手，准备离开。手却又不抖了。这时她听到一阵笑声。就看见一个青年靠着门站着，西装搭在肩膀上，嘴上叼着一根烟，似笑非笑望着她，说，留下吧。

好彩愣愣地看着，想，这人可真是个靓仔啊。

经理便赶紧说，还不快谢谢成哥。

她张一张嘴。此时的翟玉成，还未从一夜笙歌的宿醉中醒来，他揉一揉惺忪的眼睛，悠长地打了个呵欠，对她摆了摆手，转身就离去了。

或许，就是这惊鸿一瞥，让好彩总是有了种种的回味。日后，她常问起翟玉成，当时为什么要留下她。翟玉成开始会笑着敷衍，说，睇你靓女嘛。她自然是不信，再追问，翟玉成就不耐烦再说了。

其实进来"孔雀"后，她极少能看到翟玉成。因为大堂里的电梯，可以直达三楼，那里是办公区和贵宾室。而老板照例并不会在他们工作的地方出现。偶尔看见了，他往往和别人在一起寒暄或应酬。她远远看见他在笑，却觉得这笑里其实是疲惫和肃然的。

那天，她最后离开"孔雀"时，禁不住还是回头看一看。巨大的拱顶上，已经没有了霓虹闪烁。在渐沉的暮色中，是一团突兀的灰。她心里头有些哀伤，倒不是为了自己。她想，不知道这么大的房子，以后可以派什么用场，会是什么人接手，那么美的喷泉，不知还留不留得下来。"但我再也不会回来了。"这样想着，她心里莫名地也有些悲壮。

可是呢，离开没有很久，她却又回来了。但大门已经贴了封条，进不去了。她透过大门的门缝向里看，里面一片漆黑。这让她觉得十分狼狈。她开始在门口徘徊，一面在想办法，一面在心里骂自己"大头虾"。她想，丢什么不好，哪怕丢了整个工具箱呢。偏偏丢了这件。

丢掉的是一把剃刀。ZWILLING J.A. Henckels，德国产，很贵。才买了三个星期。原本是想用来做自己出师的礼物，可实在是太喜欢，就提前买了。这花去了她半个月的工资，想来还是十分肉痛。她沮丧地想，这真是赔了夫人又折兵。公司匆匆散了伙，还有半个月工资没着落，这把刀一丢，可凑了一个月的整。

正当她左顾右盼，终于准备放弃时，看到公司的后门开了，她想天无绝人之路。刚想要溜进去，却看走出了一伙人。几个魁梧的汉子，中间架着一个人。那人走路踉跄着，脸色煞白，一只手上裹着纱布，已经被血渗透了。她仔细一看，是翟老板。吓得一个激灵，忙躲到了暗处去。她心里头风驰电掣般，想起了公司里听到的许多流言。不是说，这人已经和姘头卷款逃去了国外吗？

她又看了一眼，看到翟玉成向这边方向偏了一下头，青白的脸上是种麻木和绝望。她回忆起了，那长久前的惊鸿一瞥，他似笑非笑地看着她，说，留下吧。

她看到一辆车在后门停下，那几个人将翟玉成推了上去。她心里咯噔一下，不知哪里来的勇气，飞快地拦住了一辆"的士"，说，跟上前面那辆车。

翟玉成醒来的时候，看到的人，是郑好彩。

她俯在床头的栏杆上睡着了，睡得很熟，竟微微打着鼾。他在回忆里使劲搜索了一番，终于想起了这个长相敦实、脸庞红润的姑娘，是"孔雀"的员工。听有些人叫她"好妹"。

他感到肩膀有些酸痛，轻轻移动了一下身体，床"咯吱"响了一声。郑好彩揉揉眼睛，懵懂地抬起头，看着翟玉成正看着她，这才猛然醒了过来。她用手背擦了擦嘴角的口水，一时又愣住了，和眼前的这个人对望了一下。

忽然，她想起什么似的，站起身，将床头柜上的保温桶打开来，倒出了一碗，往翟玉成面前一杵。翟玉成下意识地往后一躲。好彩说，猪脚啊，今朝起早炖了两个钟。以形补形。

翟玉成和郑好彩的婚礼，并没有留下什么痕迹，甚至没有一张像样的结婚照。

好彩是个孤儿，在圣基道福利院长大。翟玉成早先因为投资股票的纠葛，跟家里断绝了关系。其实他父亲早已去世，母亲积劳成疾，前两年也过身了。留下一个"大妈"，已经老得不行了，倒是还在家里吃斋念佛，不闻窗外事。翟玉成跟几个兄弟反目后，也再没回过家里，从此形同孤家寡人。

结婚那天，便自然省去了一个"拜高堂"的环节。来的都是以前好彩在纺织厂上班的工友，都是一样敦实爽朗的姑娘，在一个潮州卤味店摆了一桌。到拍照时，姑娘们簇拥着好彩，倒将翟玉成挤到了一边去。照片上新郎就讷讷地站着。日后好彩看那照片，说，好像是一群女工旁边站着个傻佬工头。

其实，好彩并不想铺张婚礼，她甚至从未对小姐妹们说过翟玉成的过去。关于以前，她只想记得那个将她"留下来"的瞬间，中间可以跳过所有的事，再连接到这个眼前的人，依然是她在乎的。

婚礼后，她将姐妹们的"人情"都记了账，这一块将来是要还的。她经年的积蓄，都是嫁妆，竟然也有不小的一笔。翟玉成没有人来随份子。但是第二天，却收到了一个很大的礼包。打开来，里头是厚厚的一沓"大牛"（五百块）。这礼包没有具名，只在右下角，写着四个字："孔雀旧人"。

　　这笔钱，他们没有动，因为不清楚来历，便存到了银行里头。但后来，终于还是用掉了，因为"孔雀"虽然申请了破产，翟玉成却还有一些零星的外债没有清。息口不高，但几年间的通胀很厉害，都怕夜长梦多。

　　好彩没和翟玉成商量，自己出去觅了间铺子。她本不是个精打细算的人，但她现时手里握着压箱底的嫁妆，却知道一分一毫都是未来，不能有半点的差池。

　　到了开张的前一天，她才带了翟玉成看那间铺子。这铺子搭在明园西街的后巷，左手是个五金铺，右手是个烧腊店。外头粉白的墙，是好彩落手落脚刷的。铺子上头，"乐群理发"四个字，一笔一画都格外方正踏实。门口的三色灯柱，不是红白蓝，倒是红白绿。翟玉成想，这是仿照"孔雀"的灯柱。他是别出心裁的人，别人要用蓝，他偏要用绿。但眼前这灯柱，是转动不了的。因为也是好彩，一笔一画地画在墙上的。

　　好彩左右看看，悄悄对他说，我们好好做，往后把隔壁的店也盘下来。

　　翟玉成看看好彩，眼里满满憧憬，全是将来。此时，他心里却都是过去，忽然发酵一样，堵住了他的胸口。他深深地吸一口气，想，这辈子，就这样了。

　　小门面的生意，靠的是街坊帮衬。好彩醒目，知道开业那天，自己给自己送了一个花篮，又放了一挂鞭炮，便是让左邻右舍都知道。

　　人们便看，这小夫妻两个，女的有股市井的爽气，见人三分亲；男的很俊秀，话少，神情倒是郁的。虽然没有什么夫妻相，干起活来，倒是十分默契。两个人都是勤勉的。那时候的香港人，别的不认，就认人勤力，所以都慢慢地喜欢他们了。

其实，翟玉成被斩了手指，接上了，但却留下了后遗症。大概是伤了神经，雨天疼，拿起稍有重量的东西，便抖。越想集中心神，越是抖得厉害。

他不能剪头发，也不能替人刮胡子。只能给好彩打下手。夜晚在灯底下，他惨然一笑，说，当年你手抖一时，我留下你。如今我可能要抖一辈子，你能留我到几时？

好彩什么话也不说，只是将他的头揽到自己胸口，紧紧地。翟玉成听到好彩的心跳，也听到自己的心跳，渐渐地，就跳到一处了。

可他究竟是不甘心，闲下来，便跷起二郎腿，举着剃刀，拿自己的膝头哥练。开始不行，手稍微一抖，膝盖上就是一道血痕。他便擦掉了渗出的血珠，再练。一个小时练下来，就是密密麻麻、蛛网似的血道子。

好彩见到了吓一跳，说我好彩唔好彩，怎么嫁给个傻佬。她便买了个冬瓜。冬瓜大小像是人头，上有一层茸毛，像是人的须发，正好给他练手。

练完了，晚上他们将这冬瓜吃了。从此一时冬瓜海带汤，一时蚝豉肉碎，一时花生瘦肉，轮番地煲。晚上吃，他们就笑，都觉得这一餐好像是赚来的，心里满足得很。

他这样练着练着，手倒真的渐渐定了。

有一天，他们收到一个包裹。打开来，里头是一把剃刀，还有一只推剪。好彩认了认，"哎呀"一声叫起来。原来这把剃刀，是 ZWILLING J.A. Henckels。和她在"孔雀"丢掉的那把，一模一样。

包裹上没有具名，还是那四个字，"孔雀旧人"。翟玉成看好彩高兴得像个孩子，心里也笑，暖一下。

到了年底时候，好彩有了身子。第二年入秋，生了一对双胞胎。两个男孩，广东人叫"孖生仔"，是好兆头的意思。孩子的眉眼像翟玉成，清秀。身形似好彩，敦实实。他们就给起了名字，一个叫阿健，一个叫阿康。

但都觉得意犹未尽，就请教店里的老客，教中学的叶老师。叶老师就给加了个"然"字。翟健然，翟康然，果然雅了许多。

孖生仔六岁的时候，好彩又怀孕了。夫妻两个就说，这回要好彩的话，就是个女仔。

翟玉成对好彩说，女女好，知道疼惜人。好彩说，对，长大了，会帮阿爸捶筋骨。

两人就说，那我们去黄大仙，烧香许个愿，求给我们一个女仔。

生下来了，真是个女仔。夫妻俩欢喜极了。对他们来说，这是双喜临门。隔壁的五金铺不做了，租约夏天到期。他们就跟业主商量，想把铺子盘下来。两厢就谈好，就差签约了。他们说，这女女是我们的福将。以后会越来越好。

给女女取名字，爷娘各一个字，叫"彩玉"。到街坊发猪脚姜、红鸡蛋，都说这名字好听，很吉利。

出了月子，好彩要抱了女女去福利院看院长。这些年，逢到年节，好彩都要去自己出身的福利院，好像回娘家。翟玉成说，路途远，我陪你去。

好彩说，前街孟师奶，约了今日来烫头发，她晚上要去北角饮宴。老街坊，不可失信人。你好好帮她整。

见他不放心，好彩说，我叫阿秀陪我去，总成了吧。

阿秀和好彩是一个福利院出来的姐妹，这些年一直要好。翟玉成便说，好，那你早去早回。

好彩到了福利院。大家都很欢喜，聊了很久。院长说，我也快退休了，看到你过得好，心里真是开心。我当年没给你取错名字。

回程时，好彩就想，如今有了女女，天遂人愿，该去黄大仙烧炷香，还个愿。

她便让阿秀先回去。阿秀忖一忖说，那行，家里等我煮饭，你知道我婆婆厉害。你自己小心点啊。

好彩在黄大仙庙烧了香，又发了新的愿。从庙里出来，她闻着自己一身的香火味，觉得心里定定的。

她往大巴站的方向走，看见迎面走来一队童子军。小小的男孩子，穿着浅绿制服，走路雄赳赳的，都很神气。大概是刚刚野营回来。好彩想，孖生仔再过一年，也到了幼童军的年纪，到时穿上制服，也会一样地神气。

她这样想着，心里满足，一面就看这队童军手牵手，过马路。

当临近她的时候，忽然看见一个男人斜刺跑过来，摇摇晃晃地，手里举着一把刀。孩子们一哄而散。男人愣着眼睛，只追其中一个男孩，眼看就要追上，刀要斩下来。好彩没时间想，一个箭步上去，挡在了男孩前面。一回身，护住了那孩子。那刀便刺在她后背上，她推一把孩子，叫他快跑。男人拔出刀，又更猛地刺下来。

好彩倒在血泊里。人们制服了那疯汉，报了警，叫了救护车。想将她扶起来，扶不起，见她已经没有了知觉，手里还紧紧抱着自己的婴儿。女女脸上身上都是血，直到将她与好彩分开，才号啕地哭起来。

翟玉成赶到医院，跟着担架车往手术室里跑，一边大声叫着老婆的名字：好彩，好彩……

好彩煞白着脸，这时忽然张开眼，看着他，竟淡淡笑了下。她说："我唔好彩啊。"

就又闭上了眼睛。

好彩死后的那个月，翟玉成那根被斩断的手指天天疼，疼得钻心。

有人来探他。他就狠狠扇自己耳光，说，那天要跟去，好彩就不会出事。

别人劝他。他就说，千不该万不该，去什么福利院。福利院是孤儿所，她好来好去，留下仔仔女女做孤儿。

人们就又劝他，还有你在，孩子们怎么会做孤儿呢。

这时候，女女彩玉哭起来。他冷冷斜一眼，并不管。他说，不是为咗呢个死女胞，好彩点会出去，点会去黄大仙还愿？佢累死佢阿妈，抵死。

人们看他哭着，一边诅咒自己的亲生女儿。有些不解，更多的也万分同情，这男人突然遭遇不幸，是觉得人生坍塌了，糊涂了。总要时间，才能走出来。

但翟玉成，这以后，天天任由婴儿在家里哭，哭到没力气。也不开工，自己一个人，坐在家门口喝酒。喝到酩酊，就躺倒在了地上不起。

孖生仔的小哥俩，却因此迅速地懂事了。他们还没有消化和真正理解母亲的死，却已经在讨论和试探中，模仿阿妈的手势照顾妹妹，给她喂奶粉，换洗尿布。

但他们，毕竟也还是很小的孩子，并不具备常识。如果不是社会福利署的义工来家访，他们都不知道妹妹已患上了黄疸病。

待发现了，已经迟了。婴儿太小，也太弱，没抢救过来。不到两个月，便随阿妈去了。

将女女葬了，葬在阿妈身边。当天回来，翟玉成又喝得大醉。孖生仔远远看他，谁都不敢说话。他看儿子们，眼光里忽然都是恶。走过来，左右开弓地打。阿健闷着头，任他打。打累了，他喝一口酒，又换了阿康打。阿康挣扎一下，他打得更凶。小小的孩子，捉住他的胳膊，狠狠咬下去。趁他一松手，跑出家门去了。

街坊的舆论，渐渐就变了，不再同情他。

但可怜一对孖生仔。阿妈走了，还是长身体的年纪，没有人照顾，还有个不生性的老爸，往后可怎么办。

有善心的，便偷偷招呼了小兄弟两个，到家里吃晚饭。临走，哥哥眼睛定定地看饭桌上的叉烧包。街坊以为他没吃饱，便包起来给他带走。

回到家，清锅冷灶。翟玉成一只手拎着酒瓶，看到儿子们，骂道，死扑街，放学唔知返，学人做古惑仔！

从腰间抽下皮带就要打。阿健不躲，由他揪住衣领。阿健从书包里拿出叉烧包，说，阿爸，你先吃了吧。你一天没吃饭了，吃饱了才有力气打。

翟玉成一愣，抬起的手，慢慢垂下来。他觉得这只右手，忽然间抖得很厉害。他用左手牢牢地握，但终于无力地松开了。他猛然将儿子揽过来，用下巴紧紧抵住，觉得眼前一热，立时模糊了。

手这时候，倒是慢慢不抖了。

第二天，人们看到翟玉成在"乐群"门口，脚下搁着几只油漆桶。他弓着身子，细细地刷那三色的灯柱。是缘着好彩当年画下的轮廓，一笔一画，刷了一道又一道。

肆

有关"三色灯柱"的典故

迄今香港的飞发铺，店外仍然悬有一到两条红蓝白灯柱，被称为 Barber's Pole。这通常被理解为招徕顾客的手法，实则不止灯饰这么简单。

其渊源可追溯至中世纪的欧洲。在《开膛史》一书中，我们可以看到一张中世纪理发师画像。理发师的右手拿着剪刀，平时为人们理发用；而左手拿的是比刮胡子用的剃刀大得多的手术刀。这是因为，1215 年拉特兰会议作出裁决后，形成了一个新的职业——理发师兼外科医生（barber-surgeon），并且风靡中世纪的欧洲。1361 年法国巴黎理发师协会颁布规章，并于 1383 年重申："皇帝的第一位侍从理发师掌管全巴黎市所有理发师的业务"，且是"国内所有理发师和外科医生的首脑"。从这则规章中可以看出，当时被理发师一统的外科医学地位。

在那个时代，很多手术都是由理发师完成的，所以有种说法：理发师是外科医生的祖师。1365 年巴黎已有 40 名理发师出身的外科医生。在英国，爱德华四世（King Edward IV）在 1462 年成立了第一个理发师公会，并将其作为其他行业的典范，授予公会成员在伦敦拥有理发和外科手术的垄断权。至 1540 年，亨利八世准许有证书的理发师参加外科医生协会。

早在中世纪，欧洲已出现并流行一种放血疗法，但是血在宗教教义里一直是一种比较敏感的存在，所以早期实施者都是教会内部的神职人员，直到 1163 年，教皇亚历山大三世下放了放血疗法权，将任务交给了民间理发师（barber）。每逢春、秋两季，许多人特别是有钱人，都要定期接受放血，以增强体质，适应即将来临的气候变化。

由此，理发行业的柱状标志就起源于放血之举。因为放血通常就在浴室中进行，病人先用温水沐浴，使血液流动加快，这样更容易放血。病人手中握着一根木棍，理发师在要放血部位的上方缠上绷带（通常是上臂）阻止血液流动，再用小刀割破隆起的血管，血就此流出，由于压力较大，有时甚至喷涌如泉。放血后，理发师把绷带洗干净，放在室外的柱子上晾晒。久而久之，这种在风中飘动的绷带竟然成了理发师招揽生意的广告。

于是，人们设计了一个招牌。顶端的黄铜水池用于盛放水蛭，底端的水池用于收集血液，圆柱代表病人手中握着的木棍，而柱子上的红色和白色条纹则是源于理发师将洗过的绷带悬挂柱子上晾晒。风中的绷带相互扭转，围柱环绕。大约 1700 年左右，这种圆柱就成了理发馆的固定标识。随着外科技术的发展，外科医师协会规定外科医生的标识为红白相间条纹，理发师的标识则调整为蓝白相间的条纹，以示区别。后来，理发店标识将二者结合起来，使用红、白、蓝三色条纹，红色代表动脉，蓝色代表静脉，而白色则是缠绕手臂的绷带。

此后，放血以及其他外科医疗交还给医生，理发师回归本业。然而，门口使用三色灯柱，却已经成了理发店的一种标志。直至今日，旋转的灯柱在世界各地依然被当作理发店的象征，甚至还出现在某些地方的法律文件中，例如，2011 年美国宾夕法尼亚州的理发师执照法就要求："每个理发店应提供一根旋转灯柱，或一个表明能提供理发服务标志。"

伍

我陪同翟健然见了飞发铺的业主林先生。在一个钟头后，林生答应了我们续租一年的要求。他最后对翟师兄说，我是看当年好姨的面子。
这一年，叫你阿爸好来好去，莫再荒唐了。

这话里的话，隐隐地，未免冷酷。但既然已有了结果，也就不深
究了。

年底时，我一个好友结婚，让我做"兄弟"。朋友是个华侨，在美
国长大，对中国文化抱有海外华裔归根式的好奇。因为和本港一个女孩
迅速地坠入了情网，这个婚礼便要成为他们共同想要的样子。中西合璧
的婚礼形式，包括"兄弟"们的服装与发型，也是一种不可思议的复
古。因为多年的交情，自然是迁就了他。我看着他发来的图片，想象着
我们将要顶着一式一样的发型出现在婚礼上。我终于揶揄他说，你是要
让我们都做你的葫芦兄弟了。

他在 WhatsApp 的那头，似乎很茫然。我于是知道，以他的成长环
境，是不会理解这么曼妙而贴切的比方的。但是，我仍然答应他，去为
兄弟寻找能剪出这张早期好莱坞电影海报中出现的发型的师傅。

于是我找到了翟康然。我说，Terence，麻烦你，我知道复古是你的
拿手好戏。

他看了一眼，笑笑说，这个我恐怕剪不来，太古早了。不过我可以
带你去见我的师父。

我有些吃惊，心里想，他的师父，不会就是翟老先生吧。

但是，鉴于我知道他和他父亲的关系不是很和睦，于是也没有多问。

于是我见到了老庄师傅。

别误会，我这样称呼他，并非是因为他如何仙风道骨。而是他的
年纪看上去，确实足够大了。这是从他脸上的皱纹和体态看出来的，尽
管他极力地让自己看上去挺拔些。是的，在我看来，他是个很体面的老
人。头势清爽，梳理得一丝不苟。制服里头的白衬衫领子浆洗过，抬手

时可以看到一颗考究而低调的袖扣。

大约因为 Terence 作了介绍，他见我便用上海话打招呼，侬好哦？

我说，我其实是南京人。

老庄师傅便笑了，说，江苏人啊，那我们才是老乡，你听我上海话里有江北口音。我老家是扬州。伊拉香港人也搞不清爽，江浙人在这里都叫上海人。

这时，一个满头发卷的师奶说，庄师傅，你好帮我弄一弄啦。

他忙走过去，把一个宇航员帽样的东西推上去。那是台烘发器，看得出有了年头。他一边轻声和师奶说了句什么，一边拆下她头上的发卷，又喷了点水，才开始给她吹头发。这时候眼里的笑意没了，眉头因专注紧锁，嘴也抿起来。

他熟练用卷发梳，一边梳理一边吹风。这吹风机是白铁制成的，是个海螺壳的式样。我依稀觉得在哪里见过。忽然想起来，是年前的一个贺岁的卡通片《小猪佩奇》。有好事的网友将祖师版的吹风机刷成了粉色，竟与佩奇别无二致，不期然掀起一股怀旧风潮。如今在这里见到了实物，有异样的亲切，不禁多看了几眼。那师奶以为我在看她，有些不好意思，用广东话说，后生仔，你是不知我们年纪大了，头发薄，卷一卷才好出街见人。庄师傅就说，吹出力道，打松了，又年轻十岁。

师奶便笑了，改用上海话说，庄师傅嘴巴甜得来。

庄师傅说，我老老实实，不讲大话的。

师奶呵呵笑道，冲这个甜嘴巴，好手势，我月月都从九龙过来帮衬的。大家好讲上海话，认牢这个师傅。

庄师傅说，哪里有，有两个号头没来过了。

师奶便立即说，你都晓得，阿拉在浦东买了别墅，虹口也有套房子，一年总要回去住一住，才划算。

庄师傅便接话，侬就算不住，房价这些年，都是坐火箭升上去，富婆做得适意得来。

师奶似乎急了，身形一扭，开口声音忽然有些娇嗲，侬弗要乱讲啊。

这时候，Terence忽然低声说，师母来了。

那个师奶便好像定住似的，正襟危坐。一个身形精干的女人走过来，蜡黄脸色，利落的短发，面目严肃，倒不太能看出年纪。她抱了一摞白色的毛巾，放进了座位旁边的抽斗里。打量那位客人，倒是微笑了一下，说，何师奶，好气色。

这瘦小的人，竟是浑厚的烟嗓，倒显得整个人不怒而威了。

先前的师奶，声音低下去了八度，客气道，老板娘讲笑。阿拉俉孙周末摆满月酒，飞个靓头发去饮宴。

老板娘说，多谢帮衬啦。

说完，收了几条用过的毛巾，放进一只塑料篮子里，利落落地又走了。

她前脚刚走，这何师奶便道，阿弥陀佛，得人惊。

"唔好郁。①"就听到庄师傅柔声道，大概头发吹到了尾声。师奶熟练地从桌上抽出一张纸巾，掩住口鼻。庄师傅用一大罐喷发胶，喷洒了一圈；又找出一罐小的，在额头喷了喷。

"何师奶，我同你讲……"庄师傅一开口，"自然定型，今晚唔好落水洗……知道喇，次次来，次次讲。"何师奶不耐烦似的，却又轻声笑起来。

庄师傅拿一面镜子，给她左右照照。又给她细细掸掉身上的碎头发。何师奶站起身，说，真的好手势，靓翻啰。

便到柜台去结账。她临走先搁下五十块小费在台上，然后才出门

---

① 不要动。

去，身姿虽丰润，竟是有些婀娜的。

庄师傅将钞票塞给 Terence 说，康，拿去给你朋友买雪糕。

Terence 笑着推却，说，师父还当我们是细路仔。

庄师傅就装到自己口袋里，倒有些不好意思，说，嗨，世道不景，阿拉这辰光，唯有靠熟客啰。

这时候，便听到那把庄太的烟嗓，是熟，熟得很。六十岁的人了，还跟人飘眼风。这个何仙姑！

庄师傅呵呵笑着，说，话是话，好歹人家也帮衬了二三十年。

老板娘说，是啊，住在北角就帮衬，搬去了土瓜湾，坐船也要过来同上海老乡倾倾偈。

Terence 就说，师母，何师奶口水多过茶，师父可是目不斜视。

庄太就佯怒道，康仔，你就护你师父的短吧。

说罢叹一口气，说，如今都请不到小工，我一个要顶八个用。你们男人家进来剪头发、剃须、汰头、擦面，至少要用六条毛巾。我哪里洗得过来。

庄师傅便道，夫人辛苦，谁叫你是女中豪杰。

庄太嘴里"哧"一声，我是劳碌命，老板娘是摆摆样子，人家有别墅的才是女中豪杰。

庄师傅回过头，对我们做了一个鬼脸。庄太说，以往生意好时，我们光师傅就有十几个。你看现在，那边的龙师傅，来香港时才二十多岁。现在刚过八十寿，也还是在做。

我远远看去，这个师傅须发皆白，胖胖的，一脸的福相，倒真看不出已经是耄耋老人。他哈哈一笑，说，我这是香港精神，手唔震，就做落去。我们这间老字号，客同师傅，都是死一个少一个。有啲一百岁，坐住轮椅都嚟帮衬。两三个月冇嚟，到个仔嚟剪发，我话也咁耐唔见你妈姐，佢就话过咗身啰。①

　　庄师傅这时坐下来，接口道，对，李丽珊是香港精神。我孙女最钟意麦兜，吃菠萝油也是香港精神。

　　他打开一只纸袋，拿出面包，又打开一只保温杯。一边啃面包，一边便说，从早上到现在，才有空吃口饭。你是 Terry 的朋友仔，不和你见外了。按规矩我们上海师傅做事，有客时不能吃东西。不像广东师傅，叼着香烟给客人剪发，冇眼睇。②

　　这时候龙师傅转身收拾手上的活计，背影有些蹒跚。庄师傅轻声说，看他乐呵呵，去年底心脏才搭了桥。没办法，也是没有年轻人肯入行。

　　Terence 便说，师父急用人，我就来帮手。

　　庄师傅使劲摆摆手，大概是面包吃得急，堵在嘴里讲不出话来。庄太就接口道，可不敢请你，你老豆不要上门一把火烧了我们"温莎"。

　　这时候，我才仔细环顾了这叫做"温莎"的理发店。带我来的时候，阿康特别强调，这是一间上海理发公司，不是一般的飞发铺。

　　其实地方不是很大，大约是因为两整面墙都是镜子，感觉阔朗了许多。地面用石青色的马赛克，唯有柜台镶嵌一面大理石，在柔和的灯光里，也并不显得冰冷。上面钉着几个明星的黑白"大头相"，赫本、梦露和吕奇。巨大的月份牌，上面有个旗袍女子，丹凤眼，腮红，欲语还休的样子。整个厅堂里，响着极其清淡的音乐，是上个世纪的风雅。唯有一只方形的挂钟，式样和做工，虽是金灿灿的，却显出批量生产的简陋，让这气氛有些破了功。

---

① 有的一百岁了，坐着轮椅都要来帮衬。两三个月没来，到了他儿子来剪头发，我说很久没见你阿妈啊，他就讲已经去世了。
② 看不下去。

这时，庄师傅吃完了，将那装面包的纸袋折叠好，扔进垃圾桶里。细细地洗了手，这才走过来，说，拿给我看看。

我将朋友发来的照片给他看，他说，呦，花旗装，这发型可是很久没剪过了。你这个朋友仔有眼光。

他便拍拍我的肩膀，先去洗个头，然后遥遥地喊，五叔公！

刚才那个龙师傅，便引我过去。我走到洗头椅上躺下来，他说，后生仔，到这边来。这边是男宾部。

我茫然站起来，才看到他站在店堂的另一侧，有几个水盆。庄师傅哈哈笑着说，阿拉上海理发公司，分男女，"架生"不同。广东理发店汰头朝天困，阿拉铺头，男宾是英雄竞折腰。

我在龙师傅指引下坐下来，俯下身将面冲着白瓷洗脸池。龙师傅用手试试水温，这才轻轻将水淋在我的头上。这感觉很奇妙，好像童年时外公给我洗头的感觉，是很久前的了。这位老人家手力道很足，又有很温柔的分寸。擦干前，用指节轻轻敲打，头皮每一处都好像通畅清醒了，舒泰极了。

站起身，庄师傅冲我招招手，让我在一个庞大的理发椅上坐下来。

我这才注意到，男女宾的座椅原来也是不同的。女宾部的要小巧简单一些。

五叔公汰头适意吧？他一边用吹风机给我吹头，一边问。

他便好像很得意，说，那是。我们这边啊，人手依家少咗，可功架不倒。汰头、剪发剃须、擦鞋，讲究几个师傅各有一手，成条龙服务。哪像广东佬的飞发铺，一脚踢！

这吹风机的声音很大，我有些听不清他说话。吹完了，我说，师傅，这风筒有年头了吧。他说，你话这只"飞机仔"？你自己看看。

我借着光一看，刻着字呢，隐约可见字样，"大新公司，1960 年

3月7日"，算起来有六十年了。

我说，是个古董呢。

他一边剪，一边说，要说古董，我这里不要太多。就你坐的这张油压理发椅，我在日本订了来。盛惠三千八一张，我买了八张。当时一个师傅的月薪才三百块，是一年薪水。六〇年代，可以买两层楼呢。

庄太接口道，埃个辰光，真不如买了楼。乜都唔做，现在卖了手头两千多万来养老。

庄师傅不理她，你看这老东西，质量交关好。真皮坐垫头枕，几十年才换了一次皮，脚踏可调高低，椅背可校前后，还带按摩。适意得来，这么多年，帮我留住了多少客。

他一边说着，一边踩那脚踏，椅背便降下来。我似曾相识，便说，"乐群"那里也见过这张椅。

Terence 便道，我那张，是找人仿制了师父这里的，如今买少见少。"温莎"这几张真古董，王家卫拍的《一代宗师》，张震的白玫瑰理发店，在这借过景。景能借，椅子能仿，可手艺借不了。艾伦你就闭上眼睛，叹下什么是真功夫。

我果然闭上眼睛，一块滚热的毛巾敷在面上，顿时觉得毛孔都张了开来。就感到一把毛刷在脸上轻抚，有一种小时候的花露水味道，滑腻而冰爽，是剃须枧液。一丝凉，从唇上开始游动，然后是下巴、颈项、面颊两边，奇异的张弛，是伴随手指在脸部的轻按与拉伸。这感觉似曾相识，但似乎又是全新的体验。大约因为一气呵成，有一种可碰触的洁净。像是锋刃在皮肤上的舞蹈，令人几乎不忍停下。

我忽然明白了，翟康然师出有名，的确不是来自他的父亲。

我的脸上又被敷上了毛巾，作为这冰爽后的一个温暖的收束。

椅子被渐渐升起来，我看到庄师傅牵过椅子侧面的一条皮带，将剃刀在上面打磨。他说，这东西我们叫"吕洞宾裤腰带"，我一柄"孖人牌"，磨了几十年，还禁用得很。

他笑道，你大概听说过扬州三把刀。这剃刀在上海理发公司才叫发扬光大，我"温莎"的回头客，来来往往，都是为了再挨我这一刀。

我看见他将刀刃已经磨成了波浪形的剃刀，用布擦干净，很小心地放进手边的盒子里。

庄师傅剪头发，不用电推，只用牙梳和各色剪刀。他的手在我头顶翻飞。剪刀便如同长在他的手指间，骨肉相连，无须思考的动作，像是本能。流水行云，甚至不见他判断毫微。手与我的头发，好像是老友重逢的默契。

待那只大风筒的声音又响起来，已是很长时间后了。但我似乎又没有感到时间的流逝。镜子里头，是个熟悉的陌生人，却如同时光的倒流，与这店里昏黄的灯影、墙纸上轻微蜿蜒的经年水迹、颜色斑驳的皮椅，不期然地浑然一体。

成个电影明星咁！庄师傅赞道。他最后细心地调整了我额前发浪细微弯折的曲度。

临走时，庄师傅从柜上取下一个金属樽，对我说，你的发质硬，要仔细打理，照我说的方法。我送你一罐发蜡。

我接过来道谢，上面只有"温莎"两个字。他倒是眨了眨眼睛，道，都说我们上海师傅孤寒，那是没遇到知己。

走出店，翟康然看看我说，我师父做的花旗头，是一绝。和外头不一样，但他不教我。

我问，为什么？

他问，你没看出，他根本看不上广东飞发吗？

其实，他是看不上我阿爸！没有等我回答，他说，但师父答应他，不给我出师。他一天不教我花旗头，我就不算是他徒弟。

我终于问，你为什么不跟翟师傅学剪发呢？

翟康然没说话。我们俩在北角默默地走，我看到了翟师兄对我说过的皇都戏院。在英皇道的拐弯处，巨大的玫瑰色的背景，是业已斑驳的浮雕，"蝉迷董卓"。我细细地辨认，看不出蝉，也不见董卓。但可以想见昔日的堂皇。如今熙熙攘攘的人流，没有谁在此驻足，哪怕抬起头看一眼。不期然地，我想起了"孔雀"。

我说，Terry，我想进去看看。我们走进去，其实里面并没有什么可看的。只有两个卖玩具的档口，和一个临时搭建起的报纸摊档，兼在卖色情杂志。翟康然翻看了一下，说，也不知还卖不卖得掉，价钱倒没怎么涨。当年冲田杏梨那期出街，我们几个男生，集钱买《龙虎豹》来看。摊主说，铺租可涨得好犀利。翟康然就掏出钱，买了一本，说，当个纪念吧。

这地铺的尽头，是个眼镜店，叫"公主眼镜中心"。他对我说，那时候我哥刚上初中，来这里配近视眼镜。我爸说："讲好孖生，又唔见康仔眼有事，晒咗啲钱①！"你说谁好好的，会想要近视。我哥读书勤力，家里那个十五瓦的小灯胆，不近视才怪。

自然这地处偏僻的眼镜店，也并没有什么生意。我们驻足，老板便走出来，脸上挂了殷勤的职业笑容。他愣一愣，招呼说，康仔！

Terence 便道，水伯，我陪朋友来看看。他是个作家呢。

这叫水伯的老板说，好好，作家好。我细个时，成日睇梁羽生小说，你写不写武侠的？

我便说，我想写写老香港。

———————
① 浪费钱。

水伯踌躇一下，便大笑道，说，老香港，咪就系我啲呢班老嘢①，有什么好写哦。

接着他又说，哈哈，康仔，不如写你老豆啦。我好耐未见佢，仲未死？②

阿康便答他，就快了，肺癌第三期。不过他自己唔知道。

我只觉头脑轰的一声。水伯变得手足无措，他显然没预计老伙计之间的玩笑话，会招致如此答案。但阿康说得不露声色，风停水静，仿佛只是在讲一件极小的家庭琐事。

我看出，他眼里有淡淡的恶作剧的神情，在面对这一瞬难言的尴尬，他并没有给水伯足够的反应时间，就告辞离开。留下这个老人，五味杂陈的表情还凝固在脸上。

我们走进北角官立中学。大概因为这天周末，并没有什么人。

校园里有一棵参天的榕树，垂挂下的气根，在地上又生出了新的枝叶。它的大和古意，与校园里翻新的校舍、运动设施似乎有些不相称。

我们在树底下的长凳坐下，阿康说，我好久都没回来了。现在看，这些东西怎么都变得这么小。

你不知道，以往对面有个夜总会。舞小姐的宿舍就在楼上。我们这些男生一下课，就跑到教室天台上看，好彩能看到她们换衣服。她们也不避人，还跟我们抛飞吻。有一次啊，我们刚跑到天台上，就看见了教导主任，眼巴巴地望着对面。

我大佬，就从来不跟我们去看。他们都说，我跟翟健然，除了长得分不清，没一处一样。可是我第一次逃学，就是我哥帮我顶下来的。

―――――――――――

① 不就是我们这班老东西。
② 不如写你老爸啦，我很久没见过他，还没死哪？

那天逃学，翟康然走进了"温莎"这间上海理发公司。

他是受了一个同学的影响。这个同学是 Queen 乐队痴迷的拥趸。一九七〇年代，因为 Queen 和 The Osmonds，加之本港温拿乐队的推波助澜，几乎全港的青年男性都开始蓄发，留椰壳头，成为盘桓良久的时尚标杆。但此时这波风潮早已经过去，这个男生仍然坚定不移地将一头长发，作为对偶像表达忠诚的标志。哪怕冒着被处分的风险，仍然在所不惜。但某一天，他走进了教室，同学们惊奇地发现，他的头发剪短了，一同剪掉了他的不羁。但他的新发型，整洁而精致，却呈现出了某种高贵而成熟的气质。对这些成长于北角街巷的孩子们来说，这是新奇的。翟康然和他们一样，第一次体会到发型对一个人的改变，可以如此巨大。他看到这个同学显然对自己的改变持某种骄傲的态度，当反复被人问起，这个孩子才言简意赅而略带神秘地说出"温莎"两个字。

翟康然站在这间理发公司门口，看着这两个字。它的标牌上有一个简洁的男人人形，用的是剪影的手法。他打着领结，嘴上叼着烟斗，是个西方绅士的形象。在一瞬间，翟康然觉得自己十多年养成的审美，受到了某种击打。

他走进去，首先就看见了大理石影壁上赫本与梦露的大幅黑白海报。梦露浅笑着，垂着眼角望着他，带着某种欲语还休的魅惑。他同时听到了舒缓而节奏慵懒的音乐，这和此时本港的流行，也大相径庭。年轻的他并不熟悉，这是爵士，来自于柜台上的一台山水牌唱机。

他模仿着身边的大人，坐下。立即有个胳膊上搭着毛巾的人走过来，半屈着身体面对他。他的手里有一只木盒，里面放着几种香烟，有万宝路、总督等牌子，供客人挑选。学校的规矩，此时让他仓皇地摆了摆手。这人便转向下一个客人。他看着身边的人，接过了报纸与香烟，立刻有一只 Zippo 的 K 金打火机,"咔"地在嘴边打响。这"咔"的一声,在翟康然听来,有一种难以言喻的形式美感。他想,他自己家的铺头,只在阴湿的墙角放着几本公仔书——《傻侦探》《财叔》《老夫子》《铁甲人》,用来哄一哄哭闹的街童。

他远远地看见这店里的师傅。

这些师傅各司其职,有的在给人洗头,有的在刮脸,有的在客人临出门前为客人擦鞋。有条不紊,是他所未见过的排场与讲究。师傅原来都是一样的装束,穿着枣红色的制服。这是"温莎"许多年没变过的 barber jacket。这制服上两侧各有一个口袋,左红万、右马经。

唯有一个人,穿着深蓝色。这个人和他的父亲年纪相仿,但却比他老豆挺拔得多,浆洗得挺硬的衬衫衣领,将他的身形又拔高了一些。他打着黑色的领结,和门口招牌上的绅士一样。此时,他正弓下腰,与一个客人耳语,脸上是专注与殷勤的表情。

就这样,翟康然目睹了庄师傅为一个男客服务的整个过程,并且就此做了决定,要拜他为师。

在回家的路上,翟康然步态轻松,尽管他花去了他积攒的零花钱,但他耳畔似乎还响着带着上海口音的那句略软糯的"先生",而不是粗鲁地叫他"细蚊仔"。他觉得自己的脸颊无比光洁。因为这声"先生",他剃去了在荷尔蒙涌动下,已经长得旺盛得有些发青的唇髭。此前,他从未刮过胡子。这个上海师傅柔声问他要不要刮去,因为此后长出来,会更加坚硬。他毅然地点头,像是接受了某种告别青春的仪式。他在路上走着,忽然闭上眼睛,回味着手调的剃须泡在脸颊上堆积的润滑,而后锋刃在皮肤上游动略为发痒的感觉。他再睁开眼睛,觉得神清气爽,他是个真正的"男人"了。

翟康然傲然地走进了逼仄的家。他已预计到了父兄的反应。在昏暗的灯光里头，翟健然抬起头，看着胞弟顶着从未见过的发型，进了门。他恍惚了一下，大约因为这张和自己一模一样的脸。他的目光从眼镜片后投射过来，定定地、呆钝地落在了阿康身上，然后猛然转过头去，他看见醉酒的父亲，红着眼睛，像是在望一只误打误撞、从外面走进来的野猫。

翟康然在父亲的眼睛里，终于看到了一丝怯懦。为了掩饰这怯懦，翟玉成从腰间抽出了皮带，走向自己的儿子。他比平时走得慢一些，并不是因为他喝得比平时更多，而是他有些犹豫。当他说服自己，"慢"只是更为表现自己权威的动作，翟康然已经捕捉到了父亲的犹豫。当后者终于抡起了皮带，要抽向他的时候，他一把握住了父亲的手。眼神里浮动了一种轻蔑的笑意，这笑意和他的新发型配合得天衣无缝，是见过了世面的少年老成。这笑终于激怒了翟玉成。他使了一下劲，却发现自己动弹不得。这时，他惊恐地发现，原来儿子已经长大了，长到了与自己相等的身量，甚至更高，因看向自己的目光是俯视的。

翟康然当然有了得逞的快意。一个飞发佬的儿子，却去了别人那里剪了头发，并且是他从未操刀过的发型。他知道父亲已经深深体会到了羞耻。是的，这十几年来，经过父亲的手，他多年剪的是最为简易的"陆军装"与"红毛装"。身为一个飞发佬，翟玉成并不想将精力用在自家孩子身上，因为无关乎营生。他对两兄弟向来是粗疏和敷衍的。

这个精致而略显浮华的发型，在一个中学生的头上，无论视觉与心理，都对他造成了打击与挑战。他想，他长年寄身于街巷，大概有多久没剪过这样的发型了。

翟玉成后退几步，颓然地坐下来。翟康然只当是他内心的挫败与虚弱。他的举动，印证了孩子对他的想象，这就是个终日酗酒、混吃等死、虚张声势的飞发佬。

但是做儿子的不知道，在这一刹那，父亲的脑海里出现了"孔雀"两个字。这是他内心最后的体面，多年来隐藏在他记忆的暗格中。像所有的秘密一样，被用酒精麻醉，行将凋萎，但终究是没有死。

翟康然自然不知道当年"孔雀"的盛况，即使有老辈的北角人曾经提起，他也不会觉得与自己有一丝一毫的关联。这间港产的发廊，已经彻底从城市版图上消失，成为某个阶层温柔的时代断片。前无过去，后无将来。

翟玉成知道，尚年少的儿子，终于与他青年时的职业理想，出现了交叠。这或许是遗传的强大。幸耶不幸，但儿子的理想，却是寄身于另一个人身上。

你要同个外江佬学飞发？他问儿子。

对！翟康然并未正眼看自己的父亲。他仅仅是通知他。

庄锦明看见这个男孩走进来，直截了当地向他提出了学师的要求。

他望着这个不知天高地厚的孩子，心想，如今是什么世道，广东仔都这么理直气壮，想学上海理发？

彼时，尽管整个香港飞发业在时代的浪潮中节节败退，"上海理发公司"在其中，仍然是个奇妙的闭环。

这大约因为某种流传至今的排场与尊严。

剪头发在庄锦明家里，算是世业。老早的扬州三把刀，他家里是占了两把。爷爷辈除了剃刀，还有修脚刀，一上一下。后来时世迭转，背井离乡，便都转做了头上功夫，出了几个有名的理发师傅。"上海老早剃头店,都是阿拉同乡开的嘛。"这是颇令他自豪的一句话。他父亲出师后,便在上海金门饭店的"华安理发"做,算是很见过了世面。"埃个辰光,剃头店的门是旋转的,有红头阿三开门,老高级的。"后来庄老先生积攒了客源,自己出来开店。再往后,便和几个朋友南下去了香港。

大约过了些时候,庄老先生便将儿子也申请了来港。说实话,刚来时,少年的庄锦明对香港是失望的。他回忆起当时感受,常以"蹩脚"一言以蔽之。满眼是低矮陈旧的三层唐楼。而因为还未大规模地填海,湾仔铜锣湾一带,也是缺乏气象的。虽说他出来时,相形昔日繁华,上海已有些"推背"(走下坡路),但较香港还是绰绰有余。好在他所在的区域,是北角。那里有许多的上海人,殷实些的迁去了半山继园一带。到他来港,还有不少散居民间,在春秧街、明园西街等处和福建人混居在一起。这里便称为"小上海",自然也带来了上海人的品味和生态。洋服店、照相馆、南货店是不缺的。早上起来,想吃地道的粢饭、咸浆、鳝糊面也都可以找得见地方。庄锦明并不觉得和在上海时有太大差别。

此时,年轻如他,当然意识到了"上海"二字,已经成了某种时髦的风向标。而上世纪的五六十年代,如庄老先生开的上海理发店,也成为这海派的时髦里最显性的基因。上海理发师傅,为香港带来了"蛋挞头""飞机头"等经典发型,也带来周到的服务。"顾客至上"的原则甚至价格的高昂,形成了某种洋派传统的仪式感,令街坊式理发的粗枝大叶相形见绌。

到庄锦明开店时,上海理发虽远未至强弩之末,其实已过了盛时。这大约因为全球化与资讯的传递,已经进入了新的纪元。各种流行与风潮在欧美出现,很短的时间内就可在世界燎原。然而这风潮又的确捉摸不定，受到各种因素的影响，反战、平权、朋克运动甚至只是一出电影。飞发师傅们并不懂得这些，他们只看到本港年轻人的头发越留越长，可以许多个月都不剪。而蓬松与疏于打理，竟然也会成为某种审美和流行。这是不可思议的，并影响到了他们的生计。

庄老先生过身后，庄锦明退租了原来在渣华道的铺位，选择在春秧街另开了一间新店。对于一个上海理发店，这具有某种革命的意义。从另一角度来说，或许也是他的聪明之处。

他的前辈们，是不曾在如此街坊的地方开店的。上海理发店，一直都是壁垒分明的阶层标志。但"温莎"的到来，则打破了这一壁垒。在有限度地保留一贯的服务与形式的前提下，它以入乡随俗的作风和惠民的态度面对了街坊。这就是其意义。换言之，它让北角的普罗街坊得以平价享受了从未体验的飞发排场，以及与之相关的虚荣。在消费学和市场学的界定里，"上海理发"类似贺施所提出的 Positional Goods（地位性商品）。庄锦明可谓抓住了其中的精髓，且深谙其道，如同当下某些奢侈品牌与大众连锁店的合作，推出所谓设计师款。牺牲了一点矜持，就获得新的市场与口碑。

于是，"温莎"的铺租，自然也就更为合算。它没用庄家老店张扬气派的门脸儿。在人头熙熙攘攘的春秧街上，它的左邻右舍，是面粉厂、南货店以及果栏。每天清晨伊始，这街道上即开始了一天的劳作。所以它的气质，也便随之勤勉而务实，类似于某种脱胎换骨。比起老店，它也关得更加晚，在门前"叮叮当当"的电车声中，来往的人们都看得见它的灯光和招牌上绅士剪影的标志。

如此，庄锦明为北角的街坊忠诚地提供着对绅士的服务。但他却并未牺牲应有的品质与流程。比如师傅次第接力式的服务，各司其职。这对于人手是有要求的，鉴于香港人工的相对高昂，便很需要控制成本的艺术。

　　在这方面，庄锦明可谓得天独厚。他出身于理发的世家，而与他的太太家里亦是同行。在他奔赴香港继承父业时，两家留在内地的亲戚，正与时代同奏共蹇。他们是知青的一代，经历了上山下乡，被下放到安徽和苏北插队。他们通过高考和招工，回到城里，成了教师、工人和家庭主妇。

　　在时间的淘洗中，他们渐渐忘却了祖业。直到有一年清明，庄锦明携太太回来，给他祖父上坟。他们发现，这个香港亲戚衣锦还乡，靠的正是家传。这才唤起了他们对手艺的记忆。庄锦明看着三堂哥一家，局促地住在已颓败的亭子间，在走廊里烧饭，不禁脱口而出，不如你们来帮我吧。

　　于是这些亲戚们，申请了三个号头的探亲签证，来到香港，为新开的"温莎"助阵。即使手势生疏，但遗传的天分，使他们在汰了一个星期的头之后，已然可以上手，独当一面。在这三个月里，庄锦明管他们吃住，给他们三四千一个月的月薪。当他们回去时，带了万余元的港币现金。可以想见，相对于内地当时普遍工资，这是一笔巨款。因此，亲戚们可谓前赴后继，"温莎"也从未缺过人手。

　　庄锦明回想起那时的自己，尽管摆出了躬身的姿态，内里仍有些气傲。

　　他看着这个少年，长着广东人典型的微凹的眼睛，眼里泛着微光。庄锦明以一种看似亲和、实则居高临下的态度，打发了他。

　　但是，这个少年第二日傍晚又来了。坐在同一个位置，是在等客区的角落，大约为不影响其他的顾客。他一声不吭，只是定定地看着庄锦明剪发。由于他并未打扰店里的工作，无可指摘。直到快要打烊时，他才走过来，再次表示了想要学师的愿望。

这一天很累，庄锦明没有了敷衍他的兴趣，就说，后生仔，你看，我们不需要人手了。

少年说，我想学徒，我不要工钱。

庄锦明直截了当地说，我不收学徒。

但是这个少年仍然每天都会来，甚至不再询问他，只是以一种坚执的目光望着他，眼睛都不眨一下。庄锦明在他的注视下，有些不自在，但久了也渐渐习以为常。

直到有一天，他听到了两个客人的议论。

一个说，这细路，不是"乐群"那个飞发佬的仔吗？孖生的。

另一个答，是哦，不知是老大还是老二。

这个便说，老二吧。老大是个四眼仔。

店里的师傅便对庄锦明说，难怪熟口面。自己家开飞发铺，跑到人家铺头学师，系唔系黐线①？

这句话提醒了庄锦明。后来，翟康然问起，究竟是什么原因，让师父忽然回心转意，收下了他。庄锦明笑而不语。

其实，当他在春秧街开铺的那一天，他已经十分清楚，自己会触动同业的利益。

而近在咫尺的"乐群"，必然是其中之一。即使"温莎"以屈尊的姿态，但在价格上还是比"乐群"高了二十元。但毕竟高得有限。一如前述，北角的居民，已视"温莎"为改变生活品质的捷径。这并阻挡不了客源的流动。如果付出了十几二十块，就可以不用忍受横街窄巷里经年的污水与死耗子味，享受好得多的服务，何乐而不为？

---

① 是不是脑子有毛病。

直到终日在宿醉中上工的翟玉成，也意识到了情势的变化。他看见隔壁铺卖烧腊的大强仔，从"温莎"中走出来，喜气洋洋的。长相粗豪的强仔顶着一个精致的蛋挞头，走出来，清靓白净起来。翟玉成无名火起，因为强仔终年都在他那里剪一个陆军装，那是一种极易打理的、类似光头的发型。中饭的生意空当，一只电推就可顺手搞定。强仔的移情，既不符合就近原则，也无关乎效率，这足以令人警惕。

"温莎"的出现，改变了北角飞发佬的生存环境，是必然的。在翟玉成们看来，无异于鸠占鹊巢。他们深信这间"上海理发公司"，一定名不副实。"白粥价，碗仔翅当鱼翅卖！"是对非法打破业态的控诉。翟玉成并未加入这种控诉。只有他自己知道，他心底埋藏着一个"孔雀"。这个别人眼中的神话，是他个人的秘密。尽管永远秘而不宣，也使得他在内心不屑于和这些飞发佬们为伍。

但是，当得知自己的儿子，要拜在这个上海师傅门下时，终于对他造成了打击。

那段时间，"温莎"的生意已经过了开业时盈门的火爆，进入了平稳期。但是庄锦明心中并不畅快。

即使有所准备，他所感受到的来自于同业的敌意，依然大于想象。关于他出现了诸多的流言。在开初的时候，他还一笑了之。但是这些流言在流传的过程中，捕风捉影，生长、丰满、自我逻辑化，变得越来越有鼻子有眼。

其中之一是说，他开所谓"上海理发店"，但自己却不是上海人。他的祖上，是来自苏北乡下的修脚师傅。这自然是为了撼动他的权威与手艺继承的合理性。而另一说，则是讲他在开店执业之前，是在北角的殡仪馆，专为死人剪头发。这个诡异的谣言，显然是空穴来风，却有着令人啼笑皆非的依据，是因为他用来打薄的牙剪，比一般剃头佬的要小一号。

这些谣言彼此交缠串联，编织成了一个完整的故事。这个故事的核心内容便是，他是个出身低下、手段阴暗的侵入者，"上海"二字不过是用来惑众的表皮。

在长期的哑忍后，他决定捍卫自己的尊严。

他收翟康然为徒，于是有了意气的性质。

他不相信翟玉成在这个谣言链条中的无辜。打击一个，便可儆百。

翟康然在意外的喜悦中进入了"温莎"，出自珍惜，他很清楚成为一个学徒需要做的一切。

没有拜师礼，没有敬师茶，他理解为这是所谓洋派作风。他也有了一身制服，枣红色，左红万，右马经。虽然并非为他度身定做，有些宽大，但他依然有了某种骄傲。他看着镜子中的自己，背后也有镜子，一个叠一个，一个套一个，前前后后便有无数个自己。像是将这有限而无限的世界充盈了，他心底升起了一丝浅浅的得意与安心。

这店堂里的爵士，忽然转成了一个女子苍厚的声音，妖冶慵懒。他不知这是白光的歌声。但穿过这歌声，他似乎看到了三十年代的老上海。那是他从未去过的地方，只在电视与画报上见过。但他仿佛看见了摩肩接踵的大厦，外滩一望无尽的灯光，滔滔的黄浦江水，远方传来鸣船的汽笛声。入时的男女，衣香鬓影，拥在一起舞蹈。在霓虹的闪烁中，若隐若现，晨昏无定。

他想，这就是他的理想。他要成为一个上海理发师傅，他离着理想，越来越接近了。

他还是个少年，理想也注定有少年的天真，以及少年的一根筋。他在中五辍了学，投入了他自己所认为的事业。

这时，旁边响起一个声音，康仔，倒痰罐了啦。等着积元宝咩。

他这才回过神来，赶紧拿起痰罐。里面的味道让他干呕了一下。痰罐里的污物上，漂着几颗烟头，是冲鼻的气息。但他忍住，利索地走出去。

看着他的背影，这一瞬，庄锦明心里有一丝不忍。他甚至动摇了一下，但稍纵即逝。他想，已经一周过去了，这孩子竟没有看出他非出自真心。他甚至没有体会到周遭的嘲谑与淡淡恶意。

在翟康然看来，师父安排他的工作无外乎两样，给客人递烟与倾倒洗刷痰罐。他想当然将之视为历练。他看过太多这样的故事，师父用不可思议的方式考验徒弟，其中大多与屈辱相关。但这些考验，无一不指向倾囊相授与终成大器。

这一天收工前，庄锦明点起了一炷香，要求他扎下马步，然后悬在手中摇晃一支筷子，模拟理发的动作。

翟康然想，终于接近了这个故事的正式起点，师父开始教他了。

他定定地站着，让自己的背挺得更直一些。不久之后，他感到腿开始沉重，手腕也因无依持发起了酸。

当他的腿开始发抖时，感到膝盖被猛地一击。

他连忙振作了精神，让自己站得更直一些。

他的身后又响起了上海话，间或是讪笑的声音。这是他这些天里，唯一感到不友善的地方。这些师傅，总是在他经过时，改用上海话交谈，似乎有心要让他听不懂。他听到他们在身后议论。他们都是知情的人，他们在等待他的耐心和自尊感的崩塌。

这时候，门打开了。庄锦明看见一个精瘦的男人走了进来，脸色青黄，顶有些谢。重点是，来人有双微凹的眼睛。庄锦明心里冷笑，他想，事情终于接近戏骨了。

翟玉成看着自己的儿子，以一个滑稽的姿势站着，面对自己，手里执着一根筷子。因为看见了父亲，他的手忽然静止，整个人的姿势，便更为滑稽，像是一个傀儡。意想中的，他感受到了屈辱。

儿子的身后，站着一个男人，头发梳理得一丝不苟。嘴角有些下垂，是严厉的表情。他的手中举着一只鸡毛掸，狠狠地打在儿子的腿弯，说，手莫停！

这一下，仿佛打在了翟玉成身上。他走到翟康然跟前，说，康仔，走。

庄锦明又一下打下来，说，叫你手莫停。

他看到了这个男人额上渐渐暴出了青筋，但仍不露声色。这已经让他意外。庄锦明想，小看了这个广东飞发佬，还真沉得住气。

庄锦明始终没有正眼看他。在长久的沉默后，这男人终于拉动了翟康然一下。

庄锦明这才站起身，厉声道，我教训徒弟，旁人插什么手。

他仍然没有看翟玉成。翟玉成静默了一下，提高声音说，这是我儿子。

庄锦明冷笑，同时闻到了一股酒气。他想，酒壮尻人胆。这人露出了色厉内荏的一面，所以管教不了他的儿子。他转向翟康然，问道，康仔，是吗？

翟康然一声不吭。

翟玉成上前一步，定定地看着庄锦明道，你又飞发佬，我又飞发佬，凡事讲个将心比心。

庄锦明说，我不懂什么飞发，阿拉上海师傅，只讲理发。

翟玉成脸上的肌肉抖动了一下，这轻微的表情被庄锦明捕捉住了。他想，好，这个中年男人，终于要失态，他能怎样？无理取闹，歇斯底里，一哭二闹三上吊，他便输了。

翟玉成说，你唔返学，唔返屋企，依家唔认我呢个老豆。[①]我只问你一句话，你跟定这个外江佬学飞发？

愣在那里的翟康然，这时忽然抬起了脸，看着父亲，坚定地点了点头。

翟玉成叹一口气，回转了身去。他往前走了几步，站定。却又转身过来，举起了自己的右手，竖起食指。他说，康仔，你听好。二十年前，我为"孔雀"，断佐呢条手指，后来驳返。

他虚无地笑一下。人们看到他用左手握住了这只手指。只听到"喀啪"一声，近旁的人来不及反应。看到翟玉成又举起了这只手指，已经无力地垂挂下来，仅有一层皮肤相连，像是一节凋萎的枯枝。

大约因为万分疼痛，他轻咬住了嘴唇。但面部表情，竟然还十分平静。他说，依家断多一次。你我两父子，今后桥归桥，路归路。

这时候，瞠目结舌的人们，才回过神来。他们七手八脚地拥住翟玉成，要将他送医院。但是，他轻轻推开了人们，自己往前走。他甚至自己用左手，推开了沉重的玻璃门。疼痛让他体力不支，稍微晃动了一下。但他只在门口站了几秒，便昂然地、步履坚定地走开，渐渐消失在众人的视线中。

良久的安静后，庄锦明听到了人们的议论，他间或听到"孔雀"两个字。这是流传在北角很久的传说。

他感到自己攥着鸡毛掸的手心，已渗出了薄薄的汗。

---

① 你不上学，不回家，现在不认我这个老爸。

陆

　　理发店的胰子沫，
　　同宇宙不相干，
　　又好似鱼相忘于江湖。
　　匠人手下的剃刀
　　想起人类的理解，
　　画得许多痕迹。
　　墙下等的无线电开了，
　　是灵魂之吐沫。

——废名《理发店》

柒

　　我在这个冬天，接到了翟健然的电话。

　　赶到医院，我看到翟师傅静静地躺在床上。他紧闭着眼睛，面目紧蹙，头发凌乱地散在枕头上，像是经历过了挣扎。他的右手，伸在被子外面，插着点滴。那手干枯黑黄，经络密布，仿佛被滤干水分的树枝。其中一条枝丫，有着明显的错位，那是他变形外翻的食指。

　　翟健然将我叫到一旁，轻轻说，昨晚一直昏迷，今早才醒过来，现在又睡过去了。医生说了，也就这两天的事。

　　我看到了他的黑眼圈，比平常更为浓重，应该是一宿没有睡。我心里不禁有些发涩，说，师兄，真难为你了。

　　翟师兄叹一口气，戚然道，但凡醒过来，就跟我嚷嚷，说要回飞发铺去。现在，也嚷嚷不动了。

我说，话是话，你陪了他一整年。

他摇摇头，老豆心里明镜似的。他知道，我也只是陪着他，不是陪他的手艺。

我们便静静地坐着，再也没有说话。倒是可以听到翟师傅微弱的呼吸声。每次听上去不太均匀了，翟健然便急忙要站起来。等他呼吸和缓下去，才又坐下。

窗户外头，望出去，有整面的闯眼睛的绿。那是一座古老的教堂，似乎在翻修。绿色的纱幔是为了遮住脚手架，便只能看见教堂的轮廓。方正的钟楼，以及一个高耸的尖顶。

半晌，门打开了。我们看到翟康然走进来，他身后还有一个人，是庄师傅。

庄师傅看上去，比我上次见到，更老了一些。他终于没有了挺拔的姿态，变得有些佝偻了。他在翟康然的搀扶下走过来，手里拎着一个工具箱。

他看着床上的翟师傅，无声地叹了口气。翟康然将一只凳子放在床头，让师父坐下来。庄师傅稍事停顿，打开了工具箱，拿出了牙梳和推剪。

他伸出手，摸一摸翟师傅的头发，说，都是汗啊。康仔，给你老豆擦一擦。

翟康然用一块消毒棉，一点点地，在父亲头上擦拭。他的手，有轻微的抖动。

庄师傅声音发冷，低声道，衰仔，咁样抖法，仲想出师？！

我看到翟康然站起身，走到窗前去。他背过身，肩膀无声地颤抖。我走过去，看着他。他已泪流满面。

庄师傅叫健然将翟师傅的头垫高，自己微微躬身，就住他，开始动作。无关乎步态的蹒跚，他的手竟还是灵活利落的，从头顶开始，一点点地，小心地剪。剪下一点，便用毛巾接着那头发，不让它落在枕头上。病房里，一时间，只有"咔嚓咔嚓"的金属摩擦的声音。因为安静而空旷，这声音一点点放大，竟然十分响亮。

我们看到翟师傅的眼皮，轻轻动了一下。他睁开了眼睛。

他的头不能动弹，但能看到我们，眼珠一轮，最后落在了庄师傅身上。这混浊的眼里，有些虚弱的光，我可以辨认出一瞬的惊讶，然后松懈下来。

他转向庄师傅。我们听到了他干枯而艰难的声音，他说，都传你以往是给死人剪头发的。我不信，如今瞧你这手势，八成是真的。

他的嘴唇翕动了一下，微微张开，竟然笑了。

"唔好郁。"庄师傅没有停止动作，他的手，正在翟师傅鬓角，用剃刀修整"的水"。他说，我这柄"孖人"，用了二十年，还锋利得很，比你的 Henckels 可禁用多了。

你又知我用 Henckels？翟师傅眼睛对着天花板，好像在自言自语。

庄师傅刷上须泡了，轻手而利落地为他剃须。手并未有一丝停顿，他说，十几二十年，你的事，我什么不知道。

我们在旁边看着这一切。庄师傅剪这个头发，用去的时间格外长，剪得格外细。在临近尾声时，他为翟师傅的脸颊，擦上了一点须后膏。我闻到了淡淡的薄荷味道。

他对翟师傅说，我啲上海师傅唔孤寒嘅。①贵嘢来嘅，一般人我不给他用。

他站起身，轻轻地抬翟师傅的头，将头下的垫单取出来。然后拿出

---

① 我们上海师傅不小气的。

一面镜子对着翟师傅，问，老板，点啊？

翟师傅看着镜中的自己，似乎端详了许久，才开口说，好手势。

说完这句话，他又微笑了一下，这才合上了眼睛。

尾 声

翟师傅的追思会上，用的是他年轻时的照片。

那黑白照片是翻拍过的，有一点模糊，但是，可以辨认出这青年惊人的英俊。大约是因为那双微凹的眼睛，里面还盛着许多的憧憬。但人似乎又有面对镜头的羞涩，整个面目便生动了起来。

翟师兄告诉我，这是老豆当年考电影训练班的报名照，他找了许久。

来吊唁的人并不很多。老庄师傅看见我，热情地打招呼。我问他可好，他说，上次没来得及和我说，他已经关了"温莎"，将理发椅送给了阿康三张，其余捐给了港岛民俗博物馆。

我表示了惋惜之情。他却很看得开似的，摆摆手说，年纪大了，去年经过了疫情，更想通了。他说，康仔出师了，我教会他剪花旗装。

顿一顿又跟我说，他没想到，剪了一辈子头发，最后一个客，是翟师傅。

说到这里，他不禁也有些失神，道，我们这行，医者难自医。到时我的头发，又是谁来剪。

临走时，我向翟师兄道别。

看他眼神远远地落在远方，手里是一封帛金。

那信封上工整地写着四个字："孔雀旧人"。

英 珠

搬家的时候，取下挂在门上的明信片。有一张是白雪皑皑的巴朗山，六年前四川之行的纪念。翻过来，后面是一张铅笔画，已经褪了色。只有一些灰暗的线条。我看了一会儿，把它夹进笔记本里。线条却在眼前丰满清晰，那样一个夜里，应该是一些浓红重绿。

现在想来，相对我信马由缰的旅行观念，与号称"小铁人"的朋友陆卓去四川，算是一次失策。情况是，"小铁人"是极限运动的拥护者，现实中还算是个惜命的人。所以当他提出一日内徒步登峨眉金顶的建议时，我草率且略带兴奋地答应了。可想而知，此后经受了体力和意志的巨大考验。到了阿坝的时候，已经身心俱疲。旅游车在巴朗山上盘旋而上，我一路昏睡。除了在海拔三千多米的时候，遭遇了一个多小时的停顿。一架小货车被山石流淹没了一半，成了无可奈何的天然路障。后面司机按喇叭和骂娘的声音不绝于耳，直到事故平息。

车进入日隆，已经是黄昏。从地图上看，这镇子在小金县东边的一角。想当然觉得它应该是蛮荒的。所以，当我们看到几个一团锦簇的藏女举着纸花，在我们的旅游车前翩翩起舞的时候，确实有些意外。下了车，过来一个男人逐个办理预购门票。陆卓顿时明白，先前苦心设计的自助旅行攻略已等同废纸。这个景区在两年内经过了翻天覆地的商业洗礼。对于浪漫的个人探险者，已是好景不再。

这时候，围上来许多藏民，说着有些难懂的汉话。意思却是清楚的，因为他们手里捧着牦牛皮的挂件、鬼脸荷包和野生羚羊角。在十分沮丧的心情之下，陆卓语气有些粗鲁地将他们驱赶开。他们似乎并不很恼怒，脸上仍然挂着笑，远远地跟着，等待我们回心转意，好成全一桩生意。

手机的信号很弱，陆卓去了百米外的邮政所打电话。我一个人在附近逛。这镇很小，有一条一眼可望到头的小街。街后便是灰蒙蒙的四姑娘山，山势倒是奇伟连绵。街两边是些铺子，大概因为有半官方的性质，倒不见招揽客人。只是商品的价格，比藏民散卖的又贵了不少。我在一个银饰店前站住，对门口的一个虎头的挂锁产生了兴趣。正看得仔细，听见有人轻轻地喊：帅哥。

这声音有些生硬，由于轻，我并没有留意。直到听到又重复了一遍，我才回过头，看见一个藏女，站在身后。

"帅哥。"她张了张口，又小声喊了一声。然后笑了，露出了很白的牙齿。如同中国其他地方，所谓"帅哥"是生意人对年轻顾客讨好的说法。只是眼前这个女人，是没有喊惯的。我问她：有事吗？

她又羞涩地笑了一下，牵动了嘴角的皱纹。面颊上的两块高原红，颜色又深了些。然后她走过来，又退后一步，低声说，我刚才听到你们说话了。你们想去大海子，他们没办法带你们去的。

我这才发现，比较其他的藏民，她的汉话算是十分流利。很快明白了，她表达的意思是，这里最美的景点海子沟，是旅行社经营范围的盲区。因为地势险峻，道路崎岖，车没办法进去。但是她可以租借她的马给我们，带我们进沟。

说完这些，她又低了头，好像很不好意思。我望到她身后，有两匹当地的矮马。看上去挺壮实，配了颜色斑斓的鞍子和辔头。

这其实是个好消息。我对藏女说，哦，是我的朋友不想跟团，你刚才应该和他说。

藏女抬起头，眼睛亮一亮，却又黯淡了一下，说，他很凶，我不敢说。

我笑起来。她也笑了，这一回因为笑得轻松，让我觉得她好看了些。

陆卓回来了，听说后也很兴奋，很快便谈妥了。后天和藏女一起上山。

她牵了马，却又走回来，我问，还有事吗？

她便说，你们还没住下吧。这里的宾馆，哄人钱的。我们乡下人自己开的店，价钱公道，还有新鲜的牦牛肉吃。我帮你们介绍一个。

大约最后一点对我和陆卓都有吸引力。陆卓说，恐怕也是她的关系户。我点点头，便也跟她走了。

一路上经过当地的民居，都是依山而建。大概也是就地取材，用碎石头垒成。两三层的楼房，倒也十分整齐。有穿了玄色衣衫的老嬷嬷坐在天台上晒太阳，看见我们，咧嘴一笑。

藏女赶着两匹矮马，上坡的时候，还在马屁股上轻轻推一下。嘴上说，都是我的娃，大的叫银鬃，小的叫鱼肚。

银鬃遍体棕红，却长着细长的银色的鬃毛，在夕阳底下发出通透闪亮的光。鱼肚胖一些，是一匹黑色小马，肚子却是雪白的。这大概也是名字的来由，想想看，还真的挺有诗意。

我便说，这名字起得好。

藏女便说，是请有文化的先生起的，娃得有个好名字。

陆卓便笑着问，那你叫什么名字？

藏女说，我叫英珠。

我重复了一下，觉得也是好听的名字，就问，是藏名吗？

她说，嗯，我们是嘉绒藏族。

然后便不再说话了。

　　我们在一幢三层的小楼前停住。这小楼看上去比其他的排场些，外面的山墙刷成了粉白色，上面绘着图案，能辨出日月的形状，还有的好像是当地的图腾。屋顶上覆着红瓦。门楣上有块木牌，上面镌着汉藏两种文字，汉文是工整的隶书：卡儿山庄。

　　英珠喊了一声，音调抑扬，里面便有人应的声音。很快走出一个中年女人，招呼我们上去。

　　女人粗眉大眼，是个很活泛的样子。英珠说，这是瑞姐，这里的老板娘。

　　这瑞姐就哈哈一笑，说，是，没有老板的老板娘。

　　我说，你的汉话也很好。

　　她一边引我们进屋，一边说，不好都难。我是汉人，雅安嫁到这来的。

　　屋里有个小姑娘擦着桌子，嬉笑地说，瑞姐当年是我们日隆的第一美人。

　　瑞姐撩一下额前的刘海儿，似乎有些享受这个评价，然后说，那还不是因为英珠嫁了出去。

　　说完这句，却都沉默了。

　　英珠低着头，抬起来看我们，微笑得有些勉强。她轻声说，你们先歇着。就走出去。

瑞姐望她走远了，打一下自己的脸颊，说，又多了嘴。

这时候我听见一种凄厉的声音，对瑞姐说，有人在喊。

这中年女人掸一下袖子，又爽声大笑，说，这是猪饿了叫食呢，你们城里人的见识可真大。

我说，你们把猪养在家里？

瑞姐远远地喊了一串藏语，刚才那个小姑娘嘟囔着出来，拿了瓦盆走到楼下去。

瑞姐说，这个尼玛，打一下动一动，永远不知道自己找事做。

她说，我们嘉绒藏，把畜牲养在底楼。二楼住人。好些的人家有三楼，是仓库和经堂。

我们随她进了房间。还算整齐，看得出是往好里布置的。标准间的格局，有两张沙发，床上铺着席梦思。墙壁挂着羊毛的挂毯，图案抽象古朴，大概是取材于藏地的传说。

瑞姐将暖气开足，说到晚上会降温，被子要多盖点儿。

很快窗户玻璃上蒙了一层水汽。已经是四月，因为海拔高，这里平均温度却只有十度。茶几上有一瓶绢花，生机盎然地透着假，却令房间也温暖了一些。

瑞姐临走说，夜里洗澡，热水器别开太大。这边都用的太阳能。

晚上和旅行团并了伙，分享了一只烤全羊。参加了篝火晚会，看一帮当地的红男绿女跳锅庄，倒也是兴高采烈。

回到旅馆已经九点多。

陆卓去洗澡，不一会儿就跑了出来，钻进被窝里发着抖，牙齿打战，嘴里骂娘，说，操，还没五分钟，水透心凉啦。投诉投诉！

我说，算了，既来之，则安之。我去找老板娘借点热水。

到了外头，见老板娘正在和人说话。

瑞姐见是我，赶紧殷勤地走过来。我说，洗澡间没热水了。她立刻叫尼玛去厨房，拿了两个暖水瓶送过去。一面抱歉地说，这山里头就是这样，能源太紧张，屈待你们了。

我转过身，这才看到和瑞姐讲话的人是英珠。英珠裹了件很厚的军大衣，戴了顶压眉的棉帽，袖着手。刚才都没有认出来。

她对我浅浅地鞠一个躬，在怀里掏一个塑料袋子，伸手捧上来，说，送给你们吃。

我接过来，里面是一些很小的苹果。皮已经有些打了皱。但看英珠的态度，应该在当地是很稀罕的水果。

我还没来得及道谢，英珠又是浅浅低一下头，对老板娘说，我先走了。

瑞姐看着她走远的背影，深深叹了口气。

然后转过脸对我说，小弟，你们拿准了要租英珠的马，可不要再变了啊。

我说，不会变，我们说好了的。

瑞姐说，她是不放心。听说你们明天要跟团去双桥沟。团里有镇上马队的人，她怕你再给他们说动了。良心话，英珠收得可真不算贵，就算是帮帮她。

我说，哦，镇上也有马队吗？

瑞姐想一想说，嗯，他们办了一个什么公司，叫"藏马古道"。专做游客生意。马也是从各家各户征来的。他们说不动英珠，英珠的马是她的亲儿，怕送到马队里受委屈。她现在一个人，很不容易。

我听了就说，其实，从管理的角度想，加入马队也不是坏事。像她现在这样找生意，就要全凭运气了。

瑞姐便又叹了口气说，英珠不是个糊涂人，她是忍不下心。她啥都没有，就这么两匹马娃子了。唉，就是个命，想当年，英珠是我们这儿最出色的姑娘。初中生，人又俊俏，在羌藏人里，算是拔尖的女秀才。毕业嫁给了县中的同学，两口子在成都做生意，那是见过大世面的。可惜了……

这时候听见陆卓在房间里喊，老板娘，电视怎么没信号啊。

瑞姐一边应他，一边匆匆又跟我说，小弟，你答应姐，可不要变了啊。

我点了点头。

第二天跟旅行团去双桥沟。好几个人在中途下了车，因为高原反应。或许是季节的原因，沟里一些所谓景点，平淡无奇，只剩下荒凉罢了。倒是没说处的地方，随处零落的藏人建造的"惹布补"塔，尚有些意味。

导游叫阿旺，年轻的藏族汉子。二十出头，说得一口好汉话，更到了口灿莲花的境界。不过经他诠释过的绝景，总有些牵强。比如那座布达拉山，据他说是修造布达拉宫的范本，看来看去，总也不像。其他方面，似乎也有些信口开河。他身上穿的那件改良过的短打藏袍，陆卓很欣赏，问他是哪里买的。他说是他阿妈亲手织造，没的卖，不过看我们是远道的朋友，愿意六百块忍痛出让给我们。后来我们到了镇上，这件藏袍就挂在一家工艺品铺头的门口，价钱只有他说的一半。

到了沟尾的红杉林冰川，阿旺向我们打听起次日的行程。我说我们去海子沟。阿旺说那旅行团可去不了，不过他和镇上的马队熟得很，可以载我们去。

我说不用了，我们已经租了马。他就问我是跟谁租的。我想一下告诉了他，英珠。他停一停说，卓波拉（朋友），跟我们租，后天送你们一个上午的跑马。陆卓有些心动。我说，不用了，已经说好了的事。

阿旺就有些冷冷地笑，就那两个小驹子，到时候不知道是马驮人还是人驮马。

回程的时候，天上突然下了冰雹，打在身上簌簌作响。然后竟然飘起了雪。我们都有些兴奋，特别是陆卓，他在热带长大，这雪也就成了稀罕物。不过下了一会儿，气温也迅猛地降了下来。回到旅馆的时候，手脚都有些僵。

一进门，瑞姐赶紧送上两碗热腾腾的酥油茶。捧在手里，咕嘟咕嘟就喝下去。其实味道不甚习惯，有些发膻。但一股热流下了肚，周身也就很快暖和起来。瑞姐又切了大块的牦牛肉给我们吃，说，小伙子要多吃点儿，都是暖胃的东西。

她坐下来，在炉子前烤手，望望外头，好像自言自语，这日隆的天气是孩儿脸，一天变三变。早上还顶着太阳出去。

这时候，有人敲门，小心翼翼地。打开来，是英珠。

英珠冲我们点点头，将瑞姐拉到一边，轻轻地说了几句。瑞姐皱一皱眉头。她便拉一拉瑞姐的袖子，求助似的。

这可怎么好？瑞姐终于回过神来，嘴里说。英珠便将头低下去。

瑞姐再望向我们，是满脸堆着笑。她对我说，小弟，看样子这雪，明天还得下，恐怕是小不了了。

我和陆卓都停下筷子，等她说下去。

她似乎也有些为难，终于说出来，英珠的意思，你们能不能推迟一天去海子沟。天冷雪冻，英珠担心马岁口小，扛不住。

陆卓着急地打断她，那可不成。我们后天下午就要坐车去成都，回香港的机票都买好了。

我也不知道该说什么。

英珠一直沉默着，这时候突然说了话，声音很轻，但我们都听见了。她说，这个生意我不做了。

安静了几秒，陆卓的脸沉下来，声音也有些重：早知道就该答应那个阿旺。人家怎么说有个公司，多点信用。

瑞姐赶紧打起了哈哈，说，什么不做，生意生意，和和气气。

又转过头对英珠使眼色，轻声说，妹子，到底是个畜生，将就一下，你以为拉到这两个客容易？

英珠张了张嘴唇，还要说什么，但终于没有说出来。转身走了。

瑞姐关上门。这时候屋里的空气热得有些发炙。水汽在玻璃上挂不住，凝成了细流，一道道地往下淌。瑞姐拿块抹布在玻璃上擦一擦。外头清晰了，看得见影影绰绰的雪，细密地飘下来了。

我一夜没睡。

第二天清早，瑞姐急急地敲我们的门，脸上有喜色，说雪住了。

雪果然是住了。外面粉白阔大的一片，阳光照在上头，有些晃眼。

瑞姐在厅里打酥油茶，香味洋溢出来，也是暖的。她拿个军用水壶，将酥油茶装了满满一壶。又拿麻纸包了手打饼、牦牛肉和一块羊腱子，裹了几层，塞到我们包里，说山上还是冷，用得上。

装备齐整，她带着我们去找英珠。英珠就住在不远的坡上。两层的房子，不过外头看已经清寒了些，灰蒙蒙的。碎石叠成的山墙裸在外面，依墙堆了半人高的马料。

瑞姐喊了一声，英珠迎出来，身上穿了件汉人的棉罩褂。单得很，肩头的地方都脱了线。额上却有薄薄的汗，脸上的两块高原红，也更深了些。她笑笑，引我们进门去，说，就好了。

进了厅堂，扑鼻的草腥气，再就看见两匹矮马，正低着头喝水。

瑞姐就说，我们日隆一个镇子，唯独英珠把马养在了楼上。

英珠正拿了木勺在马槽里拌料，听到瑞姐的话，很不好意思似的，说，天太冷了，还都是驹娃子，屋里头暖和些。

瑞姐探一下头，说，啧啧，黑豆玉米这么多，可真舍得。这马吃的，快赶上人了。你呀，真当了自己的儿。

英珠还是笑，却没有说什么。

鞴鞍的时候，过来个男人。看上去年纪不很大，笑起来却很老相。英珠对我们说，这是我表弟，等会儿和我们一起上山。

我问，怎么称呼？

英珠说，都叫他贡布索却。

我嘴里重复了一下这个抑扬顿挫的名字。

男人将领口的扣子扣严了，拽一下褪色的中山装下襟，说，是说我腿脚不大好。

瑞姐轻轻跟我说，"索却"在当地话里，就是腿疾的意思。

陆卓担心地说，那你能和我们上山吗？

瑞姐赶紧说，不碍事。他呀，要是跑起来，一点都看不出，比我们还快呢。

鞴鞍的过程，似乎很复杂。在马背上铺了很多层。小马鱼肚，连一整张的毛毯都盖上了，显见是怕冻着。两匹马安安静静地套上了辔头，额上缀了红绿缨子。一来二去，花枝招展起来。时间久了，给银鬃上衔铁的时候，它抬抬前蹄，使劲打了个响鼻，好像有些焦躁。

这时候的银鬃，棕红的毛色发着亮。肌腱轮廓分明，倒真是一匹漂亮的马。陆卓走过去，牵了缰绳，说，嘿，就它了。谁叫我"寡人好色"。

鱼肚舔了舔我的手，舌头糙得很，热烘烘的。

从长坪村入了沟，开初都挺兴奋。雪还没化干净，马蹄踏在上头，咯吱咯吱地乱响，很有点跋涉的意境。

远山如黛，极目天舒。人也跟着心旷神怡起来。坐在马上，随着马的步伐，身体细微地颠动，适意得很。银鬃走在前面，眼见是活泼些，轻快地小跑似的。走远几步，就回过头来，望着我们。

贡布就说，它是等着弟娃呢。

鱼肚走得慢，中规中矩的，大约是身形也肥胖些，渐渐有些喘。英珠就摸摸它的头，从身边的布袋子里，掏出把豆子塞到它嘴里。它接受了安抚，也很懂事，就紧着又走了几步。头却一直低着。

英珠告诉我，这弟娃是个老实脾气，只跟着马蹄印子走。

我便明白，银鬃是必要做一个先行者了。

走了十几分钟，山势陡起来，路窄下去。因为雪又化了一些，马走得也有些打滑。这时候，我渐渐看出银鬃其实有些任性。它时不时走到路边上，够着悬崖上的青冈叶吃。虽然有贡布在旁边看管着，也让人心里不踏实。

陆卓回过头，眼神里有些紧张。

由于是跟着银鬃的蹄印，鱼肚的步伐不禁也有些乱。海拔高了，这小马呼出的气息结成了白雾。英珠从包里掏出一条棉围脖，套在鱼肚颈子上。我看到，围脖上绣了两个汉字——一个金、一个卢。

我就问英珠字的来由。

她笑一笑，说，金是我的汉姓，我汉名叫金月英。上学时候都用这个。

我问，那卢呢？

她没有答我，只是接着说，我们镇上的人，多半都有个汉名，在外头做事也方便些，除了老人们。到我们这辈，藏名叫得多的，倒是小名。

陆卓就问，贡布的小名叫什么。

贡布说，我的小名可不好听，叫个"其朱"。

英珠就"呵呵"地笑起来，"其朱"啊就是小狗的意思。藏人的讲究，小时候的名字要叫得贱些，才不会被魔鬼盯上。贡布家里不信，前几个孩子名字叫得金贵，都死了。到了他，也是落下了小儿麻痹才改成"其朱"，后来倒真是平安了，留下了这棵独苗。

我说，我们汉话里也有，有人小时候就叫"狗剩"。

英珠说，人，说到底都是一个祖宗，说的想的都一样。后来是敬的神不一样，这才都分开了。

听她这样讲，我突然觉得，曾以为寡言的英珠，其实是个很有见识的人。她娓娓说着，让人心里好像也轻松起来。

陆卓就回过头来，嬉皮笑脸地说，那我该叫个什么藏名，才衬得上？

英珠想一想，很认真地说，敢在这险沟里走，得叫个"珀贵"。在藏话里是雄鹰的意思，是真正的男子汉。

陆卓就有些得意忘形，振臂一呼"珀贵"，同时双腿一夹，身子弹了起来。

我就看见银鬃尾巴一颤，身体过电一样。突然头一甩，抬起前蹄，长嘶一声。慌乱中陆卓抓住了它的鬃毛。

贡布一个箭步上去，捉紧了银鬃的缰绳，由着它使劲地甩头，直到平静下来。

我和英珠都有些发呆。我清楚地看到，贡布右手的虎口上，被缰绳勒了道瘀紫的血口子。贡布从地上抓起一捧雪，敷在伤口上，有些不自然地笑了，一边对陆卓说，年轻人，在这山崖上头，可不能跟马过不去。

以下的一程，就都有些小心翼翼。

大约又走了二十分钟，我们经过一个很大的草甸。英珠说，这是锅庄坪，是我们过节跳锅庄的地方。在这儿看四姑娘山，看得最清楚。可惜今天雾太大了。

到了另一个更大的草甸，太阳竟然当了头，身上的厚衣服已经穿不住了。瑞姐说得没有错，这里的天气，真是一天三变。听说这草甸叫朝山坪，每年农历五月初五，藏人们便要在这里举行朝山仪式，当然还要赛马庆祝。

我看这草甸，茫茫的一片黄绿，倒是颇有些草原的景象。看着银鬃步幅加快，小跑了几步。连后面的鱼肚也有些蠢蠢欲动。

陆卓有些不放心似的，朝这边看了看。贡布遥遥地挥下手，喊道，跑吧！

银鬃得了令，便飞奔出去。好像前面是憋屈得久了。的确是匹好马，步子轻松稳健，渐渐四蹄生风，连同马背上的陆卓都跟着飒爽起来。不一会儿跑得没了影。几分钟转回了头，英珠笑着喊，不要跑远了。陆卓一拉缰绳，回她一句："草阔任马跃嘛。"

马跑够了，人也有些倦。

穿过整片橡树林，又走了两个小时，才到了"打尖包"。打尖是本地话，意思是吃便饭。见一个游客坐在石头上，捧着面包大嚼。我们便也入乡随俗，吃了点东西。这时候走来几个人，是昨天从花海子下来的登山队。攀谈一会儿，说本来打算登大峰，到底放弃了，有些路被雪封上了。天不好，再往前走，都没什么人了。

稍稍休息了一阵儿，已经到了下午。先前遇见的游客要跟登山队回日隆去，说屁股要给马背磨烂了。英珠笑一笑说，大海子总应该要看一看，否则白来一趟了。

我们上了马，这时候的阳光澄净。经过藏人的白塔，上面插着五色的经幡与哈达。英珠停下来，站在塔前默祷。一头鹰在不远处的天空静静地飞翔，盘旋。它的影子倒映下来，迅捷无声地掠过前面的山冈和草坡。陆卓仰起头，轻轻地说："珀贵。"

当雪再次落下的时候，我们正走在青冈林泥泞的路上，几乎没有知觉。直到天色暗沉下来。贡布抬头望了望天，说，坏了。

我们起初以为不过是昨天天气状况的重演。但当半个小时后，雪在天空中开始打旋，被凛冽的风挟裹着打在我们脸上，我们开始理解了他说出那两个字的分量。

远处的山色已经完全看不见，好像被白色的鼓荡起的帷幕遮了个严实。这时候，马开始走得艰难，鱼肚缩着颈子，努力地与风的力量抗衡着。每走一步，腿脚似乎都陷落了一下。银鬃使劲甩着头，不再前行，即使贡布猛力地拉缰绳，也只是用前蹄在雪地踢蹬。雪很快就污了，露出了泥土漆黑的底色。

我们遭遇了山里的雪暴。

雪如此迅速地弥漫开来，铺天盖地，密得令人窒息。英珠使劲地做着手势，示意我们下马。我们刚想说点什么，被她制止。稍一张口，雪立即混着风灌进了喉咙。我们把重物都放在马背上，顶风而行。雪很快地堆积，已经没过了脚背。贡布在不远的前方对我们挥手，他身后是一块很大的山岩。我们明白他的意思，那里会是个暂时的避风港。

我们费了很大的力气，走到了岩石背后，却站住了。岩石背后，卧着两头野牦牛。一头身形庞大，另一只还很幼小，偎着它，半个身体都覆盖在了它厚重的皮毛下面。它们瑟缩着，被风吹得几乎睁不开眼睛。但是，当大的那只看到了我们，几乎条件反射一样，猛然站了起来，同时发出粗重的呼吸声音。在它凌厉的注视下，我们后退了一步。它抖一抖身体，低沉地"哞"了一声，向我们逼近了一步。银鬃受惊一样，斜着身体在雪地里踉跄了一下。

我们只有离开。

终于在半里外的地方，我们发现了一顶帐篷。走近的时候，一块积雪正轰然从帐篷上滑落，让我们看到它斑驳晦暗的颜色和一个很大的窟窿。我想，这或许是个登山队的废弃品，但对我们却好像天赐。

我们掀开门帘，看到里面已有两个人。是一对青年男女，靠坐在一起，神情颓唐。看到我们，眼神却如同刚才的牦牛一样警惕。在我们还在犹豫的时候，男的说，进来吧。

帐篷突然充盈了。英珠望望外面，对贡布说，让弟娃进来吧。贡布出去牵了缰绳。当鱼肚探进了头，年轻男人很大声地叫起来，马不能进来。

英珠一愣，几秒钟后，她半站起来，对男的深深鞠一躬。我们听到近乎哀求的声音，先生，它年岁很小，这么大的风雪。

男人不再说话，将头偏到一边去。

我们静静地坐在帐篷里，听着外面呼啸的风声。这声音如同落进了旋涡一样，慢慢地远了，消失了。周而复始。积雪渐渐厚了，在篷顶上滑落，簌簌地响。突然坠下，便发出轰然的声音。这过程也令人心悸。雪混着风从帐篷的窟窿灌进来。年轻的女孩使劲打了个喷嚏。贡布站起身，在包里翻找，掏出一块毛毡，又从随身的荷包里取出了粗针与麻线，对我说，小伙子，帮个忙。在我的协助下，他将毛毡铺在窟窿的位置，开始一针针地在帐篷上缝下去。

鬼天气！青年男人恶狠狠地骂了句。

这成为陌生人对话的开始。我们于是知道：男的叫永，女的叫菁，从成都来，是和大队伍失散的登山队员。失散是因为疏忽，疏忽是因为沉溺于爱情。他们身边摆着专业的登山设备，这会儿靠在帐篷上，狼狈地滴着水。

话题只是四个青年人的话题。消磨时光，无所不谈其极。谈时政，谈足球，谈热播的电视剧，谈各自城市的见闻，谈明星的八卦。终于谈到成都，这城市是我们见闻的交集。陆卓说，成都人太清闲，到处都是打麻将的。永说，就是太闲，又不想打麻将，所以来登山。菁抓紧了永的袖子，说，我倒情愿现在有个麻将打。陆卓说，有副扑克打打八十分也是好的。

终于谈到了吃。成都有太多好吃的。钟水饺、龙抄手、赖汤圆、万福桥的麻婆豆腐。在这谈论中，突然感到了饿，前所未有的饿。

我把手打饼和牦牛肉拿出来分给大家吃。

肉已经完全冷了。但是风卷残云。

永舔了舔嘴唇，什么肉这么好吃？我说是牦牛肉。他说，以前真不觉得好吃。

贡布在膝盖上敲了敲烟袋锅，笑着说，饿肚谷糠化龙肉。

天光又暗淡了一些，已经快要看不见东西。永从旅行包里掏出一只应急灯。打开，电已经不足够，发了蓝荧荧的光，忽闪着，鬼火似的。而风声似乎更烈了。我们清楚地感到温度在下降。我看见英珠卸下了马鞍，将身上的军大衣脱下来，盖在鱼肚身上。贡布扔过来一只羊皮壶，说，青稞酒，爷们儿都喝上一口，身子就暖了。

我喝了，有点烧心。递给陆卓。陆卓脸色苍白，直愣愣的，也不动弹。我碰碰他，他才接过来喝下去，却猛地吐了出来，然后开始干呕。他使劲地按着前额和太阳穴。我知道，是起了高山反应。这里的海拔，差不多已经接近四千米了。

应急灯闪了一闪，突然灭了。帐篷里一片漆黑。在这突然的死寂里，我们看不到彼此，但都听到外面的风愈来愈大，几乎形成了汹涌的声势。帐篷在这风的撞击下，也越来越剧烈地抖动。好像一个战栗的人，随时就要倒下去。

有人啜泣。开始是隐忍而压抑的，渐渐放肆起来。是菁。我们知道，她用哭声在抵抗恐惧。但在黑暗里，这只能令人绝望。

陆卓有些焦躁，开始抱怨。永终于大声地呵斥，哭什么哭，还没死呢。

然而，短暂的停歇后，我们听到的是更大、更由衷的哭声，几乎歇斯底里。

这时候，有另一种声音，响起来。

极细弱的，是一个人在哼唱。

是英珠。

英珠唱起一支歌谣，用藏语。

我们听不懂歌谣的内容，但是辨得出是简单词句的轮回。

一遍又一遍。

旋律也是简单的，没有高潮，甚至也没有起伏。只是在这帐篷里萦绕，回环，充满。在我们心上触碰一下，又触碰一下。

我们都安静下去。什么都看不见。什么也听不见，除了这歌声。

我在这歌声里睡着了。

醒来的时候，天已经大亮。

看见阳光从帐篷的间隙照射下来，温润清澈。

眼前的人，是英珠，靠在马鞍上，还没有醒。挨着她的鱼肚，老老实实地裹在主人的军大衣里。它忽闪了一下眼睛，望着我。

这才看到，英珠穿的不是初见她时颜色暗浊的衣服，而是仿佛节日才上身的华丽藏袍。黑色绒底袖子，红白相间的腰带。裙是金色的，上面有粉绿两种丝线绣成的茂盛的百合。

　　我从包里翻了翻，掏出在镇上买的明信片。大雪覆盖的巴朗山。又找出一支铅笔头，在明信片的背面，我画下了眼前的英珠。

　　鱼肚低下头，舔舔主人的脸。

　　英珠揉了揉眼睛。

　　她发现我正在画她，不好意思地低下头，撩一下额前的头发，拉了拉藏袍的袖子。

　　她笑一笑，说，有的客喜欢在山上拍照，我也算是个景。

　　临近中午的时候，我们到达了目的地。看到了墨蓝色的大海子，很美。

　　我们要离开日隆了。

　　瑞姐送我们去车站。问起英珠，瑞姐说，英珠回来就发起了烧，给送到镇上医院去了。唉，这么冷，大衣盖在个畜生身上。

　　瑞姐叹一口气：人都烧糊涂了，只管叫她男人的名字。

　　我突然想起什么，问道，她男人是姓卢吗？

　　瑞姐愣一下，说，是啊。三年前的事了。两口子本来好好地在成都做生意。她男人说要帮她家乡办旅游，要实地考察，就跟我们一个后生上了山。那天雪大的。马失了蹄，连人一起滚沟里了。精精神神的人，说没就没了。那马那会儿才下了驹没多久，驹娃子就是鱼肚。

　　大约是又过了几年吧，极偶然地，我从一个民歌歌手那里，问到了当年英珠在山上唱起的那支藏歌。

　　歌词真的简单，只有四句：当雄鹰飞过的时候，雪山不再是从前模样，因为它那翅膀的阴影，曾经抚在了石头的上面。

洪 才

　　成洪才弟兄姐妹六个，他是老幺。家里人都叫他小六子，邻居也跟着这么叫。他们家的孩子，都起了气度非凡的名字，他的几个哥哥，叫做洪业、洪宇、洪政。

　　我与成洪才的友情，应得上"不打不成交"这句老话。我们那时候，小男孩武斗，还是家常便饭。不过我和洪才并不是对手，而是同盟。至于打架的起因，我并不记得了。

　　那是小学二年级。为了要进这所重点小学，爸妈将我从外婆家接来。这是我极其不愿意的事。这间学校的校风严整，中规中矩到了味同嚼蜡的地步。所以当那一架打起来的时候，我心里很有些热血沸腾。战场在校外拉开，模式套用西点军校老生欺负新生的桥段。不知道怎么打起来的，只记得我们三个转学来的男孩子，莫名其妙就成了众矢之的。那一架打得十分惨烈。当我衬衫上的扣子掉得还剩下两颗，和另一个鼻血横流的男孩子打得难解难分的时候，成洪才出现了。他迅速地介入这场战事，没有任何审时度势的过程，就站在我们一边。他比所有的交战者都高了半个头。这使战局带有了宿命的性质。对手都是知时务的人，且战且退，瞅了空就落荒而逃。逃了几步，嘴硬了，回头喊，留级生，留级生……我们这边就有些群情激愤。成洪才不复刚才的勇猛，只是没听见一样，转身离开了。不过也并非如侠客似的绝尘而去，而是将书包拍一拍灰，拎起来慢慢地走远了。背还佝偻着，像个小老头。

过了几天，当我在我们机关大院里看到成洪才，异乎寻常地惊喜。我对妈妈说他就是成洪才，好像在介绍一个盖世英雄。成洪才倒有些羞涩，支着身体，耸一耸肩膀，用口音很重的南京话认真地问：你家也住这块啊？不等我回答，他又说，我家住街对面，四条巷六十三号1—3。

晚上吃饭时候，妈妈说，那孩子的衣服，蛮旧的，兄弟姐妹应该不少。不知家里是什么状况。不过人蛮老实，毛果，下次叫这小朋友到家里玩吧。

成洪才是我们班上两个留级生之一。而他又是连留了两级的。那时候，因为教改，南京的小学都是划片入学的。一个区的适龄学童，不用考试，都连锅端进来。成洪才也被端了进来。他在这所重点小学，一而再地留级，成了尴尬的异数。老师们似乎都不怎么为难他，上课从来不要他回答问题。他比班上的同学都大上两三岁，因为个子高，就坐在最后一排。大家不怎么和他玩。他本应当是孤独的。下课时候，看见他眼睛望了窗外去，是自得其乐的样子，似乎满足得很。

后来有天放学，我对成洪才说，到我们家玩吧。他也不说话，跟上我。家里大人还没下班，我把我的玩具都拿出来，什么斗兽棋、建筑积木之类。他的眼睛亮一亮，说，毛果，你玩的东西真多啊。我想一下，有些黯然，说，南京不怎么好玩，没有我外婆家好玩。一个人有什么意思。成洪才就说，那你到我们家玩啊。我们家人多。

几天之后，当我应邀去了成洪才家里，突然间看到的景象，是有些让我吃惊的。

记得听一个大学老师说过，南京好像个大县城。这个话是没错的。担着六朝古都的名声，南京或许是中国的大城市里面，现代化进程最为缓慢的一个。所以，地方官员要在南京取得政绩，是殊为不易的。南京人过日子，往往以舒服为第一要义，大多时候，是很真实的。其实，要是将上海话借用过来，说南京的生活观念是过日脚，也很不错，甚至更为贴切。因为这日子过得很砥实，对未来没有野心，所以生活就像被砖块一层层地垒起来。上海人的作风，日脚的观念是在心里，外面是有些张扬的，日子是用来过给别人看的。有个上海的朋友，来到南京，说南京人长得真是好看。细细地看，处处是俊男美女。可是为什么都穿得这样不讲究呢，土里土气的。

南京的土，也许就是一种包容力所在。成洪才举家从六合迁来，能够在市中心，建立起极为乡土的一隅，应该就是一个明证。

当那只叫高头的鹅张着翅膀扑向我的时候，我欢快地惊叫了一下。这只鹅在我眼中无比硕大，它凶猛地发出嘎嘎的叫声，试图对我进行攻击。成洪才并不阻止它，只是笑，说，它是我们家的狗。我抡起书包凶了它一下，它后退了几步，蓄势似的，又更加迅猛地扑过来。

一个面色很苍老的女人从门里走出来，将鹅喝止住。见了我，打量一下，问，六子，是谁啊。成洪才说，是我同学，叫毛果。为了给他的家里一个好印象，我很有礼貌地鞠一躬，说，奶奶好。女人愣一愣，对我笑了，说，好，好。说完回屋去了。成洪才说，你叫错人了，她是我妈妈。我阿婆在里面。

我有些难堪，终于说："你妈妈年纪好像很大了。"成洪才说："我妈妈快六十了。我大哥都三十多岁了。"门里面又长长地喊：六子——

我说：我知道啦，你排行老六。成洪才嘻嘻地笑了：是啊。我有三个哥哥，一个姐姐。我算了一下，说，不对，少掉了一个。成洪才说，我原来有两个姐姐，一个得天花死掉了。其实我还有一个弟弟，比我小两岁，也死掉了。

我跟成洪才一路往屋里走，那头鹅不屈不挠地跟上来，成洪才捏住它的脖子，在它头上鲜红的肉瘤狠狠地敲了一下，它才蹒跚地走开了。

进了门，黑得很，见不到光。我们走进一条甬道，听见成洪才说，小心。这时候我的胳膊肘被什么碰了一下，只听到身后哗啦一声。成洪才的声音慌了，叫你小心的，没有磕着吧。他在我脚底下摸一下，把一个东西立起来。我说，这是什么？他说，锄头。我阿婆就是这样，什么都不肯摔掉。

到了堂屋里，有些亮了，仍然是昏暗。屋里弥漫着奇异的腐旧气息，像是浓重的葱蒜味，混了中药的味道。成洪才的妈妈抱出一个陶罐，说，六子，倒酸梅汤给同学喝。成洪才答应着，去了里屋，出来时候拿了两只白色的搪瓷茶缸。茶缸很大，上面漆了红通通的五角星。我记得我们家，本来也有这种茶缸的，搬家的时候，都给妈妈扔掉了。成洪才倒了满满的一茶缸给我，我喝一口，又甜又酸，清凉得很。成妈妈问我，好喝吗？我说，好喝。成洪才就笑了，说，当然好喝了，阿婆做的。成洪才本来是有些呆相的，笑的时候，脸色就生动起来，有了儿童的鲜活样子。

成妈妈手上忙着，在案板上揉一个面团。这个面团的奇特之处，在于通体碧绿。我问，阿姨，你在做什么？成妈妈说，做青团。我又问，青团是什么。成妈妈就说，等会儿上笼屉蒸出来，你吃了就知道了。成妈妈一边揉，一边淋一些绿色的黏稠汁液在面团上，然后再更加大力地将汁液揉进去，面团发出滋滋的很筋道的声音，颜色也渐渐绿透了。我忍不住又问，这是什么？成洪才接过话去，这是阿婆打的"青"。用我们家种的"墨子"。我想，这个阿婆，一定是个令人崇拜的人。

成洪才指指窗口，说，走，我带你去看。我走到他们家的后院，禁不住在心里惊呼。对一个城市小孩来说，这里算得上世外桃源了。一大架的葡萄藤，闯眼的绿，层层叠叠地，一直蔓延到屋顶上去，蔚为壮观。这其实是个杂果架，还搭着苦瓜和丝瓜，去年的老丝瓜，结着青黄的壳子，从梁子上垂到地下。院子后头，有一小块田，几米见方的，被仔细地耕耘过。现在想来，那真是我见过的最精致的田地了，却有着完备的规模。一垄一垄地种着各种作物，茂绿的一片，都是我不认识的。成洪才跟我介绍，这是花生，而这是毛豆。这是"墨子"。这其实是麦子，"墨子"是因了成洪才六合口音的浓重。我也是第一次见了正在生长期的麦子，茁壮的一丛，还长着幼嫩的穗，顶了尖利的芒。后来过了很久，我才知道，所谓"打青"，是江南一带农村的风俗。就是在清明前后，将正在灌浆的青麦粒轻轻搓下来，打成糊，和了面粉和米粉捏成团，蒸熟了吃。是讨丰收的意思。

这个院落，有心要独立于这城市之外的。因了地盘的狭小，又是见缝插针，连墙角里都种着绿油油的葱和青蒜。成妈妈走出来，手里端了盆，去了葡萄架底下，打开了一只笼。立刻有一群鸡扑啦啦地跑出来，沿了盆争食。吃完了四散开去，却很神异地不去侵害微型田地里的作物。鸡的神情都是很怡然的。我想这并不是我的主观想象。因为我记得有一只黄脚掌的母鸡，走动的时候，一直半垂着眼睑，嘴里发出很惬意的咕咕声。你甚至可以摸摸它。成洪才教我把手插在它的翅膀底下，真的温暖极了。这些鸡实在给我留下很好的印象。菜市场的那些鸡，总是高度警觉的样子，碰一下就惊慌失措，身上的羽毛七支八棱着。有的嘴角疲惫地流着口涎。这院子里的鸡昂扬从容的生气，对我而言，也是十分新鲜的。

我想有那么一瞬间，我对眼前的一切几乎到了着迷的程度。令我着迷的，是城市孩子在平日间触碰不到的一种宁静的美感。

　　成妈妈在里面喊，青团蒸好了。我走进堂屋，发现多了一个人。这
是个老太太，一个十分丑陋的老太太。我在心中蓦然升起恐惧。这个很
瘦小的人，穿着一件洗得稀薄的老头衫，好像将自己装在一只口袋里。
脖子筋筋络络的，风干了似的。头发很稀疏，露出粉红和暗黄色的头
皮。她的一只眼睛似乎盲了，蒙着白色的障翳，另一只眼睛却鹰隼似的
盯着我。总而言之，她在我眼里，像一只面相庄严的老猴子。我在想，
这是谁啊。这时候听见成洪才冲她叫：阿婆。

　　阿婆翻了翻眼皮。成洪才说，这是我同学，毛果。阿婆大声地说，
什么？成洪才就大声地重复了刚才的话。我于是知道，阿婆的耳朵似乎
也不很好。我走到阿婆跟前，也向她大声地问好。她这时候咧开了嘴，
露出了没了牙齿的红黑色牙床。我想这是她欣喜的样子了。她的笑忽然
间收敛了，然后转过头，和成妈妈絮絮地讲了我听不懂的话。然后她很
庄严地伸出手，摸了摸我的头，用南京话大声地说：阿毛头。

　　她就这样宣布了我的昵称，我至今不知道在以后的日子里，她为什
么坚持不懈地称我为——阿毛头。

　　成妈妈打开笼屉，一股甜香传了出来。笼布上整齐地排了冒着热气
的青团。成洪才伸出手，被成妈妈打了回去，说，烫。成妈妈用竹夹子
夹起一只，放在碗里给我，说，小心吃哦，有馅子的。我咬一口，一种
奇异的清爽气，黏在牙齿缝里，兜了一圈到了喉咙口。又咬一口，是糯
答答的香味，十分耐嚼。再咬就咬到馅儿啦，原来是豆沙的，被热气融
成滑腻腻的汁了，香甜得很。成洪才递过来一只小碟子，说，要蘸红糖
吃，更好吃。

　　我一口气吃了三个大青团。成妈妈说，毛果这个小朋友好，很爽
快。天慢慢黑了，我要走了。阿婆大声地说，青团给阿毛头一碗啊，带

给他姆妈吃。

离开的时候，成洪才送我出来，在黑暗的甬道里头，我听到一阵剧烈的咳嗽声。成洪才就说，啊，姐姐醒了，你先回去吧，我来帮姐姐吃药。

我捧着一碗青团回了家。

妈妈好奇地问，这是什么啊？我说，青团。妈妈仔细看了看，又问，这么绿，能吃吗，不是色素吧？爸爸开心得很，当然能吃，好吃得很哪，纯天然食品。说完揪下一小块放进嘴里作示范。然后说，要有红糖就好了，小时候，二哥的奶妈方婶是个无锡人，每年来看我们，就会打青团给我们吃啊。到了清明节的时候，我们就盼着她来。

我说，是成洪才妈妈做的，让我拿给你们吃。

妈妈也就欣喜地说，我们毛果好人缘，来了没几天，就交上朋友啦。

爸妈同我一样珍惜如此的友谊。所以，隔一天，妈妈就拿出爸爸去广东出差买的芒果，让我给成洪才家送去。

这一回，成洪才家里多了几个人。穿着蓝色工作服的中年男人，这是成洪才的爸爸。他是个没什么特点的中年男人，头顶已经谢了，但是面相似乎比成妈妈还要年轻些。成伯伯人很和气，他用家长的口吻对我说，你爸爸妈妈不要这么客气哦，大家都是邻居了。然后就沉默下去，埋下头继续帮成妈妈剥一头蒜。

还有一个男人，年纪是看不出来的。戴着一副眼镜，但似乎是乡下人的打扮。簇新的中山装，穿了一双旧得起毛的布鞋。这是成洪才的大哥，从六合的乡下来的。还有一个半大的男孩子，这是成洪才的五哥，他在附近的中学上初中，唇上已起了淡青的短髭。他的装束在这屋里是顶时髦的了，腿上套了紧绷绷的牛仔裤，有一搭没一搭地抖动。脸上是不屑的神气。

不知道为什么，这天，成洪才家里有些闷。阿婆的精神很好，兴头头地看着我，可是也不说话。过了一会儿，成伯伯突然说，毛果是住在哪里？成洪才说，对面的大院。成伯伯有些动气，说，插什么嘴，没问你。我就说，对的，对面机关大院。成伯伯就说，哦，那爸爸是工程师吧。我自豪地说，对啊。成伯伯就说，好，好，毛果将来也要做工程师。

阿婆这回好像是听见了，总结性地，也大声地说，是啵。

成洪才的大哥，突然说话了，口气有些小心翼翼的：爸，你再考虑考虑吧。

成伯伯过了半晌，轻轻地说，哦。

这时候，突然听见一个纤细的女声：大哥，你不要逼爸了。

我回过头，看见一个年轻的女人倚门站着。其实还是个少女，但是穿了很老气的羊毛衫，而且不合时令。头发蓬松着，似乎刚睡醒。看得出有些虚弱，面孔异乎寻常地白。五官散淡，眼睛很大，目光也散着。皮肤好像半透明的，在黯淡的屋子里头，发着晶莹的光。她的双颊在白里透出红晕来。当时，我并不知道，这些都是不健康的，是肺弱的症状。我只是觉得她很美。这种美是没有烟火气的，是这屋里的一个异数。

她是成洪才的姐姐，成洪芸。

成洪芸说：大哥，你不要逼爸了。又不是你一个在乡下。二哥全家也在。

她说完，突然剧烈地咳嗽起来。她只有捂住嘴，肩膀耸动，隐忍着，似乎要将这咳嗽吞咽下去。

成洪才的大哥，冷笑一下，低声说：我至少不会拖着家里面。

"洪业！"成伯伯大喝一声，使了力气将一把剥好的蒜掷在桌子上。

蒜弹了一下，落在了地上，那只叫高头的鹅不晓得什么时候进来了，衔起蒜，一口吞了下去。

少女终于平息了咳嗽，虚弱地笑一下，转身走了。

我走出来，成洪才对我说：这几天，我大哥天天来家，他来过了，二哥还要来。

这时候，成洪才的五哥，成洪政走出来，突然回了头暴怒地朝屋里喊，操，顶班，等老头子死吧。说完狠狠掐灭了手中的烟头，扔在地上，看了我们一眼，依然是邪暴的目光，说，现眼！

后来才知道，成洪才并不是举家迁到南京来的。还有两个哥哥，留在了六合郊县。现在的房子，原本是成洪才的舅爷的。舅爷就是阿婆的弟弟。舅爷解放前在连云港跑码头，跑了许多年，一来二去攒了一笔钱，就到了南京来。开了个小机械厂，不过解放后公私合营，给并到国营的曙光机械厂里去了。曙光厂给舅爷一个进厂工作的名额。舅爷亲人只一个姐姐，自己没子女，就将名额给了外甥，就是成伯伯。没多久舅爷就去世。成伯伯带上了小女儿，跟着阿婆进了南京城，两个儿子放在六合老家里。后来又在南京城里生了两个，老五和老六。所以，成洪才其实是生在南京，可是口音是改不过来了，随爸妈还是一口六合腔。阿婆本是江阴人，成洪才说话也会在末尾加上句——得哇，否则意犹未尽似的。这回，成伯伯快退休了，老大来了，老二来，跟老的打了持久战，都想着顶他的班。不为别的，有个南京户口就好了。可是手心手背，成伯伯为难得很。

过一天晚上，成洪才再到我们家，给了我一只鞋盒子。说：毛果，送给你。打开来，好多蠕动的白白的小虫。我说，这是什么啊？妈妈探了一下头，说，毛果，这是蚕啊，妈妈小时候养过的。我说，成洪才，你不要了吗？成洪才叹了口气说：不要了。姐姐说，他们天天在家里吵，蚕惊了，就不长了，搞不好会死。

我很激动，这是我第一次见到蚕。成洪才又拎出一个塑胶袋，说，这是桑叶，给蚕吃的。我取出一片就要放进盒子里。成洪才说，不行，要洗干净了。还要把水擦干净，不然蚕会拉肚子的。

我们将桑叶一片片铺在盒子里。成洪才一边对我说，蚕有两种，一种是桑蚕，吃桑叶，还有一种叫柞蚕，是吃柞叶的。桑蚕也不同，你看这个黑头的，叫虎头蚕。吃得多，将来结的茧子也大。

这一晚上，我和成洪才趴在桌子上，盯着盒子。看那些小小的动物，安静地将桑叶咬成一圈一圈的锯齿形。它们的吃相，是有条理而优雅的。成洪才让我闭上眼睛，听它们吃的声音。这声音是绵密的沙沙声，好像一张柔软的纸，被轻轻地揉皱了，再慢慢地展开的声音。

成洪才突然站起来，说，我走了，我大哥应该回六合去了。

我做事情，有着一般孩子不及的毅力和恒心。这回终于有了一个体现。我每天按时地换蚕沙，添桑叶。日复一日、不厌其烦地将新买来的大片的新鲜桑叶剪成易于食用的形状。然后就是长时间痴迷地凝视着这些蠕动的小虫。这是我父母都大为惊奇的，因我并不是天生这样心智安定。妈妈说，这孩子怎么会对这个事情这么感兴趣，别是有什么小农经济的思想。爸爸就笑着说，我看我们家是要产生资本主义萌芽了。

他们并不懂得我。我很珍视成洪才给我的这些蚕，像是看守了一些希望。它们是一些始终带给人希望的动物，因为，它们不断地在生长，而这生长是看得见的。这是让我着迷的地方。很多年后，看了巴里科的《绢》，我很能理解书中对蚕的赞美。时过境迁，只是几张蚕种，就有了家破山河在的希望，支撑人走到底去。

然而然而，它们实在是长得太快了。当它们扭动了肥白的身躯，在鞋盒子里造就出熙熙攘攘的局面时，我终于失去了在成洪才每次来的时候向他汇报生长进度的兴趣了。而更大的问题是，我将我所有的零花钱搭进去，也不足以在学校门口的老头那里购买足够数量且价钱昂贵的桑叶。但是，作为一个自立的孩子，我是不愿意再向爸妈伸手的。

成洪才说：我有办法，我知道哪里有桑叶。

从此以后，我放学就有了新的事情做。成洪才又表现出令我敬佩的地方了。他总是能够拐弯抹角地在附近找到一棵桑树。并不是盲目地找，而是心中有谱，好像一架卫星定位探测器。比如他说，今天去西流湾吧，少年宫后门那里好像有一棵。我们就去了少年宫，果然那里就有一棵。而探测的范围也随需求的增加越来越大。终于有一天，我们徒步远征一直到了辅佐路。在和平桥底下，我们看到了预想的目标树。成洪才像一只猴子一样，噌噌地爬上去，将桑叶摘下来扔给我。这种采摘并不是暴虐的，因为成洪才有着原始的环保主义观点。他只会采下大的叶子，而留下树梢的嫩叶，用他的话说，芽掐的了，树就死的了。

采摘的难度，其实是不言而喻的。最险峻的一次，是一棵树斜生在污水泛滥的护城河上。不过，什么都是难不倒成洪才的。后来我终于不甘于做一个助手，要求成洪才教我爬树。我天生的聪颖使教学相长成为另一桩乐事。当我历尽艰辛，第一次站在一棵高大的桑树上，极目远眺，心潮澎湃。我对成洪才做了一个鬼脸，想的是，我毛果也有今天啊。

现在回忆起来，寻找桑树这件事，其意义远远超越寻找本身。这成为我对这座城市最初的人文地理探索。南京在一座城市新兴的表皮之下，有那样多的不为人知的遗迹，甚至在市中心这样被现代化清洗过的地方。这些，都是在我的成长路径之外的。比如，我们偶然发现在渊声巷后面的卤制品厂，其前身是一间教堂。因为有着一个被炸去一半的尖顶。墙头上倒栽的玻璃碴子，曾经是拱形的珐琅彩窗的碎片，是众多被分割过的圣经故事的一部分。而在屋檐底下，依稀还辨得出，雕镂着已被油腻的烟火熏得面目不清的耶稣像。在西桥附近的山坡，我们又发现了一个被废弃的防空洞。青条石上长满了苔藓，门廊上写了"李新岚是狗"。我们钻进去，光线慢慢黯淡，终于伸手不见五指，闻着里面经年的臊臭气，还听得见自己的呼吸。正紧张着，突然传过来一声怪叫，成洪才说，哈哈，活丑。我们才仓皇地跑出来。

我们的历险，有个固定的分享者，那就是成洪才的阿婆。阿婆是个举一反三的听众，她总是在耐心而艰难地听过我们的陈述后，大声地发表自己的见解。这些见解，往往带有迷信而独断的色彩。阿婆总是用见怪不怪的口气说，什么什么什么，南京那个时候，你们是看不到的。

南京那个时候，我们的确是看不到的。

那个时候，鼓楼公园以西的地方，全都是荒地。而西桥菜场一带，则曾经是个颇具规模的坟场。所以，到现在，还经常有些脍炙人口的鬼故事。这些故事在我们的小学里也曾经流行一时。比如说有些鬼会遁地术，有天晚上，一只鬼无端地从烤梅花糕的炉子里探出一个脑袋。这些当然都是扯淡。我不相信哪个鬼会忍受得了菜场里的市井喧嚣。然而，鬼这个意象所暗示的荒凉感，却对我造成吸引。阿婆是这些故事的集大成者。她讲的鬼，往往是带了烟火气的，且做派喜剧，像些孤独而爱恶作剧的孩子。阿婆讲完后，才幽幽地说上一句十分唯物且饱含世故的注语：这世上哪里有鬼，可怕的其实是人。这话经不起细想，因为个中意味是真正恐怖的。

而阿婆的记性，其实又是不大好的。所以经常将故事讲得颠三倒四，云里雾里。成洪才的姐姐成洪芸担当了这些故事的诠释者。她在阿婆的讲述告一段落的时候，会将情节给我们作些梳理，或者补充其中的疏漏之处。这些故事，她应该听过很多遍了。她的声音是很好听的，因为身体虚弱，说话往往有着游丝一般的尾音，在房间里回荡。

　　这时候，家事已经平息。成伯伯终于将接班的机会许诺给了成洪才的大哥。尘埃落定，两个儿子不再上门。这个家恢复了往日的宁静。黄昏的阳光照进来，被稀释了，在每个人身上笼了毛茸茸的一层。安静的气氛中又有一种同样静好的忙碌。成妈妈总是会从街道工厂接来一批活，在家里做。或者是些半成品的火柴盒、绒线花；或者是那些堂皇的大吊灯上的玻璃珠串。他们围着桌子，手上飞快地动作着，机器一样。成洪芸又似乎是手最巧的一个，做好的活儿堆成了山。然而，嘴上却还娓娓地给我们讲着故事。坐在她身旁，可以闻得见中药淡淡的苦涩味道。然而，她的脸上泛着喜悦的光，为她的虚弱带来了生气。讲到高兴的时候，她抬起头来，眉目温柔地对你笑一笑。我想，我要是有个这样的姐姐多么好。

　　后来出的那桩事故，让我深刻地体会到了什么叫作好景不长。

　　这天放了学，成洪才对我说，他在 N 大学的食堂旁边发现一棵桑树，还是营养价值极高的"奶桑"。我说，太棒了。

　　到了地方，那棵桑树真是让我大吃一惊，不说参天，也入了云，遮天蔽日，成精了。我们自然是采了一个够。本来是皆大欢喜了。满载而归的时候，路过食堂，远远看到一条狼狗在啃骨头，成洪才得意忘形，冲着狗猛吹口哨。那狗耳朵支棱一下，就追过来了。成洪才吓得跑。我跟着跑，跑得不及他快，只觉得小腿一麻。回头一看，血正顺着腿肚子流下来。狼狗的门牙齐根嵌进肉里去了，喉咙里还发出恶声恶气的呜噜声。我是忘了害怕了。瞧见成洪才也傻了，朝这边看了又看，撒丫子跑了。我闭了眼睛，说，完了。正当孤立无援的时候，食堂里的师傅掂了大勺出来了。大叫一声"娘的"，喝退了狗。看了看我的腿，说："毁了。"说着又一把将那狗腿揪过来，在狗耳朵上揪一撮毛，燎了火就往我伤口上贴。我吓得直往后退，师傅一把揪住我，说："娘的，止血。"血是止住了。师傅推了单车过来，将我抱起来放在后座上，说："上医院。"走到半路上，看到妈妈迎面急急地走过来，旁边跟着成洪才。妈妈铁青着脸看着我。师傅结结巴巴地说："对不起。"他正要作更多的解释，妈妈说：不怪你，是小孩不好。言简意赅的山东师傅如蒙大赦，说："快，上医院。"妈妈回头对成洪才说，成洪才，你回家去吧。

　　在师傅的协助下，我被送到了医院，打了狂犬疫苗。看着我一瘸一拐地走出来了，妈妈并没有安慰的话。她痛心疾首地说：毛果，你已经变成了一个野孩子了。

　　第二天，成洪才拎了一个篮子来，说是阿婆让他送来的。他说，阿婆攒下来的，我们家小母鸡的头生蛋，很补，给毛果养伤。妈妈看了看这些玲珑的鸡蛋，叹了口气，说，阿婆要攒好久啊，我们不能收。成洪才，最近毛果功课忙，你不要来找他玩了。

　　我的软禁岁月开始了。除了上学、星期天上绘画辅导班，我被关在家里，做妈妈布置的永远做不完的参考题。腿上的伤已经好了。大院里一群孩子玩得震天响。妈妈用毛线针敲敲桌子，看什么看，该收收心了，我就知道，给外公外婆惯得不像样了。还有都是些什么朋友，近朱者赤，近墨者黑。

　　我是气了，我不懂这句成语，但是听出来对我的朋友很不利。我说，成洪才不是猪，妈妈你还老师呢，骂人。

　　妈妈又用毛线针一敲桌子：做题做题。说完就不搭理我了。

　　我不在家的时候，妈妈将我的蚕送了人，送到一个不为我知的地方。这下我彻底缄默了。这是我与其他孩子的不同之处。当我为巨大的悲伤摄住时，不会用泪水来表达，而是长久的沉默，不复一个八岁男孩通常的饶舌样子。爸爸对妈妈说，你这是矫枉过正。妈妈说，我是为他好，他长大就明白了。

就这样过去了半个月。

这一天，我正在做功课，听见外面的铁栅门响起来。抬起头，看见一个丑陋的老太太，正在往门里望。我跳起来，大声地喊：阿婆。

阿婆对我笑了，露出了黑红色的牙床，也大声地喊：阿毛头。妈妈赶紧迎出来，说，您是成家阿婆啊。阿婆却将脸冷下来，说，你是他姆妈吧。

妈妈说，是啊，都说阿婆对我们毛果好，我早应该要谢谢您。

阿婆说，不要谢我，我对阿毛头不好，我家小六子将阿毛头带成了野孩子。

妈妈说，阿婆，我不是这个意思。

阿婆并不理会，说，小孩子不懂事，可是我们大人应该懂。我没有文化，可是我们江阴有一句老话：羊圈里圈不出赤兔驹。我们都很欢喜阿毛头。他一个人，没有兄弟姐妹，是很可怜的。你不应该关着他。

妈妈脸红了，我第一次看到，她一个大学老师，表现得这样无勇无谋。

阿婆接着说，小孩子要有小孩子的样子，要玩，只要不瞎闹，都很好。你和他爸爸工作很忙，你要放心，交给我带。要是带成野孩子，你就开罪我。

妈妈的口气很软了，阿婆，怎么好麻烦您……

阿婆这回笑了，一只眼睛眯起来：不麻烦，不麻烦，我们都欢喜阿毛头。

我一头扎进阿婆怀里，阿婆太伟大了。那是我唯一一次听到阿婆这样思路清晰地长篇大论，促成了成功的谈判，将我解救出来。

从此以后，我放了学，就在成洪才家里做功课。阿婆说，不做完功课不许玩啊，阿毛头的姆妈要怪罪的。不过做功课倒也不闷，因为阿婆给我们做好多东西吃。阿婆用红枣和薏米做八宝粥。红枣是六合老家带来的，薏米是自家在后院种的。粥在小火炉上慢慢熬，直熬到鲜掉眉毛。到了端午，阿婆做了一串元宝粽挂在我脖子上，粽子上穿了五彩的丝线，神气得很。

　　这时候是五月底了，天气晴好。成洪才家里的每个人似乎都很快活。而我们并没有看出，一个人在悄悄起了变化。成洪才的姐姐成洪芸，还像以往似的，安静地坐在我们身旁。她的病，其实是好起来了。不怎么咳了。双颊丰润起来，那层稀薄的红晕褪去了。皮肤泛起了牙黄色，似乎不及以前好看，但却是健康的。因为她的安静，在这个家里，她时常被忽略。我们做功课，她一边做活一边注视着我们，那目光，仿佛母亲一样，又有些小心翼翼。有一次，老师布置了一道附加题。当我一筹莫展的时候，她突然开了口，说，拿给我看看。她看了，笑一笑，很快说出了答案，甚至没有在纸上演算的过程。这让我大为惊异，对这个姐姐刮目相看了。成洪才说：姐姐很来事（南京方言，厉害）的，以前在班上都是第一名。我这才知道，成洪芸以前在省重点木渎中学里，是个高才生。因为生病，才休了学。我说：姐姐，等你病好了，又可以回去读书了。她欢喜了一下，然后黯淡下去，又恢复到原来那种忧愁的笑容了：不晓得了。休了快两年了，班上的同学都上了大学了吧。

　　这天到了家，却没有看到姐姐，我们都很意外。成洪才问他妈妈，说是不知道。问阿婆，阿婆神秘地一笑，说，玩去了。小孩子，在家里闷了这么久，应该出去玩玩。

　　过了一会儿，却看到成洪芸从外面回来了。她再次让我们感到意外，这个成洪芸，不是我们熟悉的成洪芸了，好像另外一个人。长头发披散开来，烫了发梢。那件不离身的旧羊毛衫也不见了，穿了条白底红花的连衣裙，V字领的，露了白皙的脖子出来。看到我们，笑了，这回笑得也不同，很灿烂，青春逼人。阿婆一拍手，说，我家小四儿，像个洋学生了。成妈妈倒是不以为然，皱一皱眉头：打扮成这样子干吗，过来做活。

成洪芸在家里的时间，是越来越少了。常常我已经回家吃饭，她还没回来。在家的时候，人显得轻快了许多，有时候嘴里还哼着歌。这都是以前未见的景象。手上做了活，她似乎又有些魂不守舍，望了窗外去。我们顺着她的目光看出去，什么也看不见。她就嗔怒道：犯嫌，做你们的功课。

有天我们放学，走着走着，成洪才停下来。我说，怎么了？成洪才说，姐姐。迎面走过来一男一女，女的果然是成洪芸。他们偎得很近，男的年纪也很轻，冲着成洪芸咬耳朵。成洪芸听了，在他胸前狠命地捶一把，又絮絮地说了什么。看见我们，成洪芸和那男人倏地分开。我们喊道：姐姐。成洪芸答应着，却有些不自在。已经走过去，成洪芸却又追过来，对我们说：六子，你和毛果回去别跟他们讲。我们点了点头，看她走远了，我问：成洪才，我们不要讲什么呢？成洪才说：废话，讲她谈朋友了呗。

我们又互相点了点头，守口如瓶。

六月中的一天，老五成洪政血头血脸地回来了，把我们都吓了一跳。成洪政喝了一口水，在嘴里咕嘟了几下，"噗"地吐出一颗带血的牙。成伯伯从腰里抽出皮带，恨恨地说，老五，你是皮又痒。成洪政并不理睬他，冷笑一下，站到墙角去了，说：打吧。成伯伯真的气了，说，好，不信治不了你了。一皮带抽到他脊梁上：说，为什么打架？成洪政背对着他，仍是一声不吭。成伯伯又举起了皮带，成洪芸看不下去了，护着弟弟，说：老五，别犟了，好好跟爸说话。

　　成洪政猛地回过头，眼泪夺眶而出：我说什么，我有什么好说，还不全因为你。他们骂你搞破鞋，你是能听，我要脸，我听不下去。

　　成洪芸的脸白了，声音打了颤：你，胡说什么。

　　这回成洪政是放开了吼了：是，我胡说，你和叶建伟的哥哥叶志国，在三院的仓库，他们都看见了。

　　成洪芸身体晃了晃，手扶住了桌子。

　　成伯伯血红了眼睛，走到洪芸跟前，一巴掌扇上去了。这一巴掌太狠，成洪芸打了个趔趄，慢慢地蹲下来，捂了脸，血顺了指缝流出来。

　　阿婆颤巍巍地站起身，将拐杖朝成伯伯扔过去。成伯伯扶住她，她握紧了他的手，举起来：你打，你打我的老脸，朝这打。你这样打一个病孩子，你是小四儿的后爹啊？

　　我和成洪才都被这阵势吓坏了，跑了出来。

　　我问成洪才：什么是破鞋？

　　成洪才想一想，摇了摇头。

　　成洪才的姐姐成洪芸，遭遇了与我曾经相似的命运，被关在家里了。我想，因为成洪芸也成了一个野孩子了。

　　成洪芸又变回了原来的成洪芸。穿着陈旧的羊毛衫。头发挽了一个蓬松的髻，说话轻声细语。只是，她脸上连往日那种虚弱的笑容都没有了。

　　这时候到了南京的梅雨季节，天气闷热，潮湿。随便抓一把空气好像都能挤出水来。这一天，屋子里的景象是灰扑扑的。我们看着成洪芸，也成了屋里一个灰扑扑的陈设。她静默地坐在桌前，机械地做着活。做好了一些，放进盒子里，拢拢头发，然后接着做。

突然，成洪芸站起身来，捂着嘴巴，一阵阵地干呕。我们吓坏了，成洪才说：姐姐，你又病了吗？我去叫妈妈。

她惊恐地拉住我们，说，不要去，没有，没有……我好得很。

我离开成洪才家，他姐姐跟出来，说，毛果，大方巷你认识吧。

我点点头。

成洪芸说：姐姐请你帮个忙。你把这封信帮我送给这个人。

这封信上，没有收信人，只有一个地址。

六子不愿意送，怕妈打他。我说：为什么……成洪芸不让我说下去，只是将信塞到我手里，声音有些发抖地说：姐求你了。

我将信按照地址送过去，开门的是个年轻男人，我见过。那天在大街上，和成洪芸走在一起。

我将信递给他。他脸红了一下，很快平静下来，说：你跟她讲，红与黑。

我愣一愣，说：什么？

他重复了：红与黑。

我见到成洪芸说：姐姐，红与黑。姐姐的眼睛亮一下，释然地舒了口气，然后很激动地摸了我的头，说，毛果，谢谢你。

当天晚上，下了很大的雨。梅雨天的雨，没有这么暴虐的，混着大风。我们家院子里的梧桐树，掉下来一丫很大的树杈，被风刮下来了。

第二天放学的时候，成洪才对我说，姐姐走了。

我有了不祥的念头：啊，去了哪里？

去了广州，和叶志国一起走的，留下来一封信。大概是清早走的。

你爸妈怎么说？

我爸看了信，说，作孽。我妈没说什么。中午叶志国他妈找到我们家来骂人。说姐姐拐走了她儿子。

然后呢?

然后阿婆出来,说,不关姐姐的事,是她拐的他们两个,是她替姐姐打的包裹。

成洪芸就这样消失了。

阿婆在堂屋里头,摆了一个神龛,上了香火。阿婆看见了我,说:阿毛头,你也过来拜一拜菩萨,保佑姐姐,在南边平平安安。

我拜过了,问:阿婆,是你放姐姐走的吗?

阿婆闭了眼睛,手里举着香,高过头:是老天,老天爷放他们走的。

夏天了,放暑假了。我们坐在后院子里,跟着阿婆乘凉。这时候的小院子是丰收的景致了。葡萄一嘟噜一嘟噜地藏在巴掌大的叶子里头,泛着丰实的青。其实不只是葡萄,还有透了黄的赖葡萄。还有丝瓜,优柔地垂下来,发了白的花。到了屋瓦上,还看得见一个团圆圆的大南瓜,已经是熟透了的。

几只油鸡都长得很大了。母鸡在土堆里扒了个沙坑纳凉。公鸡踱着方步,在院子里走动,抖一下黑亮的毛,伸一伸脖子,要打出一个响亮的鸣。叫出来却是嘶哑的,自己先泄了气,继续走来走去。天太热了。

阿婆摇着蒲扇,打着盹。入夏以来,阿婆的精神有些不济。不怎么吃饭,伙着我们喝几口绿豆汤。成妈妈说,每年夏天时候都这样,老人最难熬了。

这天下午,来了一个人,戴了个红袖章。

这男人说自己是市容办的,听人报告说成洪才家养了家禽,所以来动员处理。

成妈妈问,怎么处理?

男人说:宰杀,吃掉。

成妈妈说：我们吃不掉这么多。

男人说：那就宰杀，掩埋，或者……委托我们处理。总之，一个星期之内处理掉。市中心哎，养那么多鸡算怎么回事，搞得跟乡下一样。市容健康，人人有责。省人代会要开始了，南京市民要做个表率。

成妈妈纳闷地说：人大代表会到我们家来看么。

男人一时语塞，想了想，有些不耐烦地说，你这个同志。我怎么知道，政策啊，政策就要听。

这时候，高头听到人声，摇摇摆摆地过来凑热闹。男人看见了，也很惊叹：这么大的鹅。那目光几乎是饶有兴味了。看我们都看着他，突然正色道：这也得杀！

成妈妈还要同他理论。

阿婆将蒲扇在藤椅上狠狠一敲，大声地说，杀，都杀掉。

男人说，你看，还是老太太觉悟高。

阿婆声音更大了，我没觉悟，你快给我走。

周末时候，我发现高头不在成洪才家门口了。

一进门，阿婆远远地喊，阿毛头，坐下来喝汤。我这才闻到一股浓郁的肉香。

我结结巴巴地问：不是，不是高头吧？

成妈妈叹口气说，都是鸡，不是高头。高头送到六合老家去了，养了四年的老鹅，怎么舍得杀。

八月底的时候，我们家四周发生了很大的变化。许多平房上都用石灰画了一个粉白的大圈，圈里写了一个字——拆。

成洪才家的房子也写上了。

成洪才说，他们要拆我家的房子，要我们搬到二条巷的楼房去。

我说：成洪才，住楼房好啊。

阿婆说：我不要走，我要死在老房子里。

成洪才家来了许多人，叫作动迁组，说话似乎比市容办的还要不客气，说成洪才家是钉子户，妨碍市政建设。

阿婆说，我不要走，你们要拆，等我蹬了腿再说。

动迁组的人，下次再来，带了铁锹，将葡萄藤从架子上斩下来，田里的庄稼全都铲平了。

阿婆的一只眼睛里流出了泪水。阿婆说，你们拆吧，我离死不远了。

阿婆病倒了。阿婆躺在暗影子里，反复地念叨一句话：没的青打了，没的青打了。

过了一个星期，成洪才到我们家来，说：阿婆死了。

我呆掉了。愣一愣神，放下饭碗就跑出去。

我看见阿婆，哇的一声哭了。阿婆一动不动，身上盖着床单，身体缩成一个小孩子那么大。阿婆的一只眼睛睁着，嘴唇翻着，比活着的时候更丑了。

阿婆死了，没有人再喊我阿毛头了。

成妈妈说：阿婆没熬过夏啊，阿婆九十八岁了，都以为能活到一百岁的。

开学的时候，成洪才对我说：毛果，我们要回六合老家去了，爸爸退休了，这边新房子让给大哥住。

第二天，我和爸爸妈妈去送他们。

成洪才捧着阿婆的骨灰盒，上了一辆大卡车。

卡车要开的时候，我对成洪才喊：成洪才，你还要回来的，对吧？

成洪才也对我喊了一句话。卡车发动了，他的话淹没在发动机轰隆隆的声音里头了。

成洪才没有再回来。

他们家被拆掉了，原地盖起了一幢双层小楼，上面写着：南京市华侨事务办公室。

有时候路过，我会听见阿婆的声音，听见阿婆低低地说：没的青打了。

于叔叔传

于叔叔和爸爸做了十几年的朋友。

于叔叔是个木匠师傅。

我们家里现在还有些于叔叔给我们打的家具，颜色已经很陈旧了，但是结实得很。这是相较于后来在家私城买的一些意式家具来说的。那些很贵的家具让我领会了什么叫做徒有其表。到了梅雨季节，有些抽屉就因为变形打不开了。

于叔叔打的家具是爸爸自己设计的，记得于叔叔当时经常很有主见地说，毛工啊……工是工程师的简称（在爸爸的工作系统里职称是以工程师为中心词来确定的，所以就有助工、高工之说），在科研所大院里，大家也互相尊称某工。于叔叔很聪明地入境随俗了。他说，毛工啊，这样不行，架子撑不住。这意思就是，图纸上有些地方不符合力学原理。爸爸就很好脾气地说，你有经验，你看怎么弄。

于叔叔大刀阔斧地干了一场，打了一堂在我们大院里险些引起轰动的家具。

后来家里添了一个博古架，因为空间的缘故，就要淘汰掉一件于叔叔打的家具。雇了人准备运走，为了运送方便，来的人利利索索地把家具肢解了。这样我们就看到了这件家具深藏不露的底部。上面赫然三个大字——于守元，这是于叔叔的签名。

爸爸就笑起来，说这样青史留名了，老于骨子里是个艺术家啊。妈妈也笑，说守元年轻时真是精灵得很。

看得出来，爸爸妈妈由衷地热爱着这个朋友。

我小时候是个烦人的孩子，大人们和我相互都很不屑。当然也有例外，于叔叔和我的交情，是可以算得上哥们儿级别的。

中国的头几代独生子女，是最最悲哀的，既无组织，又无个性。人格往往畸形，在家里是一览众山小，出去发现自己是井底之蛙，又一蹶不振。这样通常折腾出两种类型，一种是自闭型，心甘情愿在家做微型首脑，也不愿参与任何外交。第二种是狂傲型，蔑视权威，盲目自大，在外面跌跌撞撞而百折不挠。

我偏偏两种都不是，乖外戾内，表面上人见人爱一小孩，做出事来逼得人发疯。

于叔叔第一次看到我，我正埋头看《尼尔斯骑鹅旅行记》。于叔叔很讨好地弯下腰，说，啊，小知识分子。我迅速地向他摆了一个笑靥。妈叹了口气说，唉，你不晓得，这孩子，难搞得很。

我在第二天就对于叔叔的工作发生兴趣，在此之前我认为所有大人都是些碌碌无为的动物，所做的事情枯燥无味且缺乏创意。

所以当我看到于叔叔在木板上这么一推就推起浪花千朵，很有惊艳之感。但是为了顾及已经在这个陌生人心目中树立起的小知识分子形象，我不得不摆出些矜持的态度，我点了一下头，说，嗯，这个，有意思。于叔叔抬起头，很认真地看了看眼前这个说大人话的小毛孩，突然做了一个很疲惫的表情，大幅度地擦了脸上的汗，说，唉，叔叔累了。

你来吧。

我？我对突然被委以的重任显然缺乏思想准备。于叔叔以迅雷不及掩耳之势将我抱到腿上，把着我的手摁住这个叫刨子的东西。然后很雄壮地说，来，上。说着就往前呼啦一推，顿时眼前现起惊涛拍岸。我的心中澎湃极了，当时我的念头是，原来老爸不会做的事情，我是可以做的。当然我彻底地忽略了身后这个助手在这件事上起的决定性作用，不过我承认，我和这个陌生的大人是有些相投的志趣了。

以后我仔细地研究了于叔叔的家什，心中惊叹着，一面就把劳动人民几千年来智慧的结晶都算在了这个高个儿大人的头上。看到一样我就问，叔叔，你怎么会想起来发明这个？于叔叔就大言不惭地说，因为需要嘛。然后就讲些使用的方法和原理。我似懂非懂着，心中渐渐就五体投地了。

小孩总需要偶像，我也不能免俗，于叔叔在这个时候出其不意地填补了我的信仰真空。这一点，恐怕他自己也始料未及。现在想来，于叔叔年轻的时候，外形上也的确合乎偶像的标准，高大，鲁莽。一头乱发，左耳夹着铅笔头，右耳夹着一根烟，说话时眼睛似笑非笑地看着你，实在是倜傥得很。

我和于叔叔的友情迅速升温。于叔叔的确是个仗义的人，允许我把玩他所有的工具。当我挥舞着一把刮腻子的大刀闯进厨房时，妈妈大吃一惊。妈妈缴了我的械还给于叔叔，一边说，看到了吧，这孩子其实厌得很。一边警告我，不许摸东摸西的，影响叔叔工作。我作为一个表面上的好孩子有其正直的一面，其中之一就是从来不做阳奉阴违的事情。所以妈妈走后，我就真的很老实，可是又很不甘心地围着于叔叔转悠。转了一会儿他说，毛毛，你要把叔叔转晕了。我就坐在他旁边的凳子上。他看出我的寂寞来，说，小伙子，振作点，你妈不让玩武的，咱来文的，说着就拿出墨斗来。我很喜欢这个东西，在木板上一弹一条直线，奇直无比，省时省力。联想起爸爸在图纸上用尺吭哧吭哧才画出一条线来，我觉得于叔叔实在是高人，更何况我认为墨斗是他的发明之一。于叔叔找出一张报纸，用墨斗在上面弹上几弹，就弹出些纵横交错的格子。他找来些图钉，撒在上面，说，叔叔教你下棋。我恍然道，哦，我爸也会，围棋嘛。于叔叔说，哈，那是知识分子玩的，太深奥了，叔叔是粗人，叔叔教你下五子棋。我想当然地有些失望了，因为我认为爸妈做的事情都太枯燥，比这些事情更浅显的，会是什么东西呢？后来在于叔叔的循循善诱下，我就和他来了几把，谁知越来越有兴趣。这种棋规则简单，却变化多端，基本上速战速决。没有围棋里长考那些让人如坐针毡的东西。而且我居然从第三把就开始赢，自然是越战越勇。我现在当然知道于叔叔是在让着我，这叫做赏识教育，于叔叔看来是深谙儿童心理的。不像我妈，动不动就说，唉，后悔死了，毛毛你这么笨，妈妈生你前吃的补品还是太少了。而且长大后也知道了原来五子棋也并非只是粗人玩的，是列入国际比赛专案的，有个正经的名字，叫五子连珠。

正玩的时候，妈妈走进来，看我安安生生地和于叔叔下棋，心里惊讶得很，对爸爸说，毛羽，你儿子和新来的师傅玩得好得很啊。爸爸沉吟了一下，说，这倒真是个奇迹了。

吃饭的时候，于叔叔原是不愿上桌的。说随便搞点拿到做工的房去吃，吃完了好干活。妈妈知道他是应了以往东家的规矩，就说，师傅，我们家不讲究这些礼数的。你来了就是客人，客人哪有不上桌的。推让了一番，于叔叔上了桌。在桌上却不自在，饭也吃不安生，是因为我。我是个熟来疯，这时候是放下了矜持，极力要和于叔叔打成一片的。不停地向他问这问那，却不十分有眼色。于叔叔碍着我父母的缘故，拘束了很多，说起话来也不利索，倒成就了一个寡言的形象。妈妈看他饭吃得也不爽气，渐渐疲于应付我了，就呵斥道，你这孩子怎么突然变得这么韶（南京方言，话多），平常人来了又不出趟子，一句也不肯多讲的。

于叔叔就赶紧插言，说毛毛这么小的年纪，倒是少有地有见识，比我们家两个小的强多了。听到这里，反而是妈妈起了好奇心，放下了客套，絮絮地询问起于叔叔两个小孩的情况，这样一来，于叔叔又是一五一十地忙着回答，这顿饭到底还是没有吃好。等妈妈觉悟了，赶紧说，师傅你吃你的，什么时候得空把孩子带来玩。

于叔叔的确有和小孩子相处的经验，他很会带小孩子玩，玩得方法又不拘一格。不过对我而言，种种玩法都新鲜得很，又仿佛都是不计成本，就地取材的。这就使玩这件事本身充满了创造性的因素。比如他说，毛毛，你去找个大扣子来。然后他就把一根线从扣子对角的两个孔穿起来，结好。然后撑住绳子的两端绕上几圈，再这么一拉，扣子就呼悠悠地转起来。这东西是运用了物理学势能和动能相互转化的原理，有些类似于西方小孩玩的 YOYO。我于是一度乐此不疲，后来妈妈发现她的呢子大衣上的扣子统统失了踪，已经是很久以后的事了。再有就是妈妈为了爱惜她的缝纫机，去买过一个罩子，上面有许多塑胶的气泡，是防止磕碰的，这就又埋下来一些玩的契机。于叔叔发明了一个比赛，看谁可以把上面的气泡挤得更响。往往赛事发展到噼里啪啦如火如荼的时候，妈妈会走进来。这时候于叔叔会表现得比我更加不镇定，搓着手，支支吾吾地说，呵呵，朱老师，呵呵。妈妈一转身，身后自然又是噼里啪啦地响成一片。

后来有一件事，使我和于叔叔之间产生了龃龉。现在看来这件事说不上是谁的错，说到底，也是一个时局的问题。我当时上的那间所谓重点幼儿园，有些无视国情的改良举措。其中之一就是，从中班开始上英文课。五六岁的孩子，连中国话还讲不利索，像我这样能够看小人书的，已经算是个中异数了，遑论其对于外语的兴趣。更奇的是，外语老师自己发明了规定，规定小孩子课后要在家里朗读当天的所学若干时间，还需家长签字。问题在于，当时英文在中国的普及程度远不如今日。会念了 ABC 的孩子，在爷爷奶奶面前往往就成了权威。后者又何以监督前者的学问，真是不得而知。想象一下，无非是前者摇头晃脑地念一番不知所云的洋八股了事。我们家却是个不好糊弄的例外，妈妈在中学做过六年的英文课代表，担任过学生会三年的英语小喇叭广播员。后来因为大学报了理科专业，一度认为自己是弃明投暗，深有悔意。知道我学英文，早就摩拳擦掌，喜不自胜了。每次听我朗读，自然成了展示自我才华的好机会，一再地要求我精益求精，后来发展到了需要声情并茂的程度。我有时也不服，说某读音老师就是这样读的。妈妈就很悲愤，说怎么可以误人子弟。这样下来，我课本上家长签字的含金量自然就比其他人的重了很多成。可是每每要剥夺我数小时的玩乐时间，是可忍，孰不可忍？

　　因为我突然沉迷于于叔叔的木匠活，再也无暇念那些外国劳什子。到了需要家长签字的时候，终于有些心虚。我就在家里转圈子，转着转着转到挥汗如雨的于叔叔跟前，突然灵机一动，说，于叔叔，妈妈不在你帮我签字吧。于叔叔就说，毛毛，这字要家长签的，叔叔不是你的家长。我就说，叔叔，你是不是大人？是。那你是不是在我们家工作、吃饭？嗯。那你就是我家长了呀。于叔叔沉吟了一下，觉得这个逻辑好像无懈可击，就接过我的课本，说，好，签什么呢？我说，就签，毛果在家朗读课文 N 遍，家长签。于叔叔立刻很警惕地问我，毛毛你到底读了没有啊？我赶紧说，读啦读啦。于叔叔很爽快，唰唰唰就把字签上了。我手捧他的墨宝，心里很失落，想在妈妈那里折腾一两个小时的事，在于叔叔这一两分钟就得逞了。

后来在这件事上，于叔叔就成了我的全职家长。妈妈很奇怪自己最近没有签到字，就问我怎么回事，我自然说，因为老师良心发现啦，说学习这件事全靠自觉，所以不用家长签字了。妈妈那时也是忙于琐事，就说，毛果，老师这么说，你可要自觉啊。妈妈要抽查你的。

不等妈妈抽查事情就败露了。英语老师打电话到妈妈办公室，说，毛果妈妈，毛果最近的家长签字有些问题啊。为什么上面朗读的"朗"老是写成"郎"呢，我原想是一时笔误，可最近次次如此。你们二位都是知识分子，这种低级的错误不会犯啊。我就想问问是怎么回事。

妈妈阴着脸回家，作为识时务的孩子，我很快就全招了。可是一向提倡开明教育的妈妈这次没有奉行坦白从宽的原则。恨恨地说，这么小的孩子，就学会作假，长大了怎么得了。说着把我掀翻在沙发上，手就下来了。我没有哭，只是出于本能地大声号叫。

到了四邻不宁的时候，于叔叔就出来打圆场，说，好了，朱老师，也不是什么大不了的事情。看到我的同谋，妈妈脸上就有些挂不住了，口气也硬起来，说师傅话可不能这么说，不是你自己的孩子，你当然用不着防微杜渐。说着说着，手下越发重了，好像每一巴掌都带了使命感了。我终于哭了，主要是因为沮丧，想我用人不淑啊，偶像原来是一文盲，妈的，都是给这文盲害的。

我一边哭，一边就下了破釜沉舟地搞一场恶作剧的决心。

这以后，妈妈就不太让我和于叔叔玩，自己态度上也有些淡淡的。爸爸倒是一如既往，男人，到底是豁达些。于叔叔心里也抱歉得很，只是一味地埋头工作。妈妈是有了矫枉过正的心了，我一回到家，就得跟前跟后地当着她面读一个小时的英文，再也不管这一天有没有英文课。

在悔恨交加之中，我终于在吃饭时把一枚掼炮放在了于叔叔的凳子上。掼炮是当年在男孩子中间很流行的玩意儿。但鉴于其本身的劣质以及我幼小的年龄，这东西在我们家是明令禁止的危险品。我冒家中之大不韪，公然以违禁品作为作案工具，足见我鱼死网破的决心。

于叔叔一面坐下来，一面夸赞妈妈作为个知识分子难能可贵的厨艺。

啪，声音没有我预料中堂皇的轰然，但在我听来却自有一番悲壮，说白了就是够人吓一大跳的了。妈妈立即把目光射到我身上，爸爸狠狠搁下了手中的筷子。我抬起头，眼神茫然，满脑门子都是风萧萧兮一类的旋律。时间好像都凝固了，这时候谁给个长镜头，就知道什么叫做静止场景的艺术张力了。

突然，于叔叔爆出一声大笑，说，哈哈哈，毛毛，你说谁的屁能放得这么响，哈哈哈。这笑笑得桌上其他三个人都莫名其妙。可是就是这缺乏上下文的笑猛然间将我救了出来。这笑把生冷的局面打出了一个缺口，给了所有人的行为一个可以往下走的台阶。爸爸说，这鬼孩子，平常看上去挺老实的，怎么这么捣蛋。然后也跟着笑。妈妈的嘴角弹动了一下，接上去说，幸亏叔叔脾气好，哼哼。我的眼神变得更加茫然，好像这起事件里我成了一个被动参与的角色，是用来被原谅和饶恕的。我被宽容了，我突然意识到我作为一个小孩子是多么地无力。可是，我对于叔叔的感激在当时的确是占据了第一位的。多年后，我问起于叔叔当时的情形，他已经记不起自己说的话。我学给他听，他说，嗨，毛毛，其实叔叔平常说话哪有这么粗，叔叔是为了救你啊。叔叔书读得不多，可在老家，也算是镇上的秀才呢。

做孩子的时候，我常常想，所谓男人究竟是怎么一回事，除去外表这些先天的东西，男人究竟是一种什么样的属性，男人应该做什么或者不该做什么。而我长大后应该或者可能会成为一个什么样的男人。所以我常常会回想起于叔叔在饭桌上的笑，在那一笑里，我的很多问题多少有了些答案。

爸爸妈妈现在想起来，也都承认于叔叔实在是个性格优秀的人，所以谈起后来发生在他身上的变故，也多少认为是处境的原因。在和我们全家相处的那段时间里，我们体会到了于叔叔的个性魅力，待人的用心和勤勉的天性。于叔叔是个工作精益求精的人，常常为了一个细节反复琢磨，所以经常工作到很晚。后来爸爸说他骨子里是个艺术家也并非虚妄之辞。这种完美主义的精神对于一个工匠来说，是一件很不划算的事情。况且为了我们家庭的需要，于叔叔是很想缩短工期的。后来我们家再次装修，妈妈看到希望多得到一天工钱的工人们机关算尽地消极怠工，也会谈起于叔叔，说像守元这样厚道的人，现在真是不多了。

于叔叔的厚道在后来有了很多的证明。他如期为我们家打出了一堂在当时算得很时髦却没有落入俗套的家具，为此爸妈商量了一定要多给他一些酬劳，被于叔叔坚决地推辞了，他只是反复地说，大哥，说好的，不能改，是规矩，规矩不能改。于叔叔嘴里改了称呼，的确是对爸妈也产生了亲近。而爸妈似乎也竟有了些哥嫂的责任感。在当时资讯还不算发达的情况下，像于叔叔这样的非城市暂住户口，是很需要自己去寻一些谋生的机会的。爸爸就在工作之余，时时帮他留心着，很快就有爸爸同系统的一个处长的儿子结婚，要一个木工师傅。爸爸就将于叔叔推荐了去。于叔叔非常感激，竟买了一条好烟上门来给爸爸道谢。爸爸就有些不自在，说守元你这是做什么，这么快就见外了。于叔叔就有些感慨地说，大哥你不知道，做你们家的工之前，我是在城里闲了三个多月的。男人叫女人养着，心里不好受啊。我们全家都要领你这份情。爸爸就说，这是哪里的话，还是你的手艺好，自己打开了局面来。

于叔叔后来做的这家，和我们家靠得很近。于叔叔闲下了，就常会来走动，吃上一顿便饭，还会给我带来一些吃的东西。妈妈说你挣钱这么辛苦，还花什么钱。他就憨憨地笑着说，不花钱，是老家捎来的。

有天傍晚于叔叔来，一进门就喜气洋洋的。爸妈刚想问他，就听到他大声地说，大哥，我把小孩子接来啦。我们全家都受了他喜气的感染，因为这于他的确是一桩大事。于叔叔的家庭终于收获了团圆，这团圆却是来之不易。于叔叔是乡镇的户口，年轻时和本地的一个姑娘谈了恋爱结了婚。那姑娘被工厂招了工，后来这工厂被收归了国有，一夜之间工厂的职工就都变了城里户口。于叔叔家里就出现了城乡分化，时日多了就生出许多问题。于叔叔是个有自尊的男人，终于也到了城里来找机会，想凭着祖传的木工手艺在城里闯出一番事业。可城里的机会却不是时时有、处处有的。于叔叔两口子靠着一份厂里的工资生活了许多时日，直到来了我们家做工。在我们家的时候，他也常常说起对小孩子的挂念，说是把孩子给爷爷奶奶带，总也不是很放心，老人家惯孙子惯得厉害。

这回是厂里有了些举措，一举解决了职工家属的户口问题，于叔叔也不再有全家分居的苦恼。妈妈谈到两个没见过面的小孩子，高兴得很，一迭声地要于叔叔晚上把他们带来，说，一定要来，告诉他们阿姨给他们做菜吃。

晚上进门的却是只有于叔叔一个人，我们正奇怪着，就听于叔叔笑着说，唉，两个小的都这样没出息的，怕生得很，哪里有毛毛大方。说着就把手伸到背后去，拖出一男一女两个小孩。说，快快，叫叔叔阿姨。

妈妈看到由衷地赞道，守元，没听你讲起哦，是一儿一女一枝花啊。这两个小孩的出现的确是出人意表的，大的是儿子，叫献阳，由于于叔叔结婚早，这孩子已经十一岁了。人还很小，看上去却是个高大的少年了，很有于叔叔的影子，可又比父亲清秀了很多。女孩子叫燕子，比我大两岁，这是真正叫妈妈惊艳的。事后妈妈提起，竟说真的很少看到这样五官精致的女孩子。因了是初次上门，装束上有些隆重的意思，头上被妈妈梳了很繁复的辫子，脸上还被打了些腮红。这本是一个败笔，可由于这女孩子眉目间的脱俗，就另外衬出了一分清新来。妈妈看得入神，竟说出了句很不得体的话，唉，守元，你爱人比我会生得多啰。于叔叔有些得意，又很不服地说，他们也是我的孩子呀。

这两个孩子并非于叔叔描绘的那般局促，特别因为我的存在，他们很快就有了一些宾至如归的感觉。一顿饭吃下来，竟已经是热闹得不行。只是大孩子玩得非常有分寸，凡是我们染指到的玩具，他很快就礼让出来。妈妈就拿出些其他的给他玩，他也是送到妹妹手里去，嘴里说，我大了，让给他们小孩子玩吧。妈妈心里就暗暗叹服，说难得守元养出这样品貌双全的孩子。

燕子小些，行事上自然没有这样周到，但是一派天真也很得我爸妈的喜爱。和她谈起话来，她就总是引用说，我妈妈怎么怎么说。言辞里大有崇拜的意思。妈妈这才觉出自己的失误，就怪于叔叔怎么不把爱人一起带来吃饭。于叔叔就说，算了算了，她是连熟人都不想见的。妈妈就说，她比我年轻好多吧。说着就回到房去，回来时手上拿着两条丝巾，是托朋友从上海捎来的。妈妈把其中一条扎到了燕子的颈上，另一条叫燕子收好，告诉她是送给她妈妈的。燕子十分欢喜，嘴上也甜得很，说代妈妈谢谢阿姨了。妈妈一时受了鼓舞，又回了房去，拿出一件雪花呢的大衣来，说，燕子，这个也送给你妈妈啦。

燕子这回却不作声了，脸上现出了为难的神色。妈妈以为她觉得这礼重了，心里有了压力，就轻描淡写地说，颜色鲜亮了，阿姨不好穿了。妈妈年轻，穿正合适。燕子没有接受下来，嘴里只是说，阿姨我们有。妈妈就说，有是你们自己的，这是阿姨给的。于叔叔就说，是啊，给就拿着吧。燕子脸红了，嘴里吞吐着，突然说，阿姨，这衣服太过时了。

这话是出人意料的，妈妈就有些尴尬。回头跟爸爸说，毛羽，这小孩子也真是不会说话。这些衣服都是很新的，可颜色我这年纪是确实不能穿了，倒好像是我施舍给她的。

爸爸就说，你要往好处想这孩子，她这么说，说明她诚实。她替妈妈要下来了不穿，倒是不得罪你，你反正是不知道的。不过太太，这么多年，你衣服的款式确实是太保守了。就算为人师表，也不能墨守成规吧。

妈妈就顾着自己说下去，这么小的孩子就讲究吃穿，估计是在家里受了妈妈的影响了。

依凤阿姨的出现多少让我们家感到一些意外。她是专程来上门答谢爸妈对于叔叔的照顾的。

她的到来，打破妈妈对于于叔叔一家郎才女貌的幻想。用南京话来形容，这是个长相很乡气的女子，和儿女有着很大的差别。然而她的朴素和本分，却又是实实在在，容不得人有半点非议的。依凤阿姨也并不似于叔叔所说上不得台面。说话十分得体，不枝不蔓，无非是些感激的话，但是言辞恳切，让人心底渐渐生出好感来。

说完这些，她就沉默下去，倾听丈夫和我爸妈谈话。偶尔有牵扯到她的话题，她就微笑一下。终于问到她了，她才有问必答，然后又沉默下去。

临走的时候，她说，守元，跟大哥讲，和朱老师带毛毛来我们家玩啊。她把邀请回访的权利留给自己的丈夫，表示了自己的周到和不逾矩。

于叔叔就说，是啊，现在我们家安顿下来了，你们要来玩。说定了，就下个礼拜六吧。没有好招待的，不过依凤的家常菜，还是做得很不错的。

说完就留了地址给我们。

接下来的几天，我自然是很期待。到了周末的时候，爸爸终于说，今天到守元家去看看吧。

于叔叔的家，在城南的方向，很偏，其实已经近郊了。后来这一带，发展成了南京著名的科技园区，当时已经有些高层建筑，陆陆续续地拔地而起了。

他们租住的那个单元楼，是依凤阿姨厂里分配的。其实不算很旧，和老城区的其他居民楼类似，五六层高，用混凝土灰蒙蒙地克隆出来的。但是，由于临近新起的大厦太过气宇轩昂，高度的倾轧之下，阳光进不来，在阴影中就有了破落和飘摇的意思。

进到单元里，才发现楼道里并没有灯。单元结构又很特殊，好像住了四户人家。乌漆墨黑的，连门牌都看不见。爸爸踌躇了，终于很唐突地在楼道里喊：于守元——

有一家门就打开了，探出了于叔叔的头。依凤阿姨也迎出来。两个人竟是穿着一色的运动衫裤，这种靛蓝色上面镶着白条的棉毛运动衫，到九十年代初还一直流行着。很多人家到了秋冬，都用作在毛衣下面打底的衣服。于叔叔穿着，是很飒爽的。依凤阿姨因为身形有点矮胖，这一身未免就有些牵强。

爸爸很应景地开起玩笑，说，看你们两个这样好的，在家里都穿着情侣装。于叔叔就有些不好意思，说在家里随便，上次店里搞批发买的，很便宜。没有两个小的穿的尺码，不然一家都是这一身了。

因为光线昏暗，他们家白天还开着灯。家里的陈设十分简朴，家具不多，都是很实用且形状利落的。但一看就是于叔叔的风格。妈妈就说，守元可算为家里出了力了。于叔叔就说，其实有一件不是，你们看是哪一件。爸爸扫视了一圈，指着一个虎脚的床头柜说，是这个吧？于叔叔就叹口气说，买的，做工次得很。实在没的时间打了。临了又有些词不达意地加了句，害群之马。

房间里其实布置得清雅，处处看得见主妇用心过的痕迹。到现在还记得，他们家的窗帘出自依凤阿姨之手，似乎是一块布不够，用了两块拼接成的，但是在接头的地方，很均匀巧妙地打上了许多褶子，好像大幅的裙摆一般。这下真的天衣无缝，不但没了将就的意思，反而出其不意地有了奢华的暗示。

妈妈又看到了电视机上的罩子，竟爱不释手起来。这是用钩针拿密密的毛线钩成的。白色的底子上，开出了大朵的米色的暗花，妈妈就问哪里买。于叔叔说，也是依凤织的。妈妈十分惊异，说原来依凤的手也这样巧，你和守元真的就该是一家人。依凤阿姨很谦虚地说，我是瞎搞，不上台面的，我们家老于倒真正是个有本事的人。又见妈妈这样喜欢，当时就要取下来让妈妈带回去。后来知道我们家的电视大了几寸，只好作罢。妈妈说，不如你得空教教我，授人以鱼，不如授人以渔。

她这样说完，于叔叔和依凤阿姨都有些茫然。

爸爸就大笑起来，说，朱老师，你又开始咬文嚼字了。

这样说了一会儿话，依凤阿姨恍然道，毛毛饿了吧？又说，两个小的，打发他们去买卤菜，到现在没回来，不晓得又去哪里野了。

正说着，燕子吵闹着就进来了。燕子看到我，似乎兴奋得很，就要拉起我去阳台上看她养的乌龟。献阳把卤菜和找回的零钱交给大人，又报了这些菜每斤的单价。看到他妈颔首，才和我们一道去玩。妈妈又称赞，说献阳真是懂事。于叔叔就说，还是老话，穷人的孩子早当家。

依凤阿姨这就走进厨房去忙。妈妈要去帮她，她赶紧拦住，说，你是客人，你快去坐。于叔叔就说，是啊，让她一个人弄，你插手她反而做得慢。

说是家常菜，依凤阿姨七七八八地搞了一大桌。她举止和缓，做起事来却很利索。我并没怎么饿，菜已经要上齐了。然而她又在厨房里说，还有一个菜，把卤菜打开，让毛毛先吃。

于叔叔打开了一个袋来，里面是大块卤得鲜红的肉，他切下一块来塞到我嘴里，问我好不好吃。这肉香得很浓郁，似乎和我以前吃过的有很大的不同。我连连点头。于叔叔就说，是狗肉，很鲜的。

妈妈神色顿时变得很紧张。因为这种肉，是在我们家日常食谱之外的。她连忙问，干不干净啊？立刻自觉失言，赶紧又解释说，这孩子从小消化就不太好，怕他吃了又出洋相。

依凤阿姨端着菜出来，说，这卖卤菜的是老于认识的转业军人，人很本分，菜一向收拾得很干净的。小孩子也不能娇惯，要什么都能吃。

依凤阿姨的菜做得真的很好吃，有一道夫妻肺片，据说是她的拿手菜。辣是真辣，可是辣得我上了瘾，嘴就始终停不下来。依凤阿姨看我吃得实在欢喜，就说，毛毛，阿姨再多做些让你带回去吃。

我听了喜不自胜，咂了咂嘴，跟着却又惆怅起来，说，那也有吃完的时候。妈妈做的菜比阿姨的难吃多了。

妈妈脸上有些挂不住，爸爸就说，毛果你可真没良心，在家里就说妈妈做得好，现在这么不给妈妈面子。

依凤阿姨摸了摸我的头，笑着说，小孩子嘛，就是隔锅饭香。

这次到于叔叔家的造访，结果是皆大欢喜的。

妈妈回来就说，这个依凤，还真是个活泛的人。

想想又说，乡下出来的女孩子，大多机灵得很。说这是她年轻插队时得来的经验。她们做事往往是很会审时度势的。

爸就接过话去，城里女孩还不是一样，到底还是个性的问题。他又说，你当年还不是审时度势才嫁给了我的。

妈就很不以为然，毛羽，你真是越老越贫了，看人家守元，真的比你老实得多了。

后来因为要照顾工作上的方便，于叔叔在市中心租了一间房。这样离我们家就很近。他的两个孩子，原先是在厂里的子弟小学上学的。他和依凤阿姨，后来听闻那间小学校风其实很恶劣，教师队伍也是散兵游勇，军心十分涣散，甚至不如在镇上的小学。就都有些担心，怕孩子学了坏。爸爸就说，毛果那所小学倒是教学质量不错的。我来想想办法吧。

献阳和燕子就办了借读，成了我的校友。平时就和于叔叔住，周末回去一家团聚。

这时献阳已经在读毕业班。我那间小学的水平是很高的，他的功课就有些跟不上。小升初考试在即，自然是有些焦急。妈妈就自告奋勇地说，我来给献阳补课吧。

这样，到了放学的时候，献阳和燕子就和我一道回家。晚上一起吃饭，我和燕子做作业，妈妈就给献阳开小灶补习。

为了给孩子们增加营养，妈妈多订了牛奶。送牛奶的老太是个嘴很碎的人，看到家里无端地多了两个小朋友，就跟旁人说，朱老师一个大学老师，还要把学生叫到家里补家教，怎么还在乎这几个钱。后来这话传到家里来，妈妈十分不忿，说要爸爸到大院里跟同事们澄清。爸爸就说，好啦，太太，不要和她一般见识。说得我们做了好人好事还要时时抖搂出去。

第二天放学的时候，献阳就对我说，毛毛，你跟家里说，以后我和妹妹不和你回家去了。阿姨待我们这样好，我们不要他们说她的坏话。

我当然不依，可是这次他们两个都是很倔强的。

我回家学给爸妈听，他们就很感动，说难为这个孩子，心里头竟时刻装着大人。他这样，我们更加不能不管了。爸爸晚上就带着我去了于叔叔那里，把献阳领回家来。于叔叔就说，孩子在你们那里，我是比在自己身边还要放心，只是实在过意不去。

他说最近接了两家的活，常常要加夜班，这个月，竟只回过一次城南的家。说着想起什么，拿出一样东西，说是依凤为你们家电视织的罩子，最近厂里也很忙，足钩了一个月才钩好。这回让我带给你们，大哥你回去试一下，不合适给我，我拿回去让她改。

说起来，献阳和燕子，除开学习成绩，在我同校的孩子里是十分出众的。以后我们三个同出同进，情如手足。

多了一双璧人似的兄姐，我自然是得意得很，心里大有和同龄的独生子女小屁孩们划清界限之感。在学校里看见了熟人，也似乎很扬眉吐气。我的那些狐朋狗友，再见到我，就用南京话说，毛果现在变得老嘎嘎的了。

献阳说起来是老大，可是到了放学的时候，往往是我走在最前面，冲锋陷阵似的。有一回，我依然是雄赳赳地往前走，突然就被几个大孩子拦住。

我看了他们一眼，知道坏事了。

我们学校邻近一所风气不太好的中学。说风气不好，也是很有传统的。这个中学有个诨名，叫做小纵漏生产队。小纵漏是南京的土话，大致相当于小流氓。但又有些差别，小流氓寻衅滋事，往往找些借口，让他们恶劣的言行多了委婉的一层。小纵漏用南京的土话讲，却是很"屌"的一群人。他们开门见山，就是要找你的麻烦，直来直去地动粗，带了很浓厚的绿林气。这所中学，正是将这类小纵漏批量生产出来。他们的主要业务，就是到周边小学附近收取小孩子们的零花钱，作为保护费，其实就是强抢。

非常不幸，那天我们碰到的正是这类小纰漏。

这些人做事有个特征，碰到你，往往就拿强硬的祈使句作为开场白。我就听到他们对我说，小鸡巴，拿钱出来。

南京的土话真的很粗，粗得让人脸红。其实往往没有太大恶意，只是盛气凌人。不过外地人大多不这么想。当年甲 B 联赛南京舜天做主场的时候，南京的球迷不知道把多少客场的球队骂得羞愤不已，落荒而去。

我被他们这样骂着，心虽不忿，但看看他们的身板，心想还是识时务比较好。我口袋里有几块钱，给他们就罢了。如果稍作反抗，让他们把书包翻个底朝天，今天交加餐费老师找的五十块钱就暴露了。

我正在心里飞快地盘算着，就看见献阳一头朝其中一个大孩子撞过去。我还没反应过来，献阳已经和那个孩子扭打在一起。其他两个孩子似乎呆住了，愣了好一下，才上去帮自己的同伴。因为惊惶，他们下手很重，而且缺乏章法。献阳死力地抓住其中一个的衣领，另一只手用来抵挡其他两个人的拳头，于是没法还手了。我顾不得那么多，甩开书包，一头扎进去。我的原意其实是想分开他们，可是人小力薄，被一脚蹬了出来。

其中一个人不知从哪里找来块石头，朝献阳夯下去。献阳的额角渗出血来，他依然揪着先前那个人的衣领不放。三个大孩子也许没见过这种阵势，一时失措，只是急红了眼似的将更多的拳头砸下去。

燕子终于哭了，我灵机一动，朝远处大喊一声，爸——

小纰漏们条件反射般停住了手，扔下献阳，落荒而逃。献阳却一路朝他们追过去，嘴里很悲愤地骂：我操你妈！

在此之前，我从来没听到过献阳骂粗话，他在人前总是个温文尔雅的形象，甚至有时，我觉得他多少有些缺乏男子气概。可是这时候，他对着三个大孩子的背影大声骂着：我操你妈。

看到献阳伤痕累累的样子，妈妈大惊失色。急急地带他去医院包扎了，心疼地说，你这孩子，毛果口袋里就两三块钱，让他们抢去好了，你干吗要和他们拼命。这样子，我怎么跟你爸爸交代。

献阳低着头，只是不吭气。

妈妈叹了气说，这孩子的心，太实了。

献阳是很要好的，妈妈辅导得又很尽心，他的成绩就有了很大的起色。几个月过去，到了模考的时候，献阳竟考进了年级的前十名。爸爸就十分高兴，说，献阳好好考，一定可以上到重点中学。

到了填志愿的时候，爸爸就有些失望。在我们当地的政策，规定初中生是要划片入学的。就是考生只能报考户口所在那个区的中学。我们这一区在市中心，自然是重点林立的。可是于叔叔家在城南近郊的地方，并没有什么像样的中学。

爸爸后来打听了一下，原来也不是没有办法。有些重点初中，会收一部分议价生。所谓议价生，就是跨片报考的学生，但是有个代价，就是要交些所谓建设费给学校。这笔钱在当时，对一般人家也是不小的数目了。爸爸就和于叔叔商量，说小孩子的前途重要，献阳成绩不错，我们做大人的应该支持。你和依凤有困难，我和朱老师就帮你们一些。

于叔叔听了就很激昂，说，大哥你说得对，我们是不行了，小孩的将来是不能耽误的。你的钱我们不能要，我和依凤这些年来也有些积蓄，我这就回去跟她讲。

然而，周末过后，于叔叔是很沮丧地回来了。依凤阿姨的回应出人意料，听说了这些事情，力主献阳回来上他们厂里的子弟中学。说毕业了可以免试上他们系里办的技校，将来替她的班就是顺理成章的事了。

于叔叔讲，没的办法，我是怎么也说不动她。

爸妈仍然是一味地劝，这事到最后还是黯然收场。

爸爸就很感慨地说，他们是自己以前走得太不容易，想坐守江山了。其实儿孙自有儿孙福，虑得过多过细，反而是束手束脚了。

妈妈也很惋惜：是啊，献阳这样明白的孩子，很可能有大出息的。要不咱再和他们说说。

爸爸摇了摇头：算了，依凤看来是铁了心了。献阳真的想成就事业，曲线救国的路也是走得通的。

妈就说爸总是折中主义，又说，这个依凤，到了关键时候怎么这样目光短浅，孩子未必就要走他们的老路。守元也是太老实，我以为他是说一不二的。谁知到头来在家里说得算的，还是依凤。

这样又过去了半年，于叔叔在城南的一个家具厂找到了临时工。这总是一份相对稳定的工作，我们全家都很为他高兴。他就把这边租的房子退了，临走的时候，都有些不舍，于叔叔说，大哥，朱老师，我走了，得空就来看你们。

然后他又把我一把抱起来，在空中甩了两甩，这是我平日里很喜欢玩的"土飞机"的游戏。这一日他却看出我是郁郁的神情，心里也有些沉重，不是很配合，终于把我放下来。

他把燕子也带走了。爸妈就说，让燕子在这小学上下去吧，跟我们一起，你尽可以放心。于叔叔说，那太麻烦你们，再说女孩子，学习好不好，也是无所谓的。就让燕子转回她原来的子弟小学去了。

以后我们和于叔叔家，还是经常地走动，大人们是循规蹈矩过下去，却眼见着小孩子们在逢年过节互相之间的探访中一天天长大起来了。

我上小五的时候，是八十年代的最后一年。

这年刚过了春节，于叔叔打电话过来，对爸爸说：大哥，现在要求你一件事哦。爸爸问是什么事，于叔叔说，想请你画一幅画。

爸爸突然来了兴致，说好啊，是过了年要挂在家里啊。那要画个喜兴的。

于叔叔说不是。爸爸问，那是因为什么事呢？

于叔叔只是乐滋滋地说，好事情，好事情。

搁下电话，妈妈也好奇地问，守元说的什么事？

爸爸想了想说，好事情。

爸爸好多年头儿没有动过画笔了。听说于叔叔今天就要过来，就让妈妈翻箱倒柜，把上好的徽墨和熟宣都找了出来。墨还没研透，他已经铺开纸来，在那里小试身手。嘴里说着，呵呵，先润润笔，等会儿帮守元画幅好的。

妈妈就一针见血地说，这么急吼吼的。我看是你自己技痒了吧。

爸爸就不好意思地笑了。

到了傍晚的时候，于叔叔来了。

于叔叔是骑着一辆三轮车来的，蹬得大汗淋漓的。这两年，因为做得辛苦，于叔叔是有些见老了，额头上起了深浅不一的纹路。但是整个人，都还是兴冲冲的样子。

三轮车上搭着一块漆得粉白的大木板，于叔叔小心翼翼地搬下来。爸爸有些愕然，就问他，守元，你这是……

于叔叔嘿嘿一笑，又从包里取出一整盒的广告色来，说，大哥，就是要你帮我在这块板上画东西啊。

又转头对妈妈说，朱老师，我要开饭馆啦。

于叔叔说着就坐下来，跟我们讲。他原先有个东家，是个开五金店的小老板。于叔叔给他做过木工，帮他打过货架什么的。后来就有了交往。现在老板两口子年纪大了，自己做不动了。女儿女婿就想接他们过去南方住。他们就打算着把这店面盘出去，又要寻个可靠的人，就想起于叔叔来了。于叔叔讲，老人家人好，租金很优惠，门面房，在Ｄ大学那里。他就报了个数目，爸爸说，是哦，这样好的市口，实在是不算贵的。

于叔叔就跟依凤阿姨商量了，说这个地段，靠着大学，开一间饭馆，做做学生娃的生意是最好的了。

爸爸妈妈连连点头称是。

原来于叔叔和依凤阿姨从过年前到现在就没闲下来过，忙着给店里搞装修，跑营业执照。两口子心里头怀着憧憬，效率就很高。这会儿，连师傅也请好了，请的也是熟人，是于叔叔年轻当兵时在炊事班的一个战友。

于叔叔说，现在都弄妥了，就等着学生开学做起生意。缺的就是店里的一块招牌，就全拜托大哥你了。

爸爸听到可以帮于叔叔办一件实事，心里很高兴，也有些摩拳擦掌起来，问于叔叔，餐厅的名字想好没有？

于叔叔就说，想好了，是献阳想的。

献阳现在已经上了厂里的技校，用于叔叔的话来说，是家里学问最大的人了。于叔叔说，献阳建议把我的名字倒过来，取一个谐音，叫"元首餐厅"，你们觉得怎么样。

妈妈就很诚实地说，气魄是很大，但到底是个小餐厅，这样大鸣大放，总觉得有些过。

爸爸沉吟了一下，说，也不一定，我看就挺好，刚刚开业，就是要先声夺人。那些吃饭的大学生，都是些有抱负的人，这名字有些激励的意义。我看不算过。

于叔叔就拿出自己拟定的一些广告词，是实在诚恳的话语，爸妈都觉得好。

他又说了自己的构思，说最好招牌上画个端着菜的女孩子，将这些广告词说出来，顾客就会觉得很亲切了。

爸爸就拿出纸来，唰唰几笔画出一张草图。于叔叔细细看了，很佩服。却又指着画上一处说，这个发型最好能改一改。爸爸画的是个扎着马尾的女孩子，眉眼乖得很，好像个女学生的样子。

爸爸就照着于叔叔的想法改了，于叔叔看了，很满意地笑了。我看过去，却觉得这个发型实在很奇异，头发纷乱无章地铺张开来，好久没梳理过一样。如今回忆起来，和现在所谓的泡面头很有些类似。爸爸妈妈当时也并不十分以之为然，觉得俗丽。又过了几年，满大街都是顶着这样发型的年轻女子。他们才暗赞于叔叔的先见之明，不期然地竟走在了流行的前面。

这时候天色不早，于叔叔就要告辞。爸爸知道这招牌是于叔叔急着要的，就对他说，守元，你后天过来拿。于叔叔嘴里还一味地客气，说不急不急。爸爸就说，早些画好，不合适的还可以改，总之不要耽误了开张。

第二天爸爸回家来，吃了晚饭，就开始帮于叔叔画这个招牌。爸爸做这件事，好像是带着使命感的。我和妈妈看他在那里画了又改，改了又画。有时精雕细琢地画好一处衣服的褶子，就看他摇了摇头，一大块白广告色就盖上去了。妈妈终于说，毛羽，你也不要太迂了。爸爸不理她，只管自己画下去。

半夜里我起来上厕所，他竟还在那里画。

于叔叔如约而来，看到爸爸画的招牌，脸上是又惊又喜的表情。嘴里不停地说，大哥画的，比我想象的还要好。

爸爸画得是好，最好还是好在那个女孩子的样子上。女孩子穿着碎花的围裙，湖蓝的底色，干干净净的，花纹也是最安分的图案。虽然顶着时髦的发型，因为很精致地处理过，有些灵动了，却没有了张扬的意思。她是笑容可掬的，笑得也好，很厚道，是可着你的心笑的，诚心诚意地要把你请进门去。

妈妈也说好，又说了很精辟的话概括了这个"好"。说这女孩子其实好在家常上，并不像个服务员，倒好像是家里年轻的主妇，让顾客觉得宾至如归了。

于叔叔也使劲地说好，说不出哪里好来，就很欢喜地搓着手，说大哥，大后天我们就开张了，你们一定要带毛毛来。

开张那天，我们循着于叔叔留的地址找到了他的店。这个店的市口是好，在Ｄ大的斜对过，再往前走，又是人来人往的交通要道北京东路。除了大学生，是还有很多生意可做的。

店的门楣上是爸爸手书的四个闪亮亮的欧体大字：元首餐厅。

于叔叔和依凤阿姨等在门口，都是喜洋洋的神色。看见我们来了，赶紧对献阳说，快快，毛叔叔来了，拿炮仗去。

成串的鞭炮拿来了，于叔叔把引子交给爸爸，说大哥你来点。爸爸开始还推让，于叔叔就说，大哥你是我们家的贵人，你点，我们是要借你的手气的。

鞭炮噼里啪啦响成一片。于叔叔的餐厅正式开张了。

爸爸热烈地握住他的手，对依凤阿姨说，守元是熬出头了，自己做上老板，搞起事业了。

依凤阿姨就说，哪里哦，万里长城第一步哪。她嘴里这样说着，脸上却也是很骄傲的神色。

到了中午吃饭的时候，餐厅里已经有了不少客人。大家都说这就是所谓的开门大吉了。于叔叔还在餐厅里辟了一间包房，就把我们请进去。我们刚刚落座，就看到店里请来的小妹，三三两两把一些菜端上来。于叔叔说，这次请你们来，还要请你们鉴定一下我们师傅的手艺。又对我说，毛毛，先来帮叔叔尝尝。我就撺起一筷子宫保鸡丁，很郑重地尝了尝，果然味道很好。看我连连点头，于叔叔说，既然开店，我们就老老实实地做，都要是真材实料。

又上来一盘夫妻肺片，我吃了一口，很欣喜地说，真是好吃，快赶上依凤阿姨做的了。于叔叔就哈哈大笑起来：难怪都说我们毛毛的嘴巴有准头，依凤阿姨刚刚为你下了厨房啊。

就看见依凤阿姨擦着手，喜笑颜开地进来了，说，毛毛好久没吃我做的菜了，这次阿姨还是多做了一盘，让你带回家去吃。

过了几个月，于叔叔又打电话来，爸爸问，生意怎么样了？

于叔叔就说，好啊，真是好得不得了，依凤说大哥画的招牌有仙气，招财进宝。我们师傅还发明了新的菜式，等着你们来吃。

爸爸笑了，说生意这样好，人手还够啊？

于叔叔说，平常还可以，也是忙得很。有的大学生说我们做的比他们食堂的好吃，已经开始在我们餐厅里包饭了，天天都来吃。到了周末的时候，人手就有点紧张，献阳和燕子放假就来帮忙。依凤也是，得了空就过来。她也说累死了，忙完厂里忙家里。

上次听依凤阿姨讲起过，这几年国家的政策放宽了，私营企业发达起来，国有企业的形势却日渐萧条。像他们厂里，有很多产品就积压下来，没了销路。然而还是一味生产下去，还是照样地忙，她自己都说也不知在忙些什么。

于叔叔说，我就让她辞了工作，正正经经地和我一起做，可是她死脑筋，说那是国家的饭，吃得安心。

于叔叔的生意真的是越来越好，我们去他店里看了几次，全都是顾客盈门的样子。他是难得清闲了，好不容易闲下来，就带上几个店里的炒菜，到我们家里来，来和爸爸喝酒。

爸爸就说，做生意这件事，也要悠着点，别把自己累着了，细水长流。

于叔叔的餐馆，十足地做了两年多。有一日，却忽然说是不做了。用依凤阿姨的话讲，我们家老于，不是做不下去，是实在不想做了。

于叔叔的餐馆，原本在那一带，是一个先行者。又因为做得好，有了口碑。后来就有其他的人，发现了商机，也在附近陆续地开起饮食店来。对于这些竞争对手，于叔叔原来是无所谓的，抱着有钱大家赚的想法，自己还是规规矩矩地一路做下去。

然而世上有些老话讲的是没有错的，所谓"树欲静而风不止"。由于于叔叔的店在这里是根深蒂固，有了很好的人脉，这些店发现这第一桶金是攒不成了，就在其他方面打起了主意。

于叔叔先是发现竟有人到店里来偷师。他店里有厨师自创的一道招牌菜，叫做豆泥芙蓉蛋，就是把剁得极细的土豆泥，用高汤调匀，然后用已煎好的蛋饼包裹了上锅蒸，这菜味道好，卖得又不贵，所以就成了客人们吃饭必点的一道菜。后来一天，一个顾客就讲在他们附近的一个店里也在卖这个菜了，菜名就写在外面招牌上。于叔叔很奇怪，过去看了，一看终于明白了。开店的原先是店里的一个熟客，有阵子老来的。熟了，说话也不拘了。那人吃着菜问起这菜的做法，说回家去做给小孩子吃。以于叔叔的为人，自然是很详细地教了他，自己不清楚的，还返回身去问了厨师。其中就有这一道"豆泥芙蓉蛋"。

终于有一天，厨师对于叔叔说，有附近的谁谁跟他许诺了多高的工钱，要挖他过去。他和于叔叔是老交情，是断断不会去的。于叔叔是个明白人，赶紧给他加了工资，将他安抚下去。可心里，却有些发凉了。

依凤阿姨说，还有些鸡零狗碎的。这些店，有些是学生的家长开的，就有别的学生来告诉他们内情。这些店里用的油，是用批发买来很脏的整块猪皮炼制的大油，虽然脏，但是因为是荤油，炒出来的菜味道就格外地浓和厚。他们在校门口专做盒饭生意，很能吸引学生。于叔叔店里，用的最次的也是红灯牌的菜籽油，炒出来的菜却不及他们香，无端地流失了很多客人。而街拐角一间缺德的火锅店，竟在锅底里放了罂粟壳。这和吸鸦片就是一个道理。学生吃了，自然以后是欲罢不能。

最近这些店有的又推出了什么十元三炒、十元四炒来，都是满当当的盘子菜，好像是不惜血本了。可这些菜的原料，都是去了紫金山的蔬菜批发市场搞来的，极便宜地按斤两称了下脚料的菜叶子，质量是极次的。

他们这样做，是处了心要把我们挤垮了的。我们牌子老，不怕他们。其实我们也能做，可我们做不出来。这样做学生的生意，晚上睡觉都不得安稳。想想看，没的意思，干脆就不干了。

爸爸说这样也好，急流勇退。守元你们两个到底都是心实的人，恐怕也是搞不过这些人的。

于叔叔说，这两年也攒了些钱，人也累狠了，索性歇一歇好了。

于叔叔其实是歇不住的。

用他自己的话来说，歇下来，手脚就不知道哪里摆了。

过了一阵子，他过来跟我爸爸讲，大哥，我现在想做一件有意义的事情。爸爸看他是郑重其事，就笑着说，呵呵，守元，你以前做的事情也都很有意义。

他说，这次不同。说不定要赔钱进去的。

妈妈在旁边听了，有些焦虑，说，守元，你苦几个钱不容易，冒险的生意一定不要做。

于叔叔就笑了：朱老师，我想做的事情，跟你和大哥这样的文化人很有关系。和你们处得久，现在觉出了多读书的好处来了。我这几天在我们那个区溜达，看到就没有几个正经的卖报纸的地方，都是些零零碎碎的小摊子。怎么说呢，我们那儿，好像没有什么精神文明。我就想开个像样的书报亭，就不知道搞不搞得起来。

爸爸说，这个想法好，是很有意义。我和朱老师支持你，有要我们帮忙的吗？

于叔叔呵呵一笑，说，你就跟我说说你们平日喜欢看哪些报纸就好了。其实我们那里，也有好几栋楼是农业大学的宿舍楼，那些人喜欢看的，估计也和你们大差不差的。

爸爸写了几份，然后说，我们自己想看的，总归不是很全面。这样，我有个朋友在邮局，你打电话给他，请他给你一份主要报刊的目录。也可以跟他聊聊，这个人很不错的。

过几天于叔叔再来，是很兴奋的神色。说是和邮局的那个朋友谈了，竟有了意外的收获，原来邮局最近在设置全国的报刊代销网点，他们这一区因为偏远，代理位置正是空缺的。他把他的想法一说，两下都是爽快人，当时就把合同签了。这就是睡觉有人递枕头了。

爸妈后来就说，于叔叔有很多值得佩服的地方。有魄力，敢想敢做，因为人又实在，就没有那么多瞻前顾后和患得患失。而他头脑里又常常有些原创性的想法，这又和他天生的禀赋有关。

现在的人，常常为铺天盖地的小广告所烦扰，从电线杆上的"老军医"到邮箱里塞满"超市打折"的宣传单张，叫你无所遁形。到了终于有媒体站出来，愤愤地斥之为"城市牛皮癣"的时候，这些小广告已经如火如荼，发展得颇具规模了。平心而论，这其中委实包含了一个非常行之有效的宣传理念。成本低廉，事半功倍，才有人会趋之若鹜。不过，似乎并没有人关心过这种营销策略的"始作俑者"。

所以，在九十年代初的当时，于叔叔提出想请爸爸帮他设计这样一张小广告，爸爸是抱着疑虑的态度的：守元，没听人搞过哦，会有用吗？

于叔叔就抓抓头说，我也是瞎琢磨的，有用没用试一试了。反正赔点小钱，总比现在没的生意做要好。

于叔叔的书报亭开了一个多月了，顾客寥寥，生意不见起色。大量的报刊被退回了邮局门市部。

爸爸就帮他设计了一帧广告。言语很简洁，无非是说明书报亭的位置，主要售卖的报刊种类。为了图文并茂，爸爸还用了版画的套色技巧，广告的背景上影影绰绰地出现了一个孜孜阅读的人。

于叔叔把这广告用 A4 纸复印了几百张，让献阳和燕子分发到附近住区用户的信箱里去。结果，第二日他就打电话来，要请爸爸吃饭。原来，效果立竿见影，当天的晚报竟卖得一张不剩。

于叔叔很受鼓舞，又大着胆子拓展了经营报刊的范围，其中当然包含我老爸的出谋划策。有天一个农大的老教授就很称赞地对他说，你们这个小书报亭，品味竟这么高，连《读书》这样的杂志都有的卖，这在市里也不好找的。又说，可惜我们年纪大的人，腿脚不怎么利落，每次过来买都很辛苦，要是能有人送到家里来就好了。我们情愿多贴一点钱。

当时因为这个区偏僻，邮局的送报业务还没有覆盖到。于叔叔也觉得这是个实在的问题，就请那老教授帮他写了一封申请信，大意是想和邮局的门市商议，由他来代理这一区的送报业务，然后收取一小部分佣金。

签了合约，广告又做出去。出人意料，当个月竟然就收到三百多份订单。

于叔叔自然又喜又忧，生意来得实在顺利，可是，这样多的订户，他自己哪里应付得过来。

他就对我爸妈说，大哥，你看，本来想清清闲闲地做件事，我就是个劳碌命。爸爸也有些担心，说有了办法没有。于叔叔说，生意来了我是不会放的，依凤说了，老办法，雇人帮忙。

于叔叔当机立断，实施起来是雷厉风行。到人才市场外头雇下了几个郊区来的小年轻，买了几辆新崭崭的二六飞鸽，作为送报的交通工具。最重要的是，还请爸爸帮他画了他们这一区的地形图，实实在在地给这些小年轻搞了个生动的业务培训。

后来，看王小帅导演的电影《十七岁的单车》，其中关于"飞达"快递公司的那些情节，我是一路笑着看过来的。那是我再也熟悉不过的，和于叔叔当年组建"送报梯队"的种种举措如出一辙，怎么看怎么亲切。

由于于叔叔的身体力行，整支梯队渐渐训练有素，不令而行。业务蓬蓬勃勃地发展起来了。献阳这时候从技校毕业了，给于叔叔当了副手。他并没有去依凤阿姨厂里工作，因为这个厂在行业竞争中风雨飘摇，现在是已经濒临破产。依凤阿姨谈起这个终究有些怅然，说儿子没接上班是计划跟不上变化。听说献阳因为当年报考的事情，内心和她产生了很大的芥蒂。于叔叔说起，她并没有后悔过自己当初的决定，只觉得自己一个小人物，是被时局所左右罢了。她也仍然没有采纳于叔叔的建议辞了工过来帮他的忙。她倒是也想和别的老职工一样办个内退，然而厂里要以很低的代价买断她二十年的工龄，之后就两不管了。她始终狠不下心来，就这么一直僵持着。

这样过去了一年，于叔叔的报刊派送业务逐渐辐射到了外区的周边了。他雇下了更多的人，甚至在区中心的一幢写字楼里，租下了一个单位作为代理点的办事处，很有了蒸蒸日上的意思。由于他出色的业绩，邮政局授予他代理先进个人的称号。这样他的业务就有了一部分官办的性质，越发赢得了人们的信任。

这一区也有人试图办一些类似的报刊代销点，从信誉到实力，自然都是竞争不过于叔叔的，很多就中途放弃了。这就逐步确立了于叔叔的代理点独一无二的垄断地位。妈妈深有感触地说，守元，你这个报刊的连锁业务，实际上就是托拉斯啊。你这是报业托拉斯。

于叔叔并不清楚这个词的内涵，他很确信这是褒扬之词。所以每每说起自己的事业，就把这个词挂在嘴边上——我的托拉斯。

于叔叔还是时常到我们家里来，给我带一些时髦的书和杂志。依凤阿姨却很少来了，每每爸妈问起，他就淡淡地说，还是那样，和厂里拖着。有一回，和他一起来的还有一个年轻女人，他说是依凤的远亲，现在做他的助手，管理日常的财务。可能是血缘的关系，这女子在眉眼上和燕子很有相似的地方。爸妈就关心起燕子来，于叔叔就叹了气说，燕子前几天又和她妈大吵了一架，吵完了母女两个就互相抱着头哭。燕子报考了一所外地的职高，通知书都拿到了。之前没有跟他们商量，依凤很恼火，说她是看不起家里的人了，就不让她走。这孩子，住了几年校，回来也不怎么和我们说话。也不知道她在想些什么。偶尔说几句话，我们也听不大懂。她的心气，怕是比她哥还要高。

爸爸听了也叹了气，说，这回不要再拦着孩子了，由他们去吧。就算走错了，至少将来不会怪你们。

于叔叔点点头，说，我也跟依凤这样讲。她就跟我哭，说她也不想这样招儿女的恨，她说她是到了更年期了，没的办法了。

依凤阿姨终于来了我们家里，是独自一人。

爸爸因为出门应酬在外，妈妈接待了她。

这许多年来，依凤阿姨一直都是老样子。虽然现在有了些家底，还保持着以往素朴的本色。她的确是个疏于修饰自己的人，然而对东西又很爱惜。无论穿什么样的衣服，总不忘在胳膊上戴上一副蓝布的套袖。用她自己的话来说，这么大年纪了，还要打扮给谁看？如果说有了变化，只是人比以往老和胖了。

这一回，我和妈妈都看出了她的不安。于叔叔不在场的时候，依凤阿姨其实是很拘束的。开始，她一味地说些客套的话，无非是"毛毛都长那么高了"。我们这年春节刚刚见过。她这样说的时候带着激赏的态度，仿佛我是在一夜之间茁壮地长成了这个样子。

后来，她终于找到了话题，说，朱老师，我上个月在厂里办了内退。

妈妈就关切地问了她的情况，又说，这样也好。和他们老磨下去也不是办法。你退下来，也可以一心一意地帮守元了。

依凤阿姨就轻声抱怨：他，我帮他，我哪块能帮得了他，他现在是人都找不见了。

妈妈笑了，守元现在也是个大忙人。

妈妈的一句话，给依凤阿姨的决心打开了一个缺口。她沉默了一下，很艰难地开了口，是，是忙，人家忙着看电影去了。

她从口袋里掏出一只皮夹，打开了，在里面翻找出两张粉红色的电影票。

朱老师，你看，"大华"的票。岁数一把的人还有闲心跑去看电影，还跑去那么老远看。她这样恨恨地说。妈妈却脸一红，有些不自在起来，想起周末还去了曙光影院和爸爸看了一场《廊桥遗梦》。

依凤阿姨是个实在的人，有主意的人。这些到底都是为了过日子，生活里也许是不要半点诗情画意的。

妈妈就说，依凤，你也要体谅他，他平常也辛苦，看个电影调节调节，对身体也好。

依凤阿姨没有听进去妈妈的话，她有些激动了，很使劲地捻着手中的电影票：两张票哎，朱老师，哪个晓得他去跟谁看的。昨天给他洗衣服翻到电影票，我问他怎么回事，他死都不肯讲。现在晚上都不着家了，我看他是要作怪。我就是要他跟我两人讲清楚。我问不肯讲，不把我当回事。你让毛大哥去帮我问，我就是要他跟我两个把话讲清楚。

这时候的依凤阿姨，急躁了，和以往有礼有节的形象有了很大的差别。她意识到了自己的失态，突然收住了口。接着语气就很和缓了，说，朱老师，那我走了，他跟我两人讲个实话，我也就无所谓了。

妈妈说，好，我们帮你问。不过，依凤，你应该放宽心，守元是个老实人。

临走的时候，依凤阿姨还是愤愤地抛下了一句话，朱老师，你不知道，这几年，他变的了。

晚上爸爸回来，妈妈就对他说了。两个人商量了一下，最后就说，问还是要问，但要问得艺术和策略一点，不要伤了于叔叔的自尊心。

于叔叔再来了，爸爸就旁敲侧击地问了他这件事。

谁知还没说完，于叔叔自己大大方方地把话头接过来，说，我就知道她要跟你们闹。真不嫌丢人。又说，那天献阳和他女朋友看电影，天冷，把我衣服拿去穿。票就留在里面了。

他们父子俩的身材确实差不多，这从道理上讲是很说得通的。

爸爸妈妈于是豁然和释然了。

妈妈就打电话给依凤阿姨，如此这般帮于叔叔解释了一番，说，依凤，我就叫你不用担心，你看，话说开了不就好了。

哪晓得依凤阿姨在电话那头冷笑了：我就晓得他不会认账，他原先也跟我这样讲。朱老师，谢谢你，这下我更晓得他是什么人了。

妈妈忽然明白，依凤阿姨设计了一个小小的圈套，于叔叔原先也并不是如她所言"死不肯讲"。

妈妈就有些郁闷，多少感到自己被利用了。她就跟爸爸说，这个依凤也是，明明知道他不认账，还要让我们去问。

爸爸说，这样你就不要再管了，清官难断家务事。

过了几天，依凤阿姨又来了。

她说起话来，比上次自如得多了，因为有了底气。她说，她找到了证据。

她说，她在抽屉里翻出了一张发票，日期是上个星期的。买的是一套雅芳的化妆品，五百块钱。

依凤阿姨就给出一个设问句：你们说，他是给谁买的？

妈妈小心地说，是不是给你买的？给你一个惊喜？

这后半句话，妈妈虽然是出于好心，未免也有些自作聪明了。

她就很怅然地说，给我买？我都搽了几十年的"百雀灵"了，也没见他给我买。我哪想要什么惊喜，能让我过两天安心日子就不错了。

妈妈就很泄气：那你说，他会是给谁买的？

这时候，依凤阿姨眼里已经收敛下去的光芒倏地亮起来：现在不知道，以后自然会知道。

以后，依凤阿姨似乎不断地发现了新的证据。先是在于叔叔的钥匙扣上发现了一把她不认识的钥匙，后来，她"偶然"地去了于叔叔的办事处，竟在里面的房间看见了一双女式的拖鞋。情形似乎明晰了。然而这些，于叔叔却都有很充分的理由可以搪塞过去，她先前的猜疑，就不着边际起来。在她动摇的时候，为了增加自己的信心，就会把这些讲给我爸妈听，寻求心理上的支持。

爸爸妈妈终于说，守元是不是真的有些问题。

这时候依凤阿姨的态度就斩钉截铁起来：他岂止是有问题。

有一度，依凤阿姨是天天晚上要上我们家来了，这对我们家平静的日常生活多少是有了影响。她按门铃的声音，也是理直气壮的。我从门镜里看到她，就有些惊惶，向里面喊，爸妈，依凤阿姨又来了。

她来了，依然是说她找到的证据，说得似乎很翔实，有些事无巨细的意思。然而，有时说到所谓老于的最新动向，却是昨天甚至前天已经说过的了。她已经全然不记得了。

终于有一天，依凤阿姨来的时候，脸上的表情十分凝重。

她进了门来，简洁地打了招呼，就从包里掏出一个牛皮纸信封，对我爸说，毛大哥，你们看，这回他是赖不掉了。

爸爸问是什么。依凤阿姨说，照片。她说，她给了于叔叔手下的一个小工五百块钱，叫他晚上跟踪了于叔叔。

妈妈就很惊诧，说，依凤，都是一家人，何苦搞成这样。

依凤阿姨镇定地说，你们先看看照片吧。

照片只有两张，背景都是在一个灯红酒绿的地方。拍得并不专业，模模糊糊的，似乎按下快门的时候手有些抖动。但是仍然可以看得出是正在跳舞的一男一女。也依稀可以辨认得出，那个男的是于叔叔，女的也眼熟，好像是见过的。

依凤阿姨很不屑地说，人家都说兔子不吃窝边草，他倒是好，丧尽天良，和我们家亲侄女搞起来了。

我们于是恍然了。

这个女人离过婚，有几个离婚的人是正正经经的。依凤阿姨很武断地下了评语，然而又自责起来，我这是引狼入室，你们说，我这不是犯贱吗？

爸妈就让她先冷静下来，说事情还要先调查清楚。

依凤阿姨脸色沉下来，还要再调查吗？铁证如山。他的人生观根本就是有问题。妈妈心里又是一震，想依凤这一回话说得倒真是掷地有声。

舞厅是什么地方？那个地方，就是要让人灵魂扭曲的啊。依凤阿姨说这话的时候是个凛然的表情，对事不对人的。

爸妈看她自己的认识已经很深刻了，也不想作些无谓的劝解。只好说，看来是要跟守元谈谈了。

于叔叔接到电话，说，大哥，她这样三番五次地折腾你们，我都脸红，真是对不起了。要谈是可以，不过我不要当着她的面，我一个人跟你们谈。

爸爸终于有些疲惫了，说这夫妻两个，到底要搞些什么哦。

于叔叔来了，是不卑不亢的态度，甚至言辞里表现出一些气节。他时而表示出羞愧来，却不是因为自己的作为，而是为了依凤阿姨所谓的无理取闹，让他这个做丈夫的无地自容。

依凤阿姨的猜忌和证据都在他那里得到了落实，然而却又是截然不同的性质。他说小任是依凤的侄女，因为刚离了婚，心情不好。他是带她出去玩过，也是尽了做姑父的本分。他是家里的男人，没有义务要把自己的行踪桩桩件件向老婆报告。还有这种人，吃自己侄女的飞醋。我就算要带她跳舞看电影，她自己是去都不想去的。

他又说，至于化妆品，是因为小任帮了他不小的忙，争取到了外区好大一片订户。他要给她奖金，她不收，所以就换了个形式，算是给她的业务奖励。他说他给依凤阿姨买东西，每次都要下很大的决心，买不好就要吃苦头，花钱找气受。上次给她买了件两千块的羊绒大衣，她把我骂得狗血喷头，说我钱还没挣到就开始败家。你们说，我是这种人么。她要寒寒碜碜地过下去，那还要挣钱做什么。

临走的时候，于叔叔很诚恳地检讨了自己，都是些入情入理的话，而又似是而非。然后又很宽容地说，都老夫老妻了，我回去给依凤赔个不是。她不就是要我给她服个软么，我就给她服个软。

爸妈终于都有些迷惑。他们夫妻两个，道理讲得比我们都懂，那还要找我们做什么。

爸爸说，算了，反正已经过去了。

事情却并没有过去。也许是避重就轻，于叔叔上次没有提到那把钥匙的事情。而他也并不知道，依凤阿姨私下里将这把钥匙又配了一把。

那天晚上，她打开小任宿舍的房门，其实已经对她所看到的做足了思想准备，甚至已经在心里设计好了自己的表现。总之，一切都不算是意外，她只是验证和实施了自己的设想。捉奸这个词，在内涵上讲也并非磊落，其实带有了自虐的性质。

依凤阿姨再来到我们家，是相当痛苦的。这是作为一个"明白人"的苦痛，血淋淋的，没有一丝讨价还价的余地。

"我也不想看，可还是看见了。"依凤阿姨的身体抖动着，鼻翼翕张，是个努力把持自己的样子。妈妈给她倒了一杯热水，说，依凤，喝点水再讲。依凤阿姨接过水，狠狠地喝下一口去，抬起头来，似乎情绪悬崖勒马了。然而，终究泪水还是沿着脸颊滚滚地落下来。

朱老师，你说说看，这些年，我们苦这两个钱不容易。你和大哥是看着我们一步步走过来的。他现在自己要毁自己。我们乡下有句老话，你们听了不要笑：要想往上爬，管住嘴巴和鸡巴。

这句话说得突兀，很粗鄙，话糙理却不糙。爸妈哪里笑得出，除了咋舌外，都听出了依凤阿姨辛酸的意思。

他自己不要脸，献阳又不争气，跟他老子串通一气，帮着说谎。找了个女朋友也是穿裙子露大腿的鬼样子。这是上梁不正下梁歪。

我在家里还能管住哪个，原来燕子贴心，能和我讲几句话，现在也走了。依凤阿姨深深地叹息着。我们这时候意识到，她在家里的地位是很孤立了，而燕子对于她的态度，其实和她的描述也有着出入。燕子走的时候，来向我父母道别。她说了很坚硬的话，说，叔叔阿姨，我会记得你们的好。我走了就不打算回家来了。我妈毁了我哥，又想要毁我，我是不想再回这个家了。

依凤阿姨顿了顿又说，燕子走了也好。不走不晓得又要出什么故事。有一回他喝醉了酒，看自家女儿的眼神都不对头了。

妈妈忙说，这话不好乱讲的。依凤阿姨就冷冷地笑了，朱老师，人家说家丑不外扬，我马依凤是个要脸的人。你以为我想讲？有些更丑的，我是实在不好意思讲出来了。

这时候门铃又响起来，进来的竟然是于叔叔。

于叔叔径直朝依凤阿姨走过去，拉起她的胳膊就往门口拖，动作很粗暴，嘴里说，你给我走，丢人丢得还不够么。

依凤阿姨又哽咽了，说，大哥，你看，他在家里就跟我两人这样动手。

爸爸喝止住了于叔叔：守元，你给我坐下，有什么话不能好好讲。

于叔叔坐下来，是心灰意冷的模样。

依凤阿姨说，好，于守元，你现在当着大哥的面，你跟我讲，你还想不想过了。

于叔叔嚅嗫着，终于说，我那天是喝醉了酒。

依凤阿姨冷笑着打断了他，掏出一个小本子，好，于守元，你那天是喝醉了酒，酒能乱性啊。那我问你，八月十三号晚上七点到九点你在哪块？十五号晚上十点到十一点你在哪块？还有，二十一号，上个星期六晚上九点到十二点你又在哪块？……

依凤阿姨竟好像是如数家珍了，脸上有了亢奋的神情。我们一家三口目瞪口呆地看着她。

于叔叔呼啦一下站起身来。嘴里很低沉地说，马依凤，你不要把人往绝路上逼。

我逼你？我逼你去到外面跟人淫乱了吗？这话是口不择言了。

于叔叔很惊慌地掩住了她的嘴，说，你给我回去，这是大哥家里，你到底要怎样？

依凤阿姨笑得有些歇斯底里，呵呵，你现在知道要脸了。

于叔叔说，好，我不要脸，我不要脸到底了。今天当着大哥的面，我跟你讲，我就不要跟你过了。这么多年，我过过一天安稳日子么，二十几年，你整天为了一点点钱的事情跟我没的命地吵。我回过你一句嘴没有？我跟小任好，不是别的，我跟她一起，就觉得自己还是个男人。

于叔叔说这些时，眼里头有了泪光。

于叔叔和依凤阿姨分居了。于叔叔搬出去，住到他那个代理处去了。

于叔叔还是上我们家来，照样还是兴头头的样子，好像什么也没发生过。

依凤阿姨，是很久都没有见到了。

有一天，突然接到了依凤阿姨的电话，电话里是很焦急的声音，说献阳出事了。

原来，献阳去找他一个部队的朋友玩，跟人家进了军区训练场。为了好玩，偷了人家几枚教练弹。他并不知道这件事的严重后果，是触犯了刑律。

依凤阿姨说，小孩现在还在马群的拘留所里，不晓得是死是活。

爸爸赶紧托了关系，请了人，过了两天，总算把献阳保释出来了。

一个星期的时间，献阳似乎饱受了折磨。见到我们的时候，他是一副漠然的神气，英俊的脸上布满了伤痕，有些血丝凝固着还没有洗净。肘部竟然不能弯曲了。据说，是在拘留所被所谓的狱霸打得骨折。这时候是气温最低的隆冬。献阳外面裹了一件军大衣，里面只有一套内衣裤。衣服也被与他同监的人抢了干净。

依凤阿姨很心疼地拭着泪。

这时候，于叔叔急急忙忙地赶了来。看到他，依凤阿姨终于放声哭出来了：你，你是连儿子都不想管了。

哭完了，她依然是六神无主的样子。于叔叔愣了愣，终于拉过她的手，将她揽进怀里。依凤阿姨受惊一样，狠力地将丈夫推开。

嘴里硬生生地说，你走，我们不要你可怜。我们越是孤儿寡母，我们越是有骨气，你给我走。

一年以后，谈起哥哥的死，燕子很有见地地说，他是被两个老的害的。

我还清晰地记得那天的情形。凌晨的时候，献阳闯到我们家里，给我爸妈跪下了。他沙着喉咙说，叔叔阿姨，献阳见你们最后一面了，说完转身就走了。

那个叫小任的女人也没有料到，自己轻巧巧的一句谎言会惹来杀身之祸。她打了电话给依凤阿姨，说，娘酿，我怀上了姑父的孩子，这一生下来，真的就不晓得该叫你什么好了。不生也可以，你和姑父辛苦了这几年，十万块钱总是有的。

依凤阿姨拿不出这十万块。然而她很清楚这孩子生下来，她在老家就什么脸也没有了。她去找了小任，好言好语地商量，被骂了回来。她回来，只是一味地哭。哭到后来，终于没有了主张，硬着头皮和于叔叔讲。于叔叔听了苦笑道，你不是很有本事么，现在你让我怎么办。我做的事我来承担，由她生下来好了，我来养。依凤阿姨只有继续哭下去。献阳狠狠地说，哭有鸟用，我们一家子还搞不过这个女人了。

他找到了小任住的地方，小任似乎是没有商量的余地了。她一径地说着一些很不堪的话，献阳终于红了眼，捏了拳头，走近了一步。这女人也有些惊惶，往后退了退，说你要干什么，想害我肚子里的孩子吗？献阳干涩地笑了，害这孩子，不如一了百了。他扑上去，掐住了女人的颈子，顷刻结果了她。

从我家里出来，献阳就去自首了。警方问他的作案动机，他说，他并不后悔，他看这个家在走下坡路，被人耻笑，他不想这个家继续滑下去。

尸检报告出来，小任并没有怀孕。知道了这个消息，依凤阿姨昏死过去。

献阳行刑那天，天上下了清冷的雨。

于叔叔去领儿子的骨灰，出了车祸。依凤阿姨说，这是"老天有眼"。

在病房里，当着于叔叔的面，依凤阿姨平静地对妈妈说，朱老师，这是老天有眼。

车祸发生得很蹊跷。一辆摩托车突然间失去了控制，斜插到人行道上，撞倒了于叔叔。刹车的时候，摩托车手飞了出去，当场身亡。而摩托车这时候，还实实在在地压在于叔叔的小腿上。

胫骨粉碎性骨折。医生说，想要完全恢复没的可能了。依凤阿姨说这些时，脸上并没有戚然的表情，她只是神态平静地说：他的下半辈子，我来养。

一个月后，于叔叔拆了石膏，能下地了，却不能平稳地走路。他已经跛了。

燕子说，她爸拖着那只跛脚，在病房里来回着走了一夜。早上看到他时，人瘫软在地上，用手捶着自己的腿。

我们去家里看他，他脸冲着墙躺在床上。听到我们的声音，转过头来，目光是空的。他沉默了好久，突然抬头望了眼天花板，苦笑了：大哥，是老天有眼，依凤现在算是原谅我了。他嘴巴动了动，又想说什么，但终究没有说。

依凤阿姨做了主，解散了"送报梯队"，代理点也转让给了别人。她说，这个钱，我们是再也不要挣了。她自己明白，这其中，是有了因噎废食的性质。终于很哀苦地说，庙小妖风大，现在什么也没的了，轻省了。

那间书报亭还留着。

于叔叔终日坐在里面。

我们去看他的时候，他就这样静寂地坐着。这时候依凤阿姨过来送中午饭。于叔叔打开饭盒要吃，她却很急躁地打断了他，递上去一块湿毛巾，让他先擦了手。她依然是素朴的，却不复当年那个敦实清爽的样子，轮廓有些松垮下去，言谈举止也很邋遢了。她很坦诚地说，以前和我们一家相处的时候，还碍着面子，其实是处于"拿着"的状态，现在面子是早就没的了，索性放开了手脚去。

问起他们现在的生活，两个人的说法倒是一致，只是说，混吧。

这样又过了几年。

有一日，接到于叔叔的电话。爸爸问起来，他说，是家里有了好事情。

他们家里，似乎是很久没有"好事情"了。

于叔叔说，燕子毕了业留在无锡工作。今年年初结了婚。男方家里人很好，说是一定要在南京再为她摆一桌酒。燕子自己其实并不想，对方却执意要尽了礼数。

于叔叔说，想请你们全家来喝酒。

爸爸很高兴地说，好啊，恭喜你，守元。这个酒，是一定要喝的。

于叔叔停了停，说，还有一件事情，大哥，你来了，能不能就说是燕子的大伯，坐在女方的主位。你帮我们跟男孩家里敬敬酒，我和依凤这个样子，就不说话了。他支吾了一下，又说，男孩家里是无锡的一个处长，我和依凤怕是压不住。

爸爸联想到之前的种种，突然有些明白了，说，你让燕子过来，我跟她说话。这个孩子，怎么能这样，怎么说都是自己的父母。

于叔叔很着急地辩解：不不，这是我跟她妈的意思。我们，我们也不想燕子过了门被人看轻，那她往后就更难做了。

爸爸答应下来了。

这桌酒摆得很热闹。

男方家里，都是很周到的人，说起话来，带着谦恭的吴音。由于我爸爸是名义上的家长，他们纷纷过来敬酒。因为礼节的缘故，又是需要回敬的。爸爸不是个善饮的人。酒过三巡，人已经有些摇摇欲坠了。爸爸终于说，守元，快来，帮我抵挡一下。

于叔叔坐在我身边，脸上始终挂着欣喜的神色。听到爸爸这样讲，就斟上一杯酒，站起身来。他端着酒杯走了两步，走得急了，就有了一个趔趄。一些酒洒了出来，弄到了身上。他急忙拿起桌上的纸巾擦，擦着擦着，脸上现出了颓唐的表情，终于又静默地坐下去了。

德律风

她

我再也没有等到他的电话了。大约每次铃声响起的时候，我都会心里动一动。终于动得麻木了，只是例行公事地跳一跳了。

他

我很想，当我走出来的时候，那些人看着我。我突然喊起来，我想再打一个电话，可是，没有人理我。那个攥住我手的警员，很同情地看了我一眼，然后说：够了。

当我来到这座城市的时候，天气很好。

天已经很暗了，但四处还都亮着。城里人，到这时候，就精神了。我倒困得很，村里的人都睡了吧。俺娘还有俺妹，该都睡过去了。俺听人说，有个东西，叫时差。就是你到了一个地方，人家都醒着，你直想睡。俺该不是就中了时差了吧。

　　都这么晚了，城里人都走得飞快。操，都被人撵屁股了。我就坐下来。水泥台阶瓦凉的，又没凉透，不如咱家门口的青石条门槛凉得爽利。

　　这么多的腿，在眼前晃来晃去地走，俺有点儿头晕。就往远处看，远处有五颜六色的灯，有的灯在动，在楼上一层层地赶着爬。那楼真高，比俺们村长小三层都气派。可是，那楼能住人吗，这么高，怎么觉得暗乎乎的。二大家的大瓦房，都夯了这么深的地基。看不到顶的楼，得咋弄，得把地球打通了吧。乡里的地理老师说，我们是在北半球，那打通了，就到南半球去了。南半球是啥地方，是南极吗。我读到小四，记得语文有一课讲南极，什么南极勇士。

　　我坐得屁股麻了，站起来。城市真是跟过节一样，到处都是热闹劲儿。迎脸的楼上，安了一个大电视。电视上的小轿车跟真的一样，直冲着开过来，吓了俺一跳。车上的人一笑，一嘴的大白牙，都跟拳头这么大，怪瘆人的，哈。李艳姐嫁到镇上去，跟俺们说她家有个大电视。比起这个来，可算个啥？

她

　　我从视窗望出去，能看见对面的楼。那楼这样高，成心要看不起我们住的地方。楼上刷了一面墙的广告，广告上的外国女人，也高大得像神一样，成心要看不起我们的。欢姐说，她身上的内衣，要两千多一套呢。就这么巴掌大的布，什么也遮不住，两千多一套，要我接多少个电话才够。她那样大的乳房，挺挺的，也是霸气的，配得上那身鲜红的内衣了。

　　小时候，听七姥说过镇上姐妹的事。七姥还住在镇西的姑婆屋里，像是祠堂里的神。七姥的头发都掉光了，姑婆髻只剩下了个小鬏鬏。她说她自梳那年，天大旱，潭里的鱼都翻了眼。可就是那年，翠姑婆犯下了事。七姥眯着眼睛，对我们说，那个不要脸的，衣服给扒下来，都没戴这个。七姥在自己干瘪的胸前比一比。我还能记得她浑浊的眼突然闪了光。七姥说，真是一对好奶。翠姑婆给浸了猪笼，是因为和下午公好。翠姑婆沉下了龙沼潭，下午公不等人绑，一个猛子扎下去。谁都不去追。半晌，远远看见他托着猪笼冒了一下头，再也不见了。后来，听人说，在江西看到了下午公，给人拉了壮丁。翠姑婆也有人见过，说是掂了一个钵，在路上当了乞婆。也有人讲她和一个伙夫一起，开了个门面卖她自己。七姥每次说到临了，就对一个看不见的方向，啐一口，说，你们看，一个填炮灰，一个人不人鬼不鬼，都不如在潭里死了干净。所以，人的命，都是天注定，拗不过的。五娘进来，拧了她的女儿小荷的耳朵往外走，一面说，你个老迷信，破四旧少给你苦头吃了，又在这毒害下一代。小荷跟五娘挣扎着走远了。七姥闭了眼睛，深深叹一口气。现在想想，觉得七姥说的，其实是有一点儿对的。

七姥说，女人远走，贱如走狗。没有人信这个邪。镇上的女仔都走了，走了就不回来。就算活得像狗，也不回去。

一算，我也出来了四年了。

四年有多长？对面楼过道里的消防栓，两年前都是新的，这也都锈得不成样子了。锈了，到去年年底大火的时候派不上用场。亲眼见一个姑娘从楼上跳下来，摔断了腿。说起来也真是阴功。我们老板娘说，那家娱乐城早晚要出事，别以为上面有人罩着，风水不好。

他

醒过来，脖梗子疼得不行。身上还盖着一块塑胶布。不知啥时候睡过去的。俺想起来，赶紧摸了摸下裆。还好，东西都还在。昨天夜里头，走着走着，突然下起了鸡毛雨。越下越大。我看到跟前的大楼挺亮敞，楼门口还有个大屋檐子。就跑过去，挨墙根蹲下来。谁知道个女的走出来，手里拎着个笤帚，笤帚把在水泥地上跷了跷，撵我走。她用电影话说，快走快走，好好的一个城市，市容都让你们这些人搞坏掉了。哦，俺们那就管这叫电影话。放映队到俺们村里放电影，里头人都说这样的话。其实就叫个普通话，俺们说惯了。我没办法，就又跑出去。跑到另一个楼，是盖了一半的。脚手架都拆掉了。俺后来知道，这叫烂尾楼。走进去，里面还有几个人。有个大爷坐在一摞纸皮箱上，正在点烟抽。看见我，顺手递过来一根。我说我不会。他说，男人哪有不抽烟的。就给我点上。我接过来，抽了一口，使劲地咳嗽。他哈哈大笑起来。隔了半晌，他在地上铺了层报纸，又打开一摞铺盖，说，今天这雨是小不了了。又看我一眼，扔过来一件破汗衫和裤衩，说，年轻人，穿湿衣服过夜可容易着凉。这城里看回病，金贵着呢。我笑一笑，接过来，又想起，衣服和裤裆里有俺娘缝的钱。就还给他，把衣服紧一紧。他也笑一笑，说，乡下人。

娘说，男儿金钱蛇七寸，得使在刀刃上花。这大清早，不知怎么转进了条巷子。一路都是卖早点的，油饼味，那叫个馋人。我在一个包子铺门口，咽一下口水。门口的小黑板上有字，一个肉包子三毛钱。我一想，这得俺娘卖多少酸枣才管够。心一横，转身就走。这一转，胳膊打在一团软软的东西上。我一回神，看见双眼睛要把我吃下去。是个高个子的小女人，模样不错，头上满是卷发筒子。她一只手端着几根油条，一只手揉着胸口，冲我吼起来，要死喇，臭流氓。说完眼一瞪，说，挨千刀。就走了，边走屁股还边扭，扭得花睡衣都起了褶子。旁边卖油条的翘起兰花指，捏着嗓子学一句，挨千刀。然后冲我做一个鬼脸，说，小老乡，你是占到便宜了。我哼一下，心想，小娘们儿，说话这么毒，送给我我都不要。可这么想着，胳膊肘却有点儿酥麻酥麻的。

转悠了大半个上午，日头猛起来。一阵阵地出汗，也是心里饿得慌了。俺大了胆子，走进一间铺子。一进去，几个年轻人就弯下腰，对我说，欢迎光临。也用的电影话。这些年轻人都戴着围裙，旁边是个小丑样的外国男人，长着通红的鼻子。我轻轻问一个年轻人，这儿有活干吗？

这年轻人皱一皱眉头，向街对过努一努嘴。这时候一个顾客走进来，他便立即又换了一副笑脸。

我迎着太阳光望过去，街对过的路牙子上，有站有蹲的一群人。有男有女。脸色都不大好。一个高个儿剔着牙，脚跟前支着块三合板，用粉笔写着两个斗大的字——"瓦工"。一个胖女人半倚在一辆自行车上，车头上挂着个牌子，写着"资深保姆"。我就明白了，他们都是找工作的，等着人来挑。我也就瞅个空儿站进去。还没站稳，身旁一个紫脸膛的男人就撞了我一下，恶狠狠地说，没规矩。我一个踉跄，不小心踩到他跟前的白纸上，"全能装修"四个字用红漆写得血淋淋的，也是凶神恶煞相。他冲我挥一挥拳头，刚才的胖女人赶紧把我拉过去，让我站到她旁边。一边也叹口气，说，小伙子，你也别怪他。谁也难，各有各的地盘。他早上五点钟就站这儿，都站了有三四天了。我说，婶儿，城里工作难找么。她就说，难，也不难。难是个命，不难是个运。

这儿在市口里，来来往往的人多得很。停下来的人倒很少。偶尔有停下来的，就看得很仔细，在我们跟前晃荡来逛荡去。眼光在我们身上走，毒得很，好像在挑牲口。紫脸膛见人来了，就举着白纸迎上去。倒把人家吓了一跳。又站了两三个钟头，就觉得脚底下有点儿软。这时候走来了个戴墨镜的男人，头发梳得油光水滑，看上去就是个大老板。大家都来了精气神儿，原先蹲着坐着的，这下全站了起来。我也暗中挺一挺胸。男人眼睛在人堆儿里扫了一遍，向我走了过来。他突然一出手，在我胸脯上捣了一拳。我晃一晃站住了。我看见他嘴角扬了扬，然后问我，会打架吗？我心想，哪个乡下孩子小时候少过摔打。就使劲点了点头。他将墨镜取下来，我看见一张有棱有角的脸，眼角上有浅浅一道疤痕。我听见他说，就你了。

他说，叫我志哥。

我跟着志哥走进一座金碧辉煌的大房子，跟宫殿似的。一进去就是炸耳朵的音乐，一群男男女女在一块儿乱蹦跶。

一个男的，说是行政经理，拿了套衣服给我。每个月两百块，包吃住。

我穿上了，志哥"嘿"地乐了，说小伙子穿上还挺精神，真是人靠衣装。我看了看窗玻璃里头，是个挺挺的年轻人，好像个警员，怪威风的。就这么着，我这就是亚马逊娱乐城的保安了。

她

对面的娱乐城吵吵嚷嚷的。每到这个时候，他们就活过来了。那霓虹的招牌，到晚上才亮起。白天灰蒙蒙的，夜里就活过来，是一男一女两个人形，随着音乐扭动，那姿势也是让人脸红心热的。底下呢，停的一溜都是好车。人家的生意好，钱赚在了明处。欢姐眼红，说这群北佬，到南方来抢生意，真是一抢一个准。说完就"呸呸呸"，说一群死扑街，做男人生意，还做女人生意，良心衰成了烂泥。姐妹们背里就暗笑。谁也知道，她去找过亚马逊的老板，想让人家把我们的声讯台买下来，说，现在娱乐业并购是大势所趋，互惠双赢。还举人家美国拉斯维加斯的例子，说要搞什么托拉斯。人家老板就笑了，说买下来也成，那我得连你一起买下来。欢姐是个心气儿高的人，这两年虽然下了气，这点骨头还是有的，就恨恨地掀了人家的桌子。后来很多人都说，去年底亚马逊那把火是欢姐找人放的。不过，这话没有人敢明着说，我们就更不敢说。

隔壁又吵起来了，左不过又是因为小芸练普通话的事。这孩子，为了一口陕北腔可吃尽了苦头。有客打进电话来，没聊几句，听到她说得别扭，就把电话给挂了。上个月的业务定额没达标，叫欢姐训惨了。别人的普通话也不标准，像自贡来的姐姐，连平翘舌都分不清楚。可是人家说话，带着股媚劲儿。说着说着，一句嗲声嗲气的"啥子么"先让客人的骨头酥了一半。小芸是个要强的孩子，寻了空就在宿舍里练普通话。跟着磁带练。练得忘了情，声音就大了，吵了别人。做我们声讯台的，每天都是争分夺秒地睡一会儿。我是上夜班多。有个客打电话来，说，你是个蝙蝠女。我就问他，怎么个说法呢。他就说，因为昼伏夜出。我就笑了。这人说话文绉绉的，我不大喜欢。可是，蝙蝠女，这个称呼挺好听的。

隔壁吵嘴的声音停了，换成了小声的抽泣。我叹了一口气。

黐线。听见有人轻轻哼一声，掀开门帘走了出来。是阿丽。阿丽是佛山人，和我是大老乡。她在我们这里是出风头的人，工分提成最高，是业务状元。姐妹们都看她不上。她倒是会和我说上几句体己话，说自

已是心比天高，身为下贱。贱不贱不知道，可是她真是红。来了几个
月，把姐妹们的"线友"生生都抢光了。

底下有男人的叫喊声。我看过去，是亚马逊的保安队在操练。这些
年轻汉子，白天碰到他们也是无神打采的，到了晚上就龙精虎猛了。其
实都是长得很精神的男仔，但脸上都带了些凶相。人一凶，就不好看
了。可是，他们老板的对头太多。不凶，又要养他们做什么。看他们列
队，走步，走得不好的罚做俯卧撑，就好像每天的风景。可是今天，好
像有些乱。我看清楚了，是因为有一个瘦高的男孩子，步子走得太怯，
走着走着就顺拐了。他脸上也是怯怯的，没有凶相，是新来的吧。那个
胖男人，走过去，用皮带在他胳膊上使劲抽了一下。他一抖，我心里也
紧了一下。队长吹了哨子，男人们都走了，就剩下这个孩子，一个人趴
在地上做俯卧撑。我就帮他数着，一下，两下，三下。他一点儿也没有
偷懒，每一个都深深地趴下去，再使劲地撑起来。

他

俺不知道为什么要打那个电话，兴许是心里难受吧。

俺真不中用。这身上的皮带印子也不长记性。一个人在这儿，心里
躁得慌。

这才一个来月，就惹了祸。

俺不知道自己那一拳头是怎么打出去的。那几个客人欺负女孩子。
俺不是看不过眼，可就是拳头不听了使唤。我把他的鼻子打出了血。老
板让我滚，说看不出你平时这么厌，这会儿倒英雄救美来了。你来了这
才几天。你知道你打的是谁，国税局局长的公子。把你整个斩碎了称了
卖也抵不过他一根汗毛。

老板让我滚。志哥说,这孩子刚来,不懂规矩,又没个眼力见儿。我看,先别让他干保安了。罚他晚上去监控房看场子吧,平时跟哥几个多学着点儿。

老板说,让他滚。

志哥就笑了,说老板您消消气。我看这孩子挺单纯,兴许以后有用。前面找来那几个,那邪兴劲儿,您吃得消?

老板就挥挥手,又叹口气说,路志远你就是妇人之仁,别怪我没提醒你。你自己看着办吧。

志哥说,以后放机灵点儿,这些人都是爷。权和钱都是爷。爷说话,不对也对。你,对也不对。

监控房,是娱乐城楼上的一个小房间。小是小,整个娱乐城倒瞅得清清楚楚。一字排开一排小电视,志哥说,这叫监视器。然后就教我怎么用。最左边的是两架电梯,然后是经理室后面的楼梯间,财会室走廊,大包厢。我看见酒吧间里几个人影,好像喝高了,动手动脚的。就问,监视谁,捣乱场子的吗?志哥笑笑,说,对。不过,打紧的倒不是他们,是条子。他指指中间的两台,说,这是前后门五十米的地方,发现了可疑的人,就按这个红键,每个包厢的灯就亮起来了。最近风声紧,给他们突袭好几次了。

我使劲地点点头,觉得自己的责任还挺重大的。

一个人待在房间里,才闻见有股子怪重的烟味。监控房原来是个叫小三的人看的,小三去老板新开的桑拿做了。后来又有人说,他搞上了个不该搞的女人,给人斩了。

余下的几天,我就天天盯着监视器,盯得眼睛都痛了。可是,一个星期过去了,似乎也没发生什么事。荧幕里的人,无非是些男男女女,女女男男。偶然看到点儿小纠纷,我还没看清楚,保安就出来摆平了。

我有点儿闷了。

房间里头乱糟糟的，我就想，我来拾掇拾掇吧。

这儿到处是小三留下来的东西。半碗泡面，里头还泡了几个烟头。抽屉里有一摞影碟，一包开了口的炒南瓜子。空调线上挂着个裤衩，上面印了个女人的口红印子。

我洗洗擦擦，又找来拖把，把里外的地也拖了一遍。一个多钟头，收拾得也都差不多了。

还有一堆杂志跟报纸，都在墙角摞着。我摞成一摞，绑起来，归置归置想扔到门外头去。又一想，就给拆开了。闷也是闷着，不如看看打发时间。

都是过期老久的报纸，上面沾了一层灰。翻开来，是前年初日本地震的事。日本神户东南的兵库县淡路岛，7.2级。应该是挺大的灾祸吧，得有多少人遭殃呢。这张说的，是邓丽君去世的事。邓丽君是谁呢，我就读下去。原来是这么大的一个歌星。还有张照片，多好看的人哦，大大方方的。才四十二岁，可惜了。我就这么一路翻着，看不懂的就跳过去。广告也不看。广告可真多，这页又是广告。有一排红色的数字跳出来，是个电话号码。底下有一行字："挑逗你的听觉，燃烧你的欲望，满丽声讯满足你。"旁边有个女人的上半身照片，穿得这么少。我脸红了一下，心也跳了一下。我望一望手边的电话机，愣了一会儿神。我慢慢地按下那个电话号码。通了，我一愣神，拿着听筒。突然响起了一个女人的声音：您好，满丽热线。

她

接到这个电话的时候，我正在犯困。

值夜班是痛苦的事。凌晨的时候，电话响起来，听起来特别瘆，我们就叫"午夜凶铃"。可是"凶铃"往往也是意外的收获，这时候打电话来，要不就是很无聊的人，要不就是失眠的人。所以，往往和你聊起来没完没了，不可收拾。想想每一分钟都是钱，精神也就打起来了。

电话那头没有声音。

我连说了几个"你好"，还是空洞洞的。这时候，突然听到了粗重的喘息声。

我笑笑，心里有些鄙夷。这种男人，我可见多了。

我说，你好。

对面这时候有了响动，也说，你好。

声音似乎很年轻，有点发怯。

我说，这位朋友，欢迎拨打满丽热线。很高兴您打电话来和我聊天，我是 093 号话务员。

他的声音壮了一些：你们，都管聊啥？

什么都聊，聊感情、事业、生活……只要是您感兴趣的，我们都可以聊。

啥生活？

隔壁的阿丽发出了轻微的呻吟声，这是她的杀手锏。想到这个月的定额还差一大截，我咬咬牙，说：性生活。

那边没声音了。过了几秒钟，结巴着说，还有旁的吗？

我在心里冷笑一声：小朋友，家长不在家偷着打来的吧。快挂了吧，明天还要上学。

那头愣一愣，问，啥？

我有些不耐烦，不过还是很温柔地问，你满十八岁了吗？

这回，他倒是回答得很快，好像有些不服气，俺十九啦。

　　我决定和他多聊几句，你有女朋友吗？

　　他犹豫了一下，说，你是说物件吗？我原来有一个。后来她嫁人了。

　　我心里飞快地过了一下，这是个俗套故事的开始，用我们的术语来说，有一定的业务潜力。

　　说起我们的业务，算是包罗万象。职业敏感度都是锻炼出来的。欢姐说，打给我们电话的，不是心理有问题，就是生理有问题，再不济的就是都有问题。所以，我们手边也摆着那么几本业务书。头疼医头，脚痛医脚。台面上是《心灵热线》《心理咨询大全》，平常翻着充充电，再来不及就照本宣科。最好用的是《知音》杂志，不动声色地读上个一两篇，半个小时的话费就赚到了。碰上装深沉的，就用弗洛伊德砸他。说几句我们自己也不懂的云山雾罩的话，电话那头很快也就晕了。不过这半年，抽屉里多了些"培训材料""激情宝典"之类，以备不时之需。

　　好吧，那就留住他，多跟他聊一会儿。我就用很诚恳的语气说，是怎么回事，能和姐姐说说吗？

　　他轻轻地"嗯"了一声，说，俺们两家是邻居，我跟她是小学同学。她叫林淑梅，小名叫丫头。丫头从小就长得好看，像个城里人，全村人都稀罕她。可是她说她就喜欢我。她们家承包了乡里的果园，比俺家有钱。她说钱可以慢慢挣，人厚道最重要。俺家穷，家里要劳动力，俺爹死第二年，学就没上下去了。不过我跟丫头说好了，她高中毕业，就娶她过门。可她爹把她许给了村里马书记的儿子。俺们就分开了。

　　我有些犯困，忍下了一个呵欠。这是个女版陈世美的故事，我能编出一箩筐。不过为了保护他的积极性，我还是问，后来呢？

　　电话那头是长久的沉默。在我准备打发他挂电话的时候，他的声音传过来：后来她离婚了。

　　他说，村里人说，她过门后不能生，她男人就嫌她，老打她。后来她男人到外面做生意，带回来一个女人，大了肚子的。就要和她离婚。在俺乡里，女人要做不要脸的事才离婚。可是，她男人要跟她离。她不愿意离。她男人就不着家了，说不离就不回来。后来还是离了。俺就跟俺娘说，俺要娶她。俺娘就掩俺的嘴，说俺是单传，娶回来了不生蛋的，就是头凤凰又管啥用。

我听了有些气，就说，你娘这叫干涉你的婚姻自主。

他说，俺娘不容易，一个人拉扯两个孩子。俺们老丁家，香火本来就不旺。俺出来打工，就是为了挣钱。俺听说，城里有办法医不生孩子的病。等俺挣够了钱，要带丫头来看病。其实，俺不想出来，俺想俺娘和俺妹子。俺娘说，出来了，就要出息，体体面面地回来。到时候，俺就把丫头娶回来。

我在心里叹了一口气。这些年轻人到这里来，心里多少都有个梦，可大可小。我也是其中一个。这时候，我听见很压抑的声音，从电话那头传过来。当我听出来，这是哭声的时候，也有些慌了神。

我说，你，还好吧。

他似乎鼻子嗡了一声，说，俺，就是觉得自个儿太没用。出来都一个多月了，什么也没干成。

我说，你才十九岁，路还长着呢。

他说，姐姐，你有喜欢的人吗？

我说，你倒是问起我来了。有吧，我一把年纪了，你说我有没有。

他说，他会娶你吗？

他问得很认真，我暗暗地笑了一下，同时心里却一凛。为什么这句话，我现在听来好像笑话一样。突然间，我想起了翠姑婆。

我说，他该娶别人了吧。恐怕孩子现在都有了。不过，不是他不要我，是我不要的他。我嫁给了他，估计这辈子就出不来了。现在的年轻人，谁不想出来看看。你是个北方人吧。你出来的时间太短，再过一阵子，你就只想以后的事，不想以前的事了。

这时候，我听到那头乱糟糟的，我听见那男孩匆匆喊了声"姐"，电话就断掉了。

他

我远远地听到李队长的声音，有些慌。李队一推门就进来了。

这胖子又喝得醉醺醺的。我不喜欢他，以前训练的时候，他老用皮带抽我。现在这家伙拎着一瓶啤酒，闯进来。膝盖头碰在凳子上，"哎哟"了一声。

他把酒瓶掼在桌子上，抬头看一眼，说，小子，拾掇得不错，换了新岗位了。我以前总来这儿找小三喝酒，现在叫个故地重游。变样了，认不出了。他从腰里拿出一个纸杯，倒了半杯。又打开个纸包，里头是花生开心果，不知道从哪个客桌子上搜罗来的。他把纸杯塞到我手里，说，喝。我挡了一下，他眼睛一瞪，说，妈的，老子叫你喝。这苦日子要没有酒，可就更苦了。

我就喝了。我不喜欢喝啤酒。酒不酒水不水，一股子怪味。

他眯了眼睛看了看我，说，你小子，有点正义感。我欣赏。可我要提点你一句，别跟错了人。

我说，李队，你醉了。

他哼了一下，说，我醉，我心里明镜着哪。那个路志远，你知道他是个什么人，别以为他替你说了几句好话，以后就对他死心塌地。

我这儿，谁的黑底也有。他什么人，当年也就是个"鸭头"。哦，我不说你哪懂呢？什么叫"鸭"，就是专跟女人睡觉捞钱的货色。也就靠那裆里的二两本钱。如今好，变成公司的股东了。老板都看三分面子，风水轮流转嘛。

李队赤红了脸，眼神突然定了，然后趴到桌上吐起来。这下喷得到处都是。我一阵反胃，把头扭到一边去。突然，我僵住了，一把将他推开，举着溅满了脏东西的报纸冲出去。我把报纸放在水龙头底下小心翼翼地冲。看见那个微笑的女人渐渐干净了，这才松了一口气。

我把报纸贴在窗玻璃上，又把电扇调过头，对着报纸使劲地吹。风过来了，报纸也就动了起来。女人的身体好像在轻轻地摆动，很好看。只是电话号码的地方已经破了一个洞，不过不打紧，我已经记下来了。

我躺在床上，心里有一种很奇怪的舒坦。月光透过了报纸，毛茸茸地照进来。我笑了一下，睡过去了。

又到了晚上，我照着志哥教我的，把昨天的录影带重播一遍，在笔记本上记下了几个 VIP 的出入记录、消费时间、叫台号。志哥说，这几个人，都是老板的老交情了。有做生意的，也有当官的。老板为这些人都立了一本账，为他们好，也为我们好。

做完这些，我拿出白天买的信纸，给俺妹写信。这是头一回给家里人写信。本来想得挺好的，该写点什么。可是，手却不听使唤。写了几个字，就有一个字不会写。俺心里就有点恼。这样花了一个半小时，才算写满了一页纸。我装进了信封，可没有妹乡里中学的地址。我想一想，就写了村里小学校的地址。

客人差不多都散了。我抬起头，看见窗户上的报纸已经要干了。我轻轻取下来，用剪刀把那个广告裁下来，夹进笔记本里。

我又拨了那个电话。通了，电话里传出一个女人的声音，对我说，您好，满丽热线。

我说，我不找你。

　　电话那头愣一愣，说，那你找谁。

　　我说，我找 093 号话务员姐姐。

　　女人干笑了一下，好像对远处喊，阿琼，有个情弟弟要找你。接线。

　　电话传来音乐的声音，很好听。然后我听见有人轻轻地"喂"了一声。

　　我说，姐，我知道你叫阿琼。俺叫丁小满。就是你们热线的那个"满"。

　　我听到她发出很小的笑声，说，我没有问你叫什么。

　　我说，因为俺是"小满"那天生的，村里的陈老师就给我起了这个名字。

　　她说，哦，你是昨天打电话来的小弟吧。昨天电话断了。

　　我有些高兴，想她还记得我。就说，是啊。

　　她说，你的名字不错，俗中带雅。你这个陈老师，是个有学问的人。

　　我说，陈老师是俺村里最有学问的老师，可是……命也苦。

　　我听到她轻轻地叹一口气，没有说话。

　　我说，俺村里对陈老师不好。我听俺娘说，陈老师老早就到俺村来了。俺村来了好多城里人，那时候叫个知青下放，是毛主席叫他们来的。叫他们在俺村里扎根。后来，陈老师就和大秀她妈结婚。再后来，其他知青都回城去了。陈老师没有走，大秀妈让他走，他也不走。俺村里的孩子，都是陈老师教出来的。俺是，俺妹也是。俺妹今年要初中毕业了，书念得好。陈老师说，考好了就去县里念高中去。俺家就算有个女秀才了。可是，陈老师在小学校，到现在还是个民办教师。俺娘说，民办低人一等。村长家的小五是陈老师的学生，初中毕业回来教书，现在都是正式教师了，吃公粮的。陈老师还是个民办。

　　我突然有些说不下去，说这些给琼姐听，心里一阵难受。俺出来的时候，听村里人说，陈老师得了不能治的病，叫肝癌。我去小学校看他，说是已经给送到县医院去了。村里人都说，陈老师是累的。我就想起小时候上学，村里的河水没膝盖深。陈老师守在村口，把俺们一个一个背过河去。俺学上不下去第三年，俺家也没钱供俺妹了。也是陈老师给俺妹垫了学费，读完了小学。

这时候，我听见阿琼说，很多有本事的人，命都不大好。我们广东有个康有为，是个很有本事的人。就是太有本事，后来连家都回不了。

我说，他也是出来打工的吗？

阿琼笑了，说，不是，他是个革命家。他具体做过些什么，我也不清楚。这些都是读书时候，历史老师说的，早忘了。我们广东，出了不少革命家。孙中山你知道吗？也是我们广东人。

我脸上有些发烧，因为她说的这些人名字，我都不知道。我的文化水准太低了。

我就说，姐，你们家乡真好，都是出名的人。

阿琼说，我们广东出名人，我自己家乡倒也没出什么人。要说顺德有名的，一个是电饭煲，三角牌，全国驰名。你看武打片吗，就是那个演陈真的梁小龙做广告的。还有一个是老姑婆。就是一世不结婚的女人。这个叫"自梳"，有历史，几百年了。

我心想，在俺村里，女子上了十五，媒人不上门，爹妈都急得团团转了。哪还有说敢不结婚的人呢。这两年婚姻法普及了，姑娘们当娘的日子，才缓了一缓。

我说，姐，当真不结婚吗？没人管？

阿琼想一想，说，管不了吧。女人自食其力，有了钱，谁也管不了。我们那儿的自梳女，犀利的孤身一人就下南洋去了，比男人豪气。我来这儿前两年，我们镇上来了一群外国人，做什么研究课题，还去采访我们镇上的七姥。说我们顺德，是亚洲的女性主义萌发地。

我不知道啥是女性主义，但想一想，心里不是个滋味，就说，女人没个婆家，老了都没有个依靠。很可怜。

那边咯咯咯地笑起来。笑过了，声音却有点冷：看不出你小小年纪，头脑还这么封建。我就不想结婚，我没觉得自己有什么可怜。人不是都活个自己吗？男人要是都靠得住，我们还要吃这碗饭做什么？

我说不出话来，觉出她有些不高兴了。我不知道我说错了什么，但就是说不出话了。

过了一会儿，我听见她说，小朋友，你该睡觉了。我们有业务规定，我们不能挂客人的电话。你挂吧。

我放下了电话。

她

我没有想到，他会跟我说起这个。这算是怎么一回事。七姥跟我们说过，按旧俗，自梳女不能在娘家百年归老。有些自梳女名义上嫁给一个早已死去的男人，叫做"嫁鬼"或"嫁神主"，身后事才可以在男家办理，由男家后人拜祭。有些名义上嫁给一个男人，一世不与丈夫接近，宁愿给钱替丈夫"纳妾"。死后灵牌放在夫家，不致"孤魂无主"，这叫"守清白"。

我们镇沙头鹤岭有座冰玉堂，"文革"时候给毁过一次。后来重新修了，我上去看过。摆得密密麻麻的都是自梳女的灵位，有些上面还镶着照片。不知道为什么，看这些照片，都有些苦相。眼神也是清寡的，或许因为长久没有为男人动过心了吧。

老了都没有个依靠。很可怜。

我心里颤了一下，来了这城市四年，我似乎真的没有对任何一个男人动过心。不是没有男人，是没有对男人动过心。或许这样，对这份职业是好的。这么多的男人，打过来，都是假意，也可能有一两个是真情。可是，如果跟他们假戏真做，人也就苦死了。

我想起了上次偷偷和一个"线友"见面的情形，苦笑了一下。那时候刚刚来一年，心还没有死。

说起来，翠姑婆比我幸福，为她的男人动过心，哪怕最后是个死。

小芸靠在沙发上睡着了。我走过去，给她身上盖了件外套。这孩子，昨天跟她的小老乡男朋友在台里大吵大闹。上个月的业务记录，又是台里最低的。练普通话有什么用呢。她这火暴脾气，是得改改了。我看着她的样子，还是孩子气得很。突然又有些羡慕她。年轻真好，脾气都是真的。

小芸是接俞娜的班。俞娜做了半年，就嫁了人，嫁给一个煤气公司的小主管。年纪却不小，顶败了一半了。俞娜走的时候，大家抱着哭成一团。俞娜后来又回来，抱着个刚满月的小女孩，在她结婚半年后。她跟那男人分居了。欢姐说，不是不想收留她，可是这工作时间不稳定，怕苦了孩子。

要是，高中毕业那年，我嫁给那个卖蛤蜊的男人，现在也该有一儿一女了吧。舅母说我是读书把脑壳读坏了。现在想来，她好像是有一点对的。

我坐下来，点起一支烟。其实我很少抽烟，怕毁嗓子。嗓子是我们吃饭靠的东西。我的嗓子本来就不是很好，有点沙。可是，有个客人跟我说，我的声音有味道，好像台湾的歌星蔡琴。

别人抽烟，是为了解乏。我抽烟，是因为睡不着。

这一天，丁小满没有来电话。

十一点三十分到十一点五十七分接到一个叫"欧文"的听众电话，约我见面，我好言好语打发他放了电话。一点五十八分到两点五十九分接到一个王姓听众的电话，标准男中音，挺好听，带点磁性。他说要和我探讨低地战略导弹和洲际导弹基地的建设问题。这实在是有些难为我了，抱歉地请他挂了。其实，我是喜欢读书人的，就是不大喜欢他们的迂腐劲儿。说起来，我弟明年就从技校毕业了，也算是个知识分子了吧。三点二十三分到三点三十分接到林姓小姐电话，湖南岳阳人。她想委托声讯台介绍男朋友。称自己芳龄二十五岁，中专文化，财会毕业，一百六十二厘米，月薪两千元。

他一直没有来电话。

他再来电话，是在两天后。

当时，我就着冷水，在啃一个面包。一边啃，一边拿起听筒。我听到他怯怯的声音：阿琼姐。

我心里忽然漾起一阵暖意。

我说，丁小满，那天，真对不起。

他不说话，很久才说，是我不好，惹你生气了。

我就笑了，我说，我不是气你，是气我自己的命。你知道吗，我小时候，有人照《周易》卦过我的生辰八字，我这辈子注定劳苦，婚姻不利，刑子克女，六亲少靠。

他有些急地打断我，你别信这个，命都是能破掉的。

我在心里笑了笑，又凉下来。这乡下的男孩子，有一点纯。他也许是真正关心我的。

我说，你呢，这两天还好吗？

他的声音有些沮丧。俺给俺妹寄的信，给退回来了，说是地址不详。俺还指望按这个地址给家里寄钱呢。

我说，你在信里写了些什么，是重要的事吗？

他想一想，也重要，也不重要。

我说，怎么个重要法，能跟姐姐说说吗？

他说，我念给你听听吧。我听到那边有窸窸窣窣的声音，然后却安静下来。我说，喂。

我听到他那边笑了，笑得有些憨。

我说，怎么了？

他轻轻地说，姐姐，俺觉得有点儿不大得劲儿。为什么有的话，写得出，却念不出来。

我说，是什么话呢？

他说，俺看你们城里人，写信前都要加个"亲爱的"。我也写了一个，可是想要念出来，怎么这么差人呢。

我有些憋不住笑了。

他说，那我还是不念了。

我说，你从后面念吧。

他说，嗯。小妹，哥来了这儿一个多月了，想娘也想你。不知道你们好不好。哥怪好的。哥找到工作了，一个人每天看六个电视。你想李艳家里才一个电视，哥每天看六个。啥人要进哥工作的大楼，都要先进这电视才成。你说哥管不管？

你的书读得咋样了。快考高中了，要上县中得铆足了劲儿才成。你是咱家的女秀才。你还记得陈老师话不？咱村是要出大学生的。你上次跟俺说，班上的同学，有的人报了技校，有的人要出去打工。你说，你也想出去看看。可是小妹，人得有大志向。哥就是因为上的学不够，到城里才知道有多难。学费的事，你别愁。有哥呢。娘年纪大了，眼神又不好。哥不在，你得多照顾娘。你上次问哥，在外头闯出名堂了，还回不回来。咋个能不回来？咱乡下人，最忌的就是忘本。哥不是跟你说好了，等有钱了，以后咱把后山缓坡的地承包下来，种上山楂。然后在村里开工厂，做山楂糕，销到省里去，销到外国去。咱娘的手艺就给留下来了。

对了，咱家的农药用完了。哥跟农业站的大李说好了，给咱留了两罐，你去跟他领。还有麦种，别贪便宜跟赵建民买。听人说，他那个有假。农业站的贵，可是有个靠。到底是政府的东西。还有，你跟娘说，针线盒子底下，压了去年收夏粮时候打的白条。去跟何婶问问，看乡里今年有没啥个说法。

你要是见到丫头姐，跟她说，俺哥在城里出息了。旁的都别说了。

听到这里，我心里一动。

我问他，你不想你妹出来打工？

他说，俺妹要上大学的。

我说，你对你妹就那么有信心？

他说，姐，俺也不知道。可是她留在家里，俺放心。俺村里出去的女子，要么不回来，回来的，都变了。看啥啥不上，穿得都跟城里人一样。村东赵建民的姐姐，一回来，就给家里盖了三层楼，那叫风光。可是人家说，她是去城里干那个的。

我心里"咯噔"了一下，但还是问他，干什么？

他吞吞吐吐，终于说，就是，跟男人睡觉换钱的。

这时候，丁小满突然声音紧张起来。他说，姐，我明天再跟你说。

电话就断了。

他

看到那男人的时候，他正弯下腰，从怀里掏出一个报纸包。因为他戴了顶帽子，我瞅不见他的脸。他的身形，也是影影绰绰的，看不清高矮。这个监控器里头，是经理室后面的楼梯间。不常有人去的。除了防疫站的人来打药，要不就是我们叫来的搬家公司，要运大货物上去。

我拨了保安室的电话，没有人听。

我有点儿紧张了。看见那个人已经打开楼梯间的大门。俺思想不了太多，就跑出去。如果抄近路的话，从监控室到经理室，得要穿过整个演艺大厅，然后从包厢的长廊斜插过去。

演艺大厅这会儿正是人最多的时候，外面请来的演员正在台上反串表演。男不男女不女。底下就是一些男男女女，搂的搂抱的抱。舞池里头人多得像锅里下的饺子，全是人味。俺只好闭着眼睛一个劲儿地往里挤，突然有手在俺裆上摸了一把。一个女孩儿回头对我笑一下，转眼就不见了。好不容易到了包厢的走廊，已经一身大汗。这里安静了点儿。我紧步走过去。突然，听到房间里头，有女人大声喊叫起来。然后是男人的笑声和喘气声。女人也笑起来。我绷紧的心放下了，脸上有点儿发烧。

我从五楼下到了楼梯间，正和那个人对上眼。这人长了一双很苦的眼睛，眼角是耷拉下来的。他看到我，愣一愣，手里的报纸包紧了紧。我看到，地上有一两个的烟头。

我说，你是什么人？

他抬起眼睛，看着我说，你不要管，俺是来讨公道的。你让黄学庆出来，俺是帮俺整个建筑队的弟兄讨公道的。

黄学庆是我们娱乐城的老板。

志哥跟我们说过，老板的生意做得很大。他也是城里几个大楼盘的承建商。我看过一个，那楼也是高得不见顶的，据说盖了好多年了。

我守在楼梯间的门口。他上前了一步，说，让俺进去。

他人长得很老相，可是声音很后生。

我用胳膊挡了一下，说，你要见老板，就从前门进。

他冷笑了一下，说，前门是俺们这些人进得来的吗？从去年底到现在，俺来了几回，让俺进过一回吗？上个月一个弟兄拼了命要进，给你们打残了半条命。

我说，老乡……

他哼了一下，说，谁是你老乡，你们都是黄学庆的狗。你让俺进去，俺跟黄学庆说。

我让自己站得更直了些。他慢慢地把报纸包打开，从里面拿出个玻璃瓶子。我问，你这拿的是啥？

他不说话，拧开瓶子，脱了帽子，兜头浇下来。我闻到了一股子汽油味儿。我心里一紧，上去要拦他。他猛然地退后了一步。

我也退了一步，我说，老乡，啥话不能好好说？

他的手停下来，掏出一只打火机。他眼睛闪了一闪，我看见有水流下来，混在了汽油里。他说，兄弟，看你样子不奸，是个厚道相。俺跟你说，话能好好说为啥不说。俺们从去年六月就等黄老板发工钱，都快一年了。谁家里不拖家带口，凡有一分容易，谁愿意走到这一步。

他垂下头，用袖口抹一下眼睛。我要走过去。他一时把打火机攥在手里，一时从怀里掏出另一个小瓶子，恨恨地说：俺把话说头里，是黄学庆把俺逼到这一步，俺不为难你。你放俺过去。要不这是孝敬黄学庆的，就带你一份儿。

我不知道瓶子里是啥东西，但我知道，只会比汽油烈性。

他把瓶子举得高了些。我压低了声音说，老乡，你这是何苦。

他眼神黯了一下，清楚地说，活都活不下去了，还管什么苦不苦。在乡下是苦，至少还有个活路。

我趁他一错神，扑了上去，要夺他手里的瓶子。他身子挣了一下，瓶子掉到了地上，碎了。里头的水溅到我裤子上。一阵烟，裤子上就是一个洞。小腿钻心地疼起来，像是给火燎了一样。我顾不上疼，抱住他，一边大声地叫喊起来。

志哥带我去医院包扎。回到娱乐城，正见着公安带了那人走。那人佝偻着身子，一步一挪。我心里一阵发揪。

志哥说，你小子好命。这么浓的硫酸，要是弄到脸上，这辈子就别想娶媳妇儿了。

一个保安过来，说，志哥，老板要见小满。

我们走进经理室。老板见着我，"呼啦"一下站了起来。志哥让我过去。

老板笑一笑，摸摸我的脑袋：这孩子，可比看上去机灵多了。让他留在我身边吧。

志哥说，小满，老板提携。还不快谢谢老板。

我轻轻地说，俺不想去，俺还想留在监控室。

老板眼睛瞪一下，说，年轻人，不识抬举啊。

我不敢正眼看他，话还是说出来了：老板，刚才那人，怪可怜的。他要是抓进去了……要不，你欠他的钱，给他家里人吧。

志哥低低地说，小满……

老板有些发愣，身子陷进他的老板椅里。突然哈哈大笑起来，笑得人有些发毛。一边笑，一边说，好小子，好小子。

突然脸一沉，对旁边的人说，就照他说的做。

这时候门开了，李队灰头土脸地走进来。昨天他跟老林值班，两人赛着喝，到后半夜都醉得不成样子，电话响也没听见。

老板走到他跟前，很和气地看他一眼，然后说：酒醒了？

李队埋下头，没有话。

老板一个巴掌扇过去。

一巴掌扇得这胖子一个趔趄。

老板的声音变得冰凉冰凉的：再有下次，不是场子执笠，就是你滚蛋。

晚上，志哥叫人给我送了台真的电视来，说是老板奖给我的。说正好晚上有香港的回归仪式看。电视是卡拉 OK 包厢换下来的，比李艳家的那个还大还清楚。我一个一个台看，心里欢喜得不得了。

我看着看着，心里想，得给阿琼姐打个电话了。

她

丁小满来电话的时候，台里只我一个人。

今天是七月一日。晚上转播香港回归仪式。欢姐说，应该没什么人来电话了。就留个人值班吧。我说，那就我吧。

香港要回归了，普天同庆。

丁小满来电话了。

我说，是你啊，在干吗？

他的声音有点儿兴奋，说，我看电视哪。

我就笑了，说，你不是天天都看电视？

他也笑了，说，这个，是真的电视呀。然后又沉默了一下，说，其实，你从来没问过我是干什么的。

我说，我们有业务规定。如果客人不说，不允许打听客人的职业。

他突然叫起来。哎呀，原来英国男的穿裙子啊。

我笑了，想他真是大惊小怪。我说，那大概是个苏格兰人吧。

他说，姐，一会儿就交接仪式啦。你看不？

我说，我们工作时不能看电视。

他说，哦，那俺说给你听吧。电视上说是烟火表演。真好看，比俺过年时候放的钻天猴儿好看多了。

他突然又叫起来。英国兵露腚蛋子啦，原来穿裙子没穿裤衩儿啊，哈哈哈。

他兴高采烈地跟我解说，我心里突然有了一种欢乐的感觉。多年后，当我随着一种叫做"自由行"的旅行团到了香港，看见了小满在那次电话里跟我描述英国人举行降旗仪式的地方。站在和平纪念碑前，想象着大风吹过的情景，其实应该是难过的。

小满渐渐觉得有些无趣。这仪式对他来说，是很枯燥的。他问我，姐姐，香港好吗？

我不知道该怎么回答他。

香港，与这个城市一河之隔。但是又远得很，陌生得很。我能想起来的，可能只是一两出电视剧。《射雕英雄传》《上海滩》《霍元甲》。小时候，觉得它就像外国一样。我穿的第一条牛仔裤，说是港版的。戴的第一个太阳镜，是在镇上买的，说是香港过来的走私货，被海关罚没的。中学的时候，班上男生有一阵神神化化地传一本杂志，后来给老师没收了。说是黄色刊物，是香港的《龙虎豹》。

我说，好。香港叫"东方之珠"。

他说，好，那咋一百年前，咱中国不要了呢？

这个问题我回答不了。他不等我回答，就又问，香港那么多外国人，是说外国话吗？

我说，说英国话，也说中国话。中国话是广东话。

小满说，姐，英国话"电话"怎么说？

我说，telephone。

他重复了一下，舌头打着结，说不出。

我说，老早前上海也说英国话。中国人说不好，就说中国话的英国话，"电话"就叫"德律风"。

这回他轻轻爽爽地学了一次，又说了一遍。高兴起来，说，姐，俺也会说外国话了。

交接仪式是很漫长的。丁小满仍然认真而忠实地转述给我听。他说，现在是一个满脸苦相的外国人在台上说话。他是英国的王子。小满又加上了自己的观点，说，王子这么老，那国王不是年纪都大得不行了。等他当上了国王，还能干上几年啊？

在他看来，国王也是一种职业。

当电视里国歌奏响的时候，小满大声地跟着唱起来。他告诉我，他只会唱两首歌，一首是国歌，是陈老师教的。另一首是《信天游》。

以后，每到晚上的时候，小满就执着地给我"讲电视"。以他的理解，为我描述电视的画面，并且加上他自己的一些判断。电视剧里，他喜欢看的是武侠片，就给我讲《天龙八部》。他很欣赏乔峰的仗义，对他的爱情观念也很敬佩。相对而言，情种段誉在他的嘴里，简直就是个一无是处的小混混。但是为了照顾我的趣味，他也会看一些言情剧。但是每到出现类似三角关系或者第三者出现的情节时，他就会表现出难以克制的愤怒，骂骂咧咧起来。小满的解说是事无巨细的。在电视新闻与电视剧之间，有许多的商品广告。他会跟我描述他所看到的图像，然后在末了加上一句点评：都是诓人的。

就在这讲述中，我对小满的声音产生了一种奇怪的依赖。

是类似对亲人的。

小满有时候说累了，就把电话话筒放在电视机旁边，让电视的声响尽可能地传进我的耳朵。这时候，我听到很小的咀嚼的声音。

我问他，你在吃东西？

他说，姐，我饿了，我得吃点东西垫吧垫吧。

他把话筒放在嘴边，问我，姐，听见了吗？

我笑了，听见了，听见你咂吧嘴了。

他说，大堂把剩的蛋糕，都给我了。

我问：好吃吗？

他说，好吃。就是有点凉。姐，你会做饭吗？

我说，会。我做得最好的是"赛螃蟹"。

他说，姐，哪天你能做给我吃吗？

我说，好。我做给你吃。

他在电话的那头无声地笑了。

这时候，我听见他轻轻地说，姐……你想和我过日子吗？

我们都没有再说话，我仍然在听他吃东西的声音。还有电视的声音。一个女人在唱很悲伤的歌，声音沙哑。我知道，是一个电视剧又结束了。

就在这个月末，我拿到了业务统计报表。我的话务量是一万六千多分。是全台第一，奖金拿到了近三千块。阿丽用一种异样的眼神打量我。

我决定让丁小满不要再打过来了。

他

今天晚上，我看了一个电视节目，叫《幸福在哪里》。

说的是老两口的故事。老太太得了一种怪病，叫做"进行性骨化性肌炎"。得了这种病，全身都僵硬了，变成了一个木头人。老大爷就每天把老太太搬来搬去。吃饭、上厕所、去医院。老大爷也很老了，有七十多岁了。搬老太太搬得很吃力。但是他说他不累，是很好的体育锻炼。

他们走了很多医院，看了很多专家，都没有用。老太太只有眼睛和嘴巴还有手指头能动了。老先生给老伴儿发明了一个读报器，可以用手指头卷报纸看。老先生给老太太读书。老太太是个退休的中学老师，老大爷就给她读以前学生的作文。读着读着，老太太眼睛里头，突然亮一亮，眼泪从眼角流下来了。老大爷帮她擦眼泪，一边不好意思地向镜头笑笑，说，大丫儿，徐记者在这儿呢，哭啥？老太太眼球转动了一下，用很清楚的声音说，我哭，因为我觉着幸福。

这个节目把我给看哭了。俺赶紧把眼泪给擦了，怕给人家看见。男子汉，不作兴哭哩。

俺想把这个故事讲给阿琼姐听。怪感动的。

晚上跟保安队的小郑和大全出去吃了麻辣烫。肚子老咕噜咕噜叫，跑了好几趟厕所啦。这不，又叫起来了。

上厕所得下两层楼。到了门口刚想进去，听见有人说话。是李队。

李队说，我知道你不会放过我，不过没想到你这么阴。

要想人不知，除非己莫为。

是志哥的声音。我心里揪起来。

老李，你在演艺厅教手下的卖丸仔，这事是我压下来的。你有数，罢手吧。

李队"呵呵"地笑起来，你装什么好人。上个月我瞅见水箱里少了一袋粉，就知道有人做了手脚。八成也是你。

志哥没说话，李队说，你放手。

志哥说，是我，没错，那是给你一个教训。你是不知死，还是真傻？这玩意超过五十克就是个死。你死了十回了。

李队的声音，突然压得很低：上了这条道，还怕死吗？都说人为财死。虾有虾道，蟹有蟹路。我比不过你裆里的二两肉，不想点儿别的营生，拿什么养活老婆孩子。

你说什么？志哥的声音好像从牙缝里迸出来。

李队愣一愣，发出很奇怪的笑声。这笑声在厕所里传开，空荡荡的很瘆人。他说，路志远，你以为你现在红了，你和老板老婆那点儿事，别人不知道？你就是个男婊子。

突然有很沉闷的一声响。我闯进去，看见志哥把李队摁在地上，拳头狠狠地擂下来。地上有个塑胶袋，摊着一摊白白的东西，好像洗衣粉。都混在脏水里头了。

志哥抬起头，看见我，一错神。李队使劲把他蹬开，从怀里抄出一把电工刀，栽到志哥的胳膊上。

志哥号叫了一声，撒了手。李队一步步地朝他挨上去。他后退了一步，脚下一滑，人一仰，后脑勺磕在洗手盆上。我看见志哥的身子顺着墙根儿慢慢地倒下来。

我不顾一切地冲过去，抱住了李队。他没有提防，摔在我身上，把我也压倒了。这么胖，压得我喘不过气来。电工刀也甩到一边去了。李队和我滚在了一起，李队掐住了我的脖子，我使劲地挣扎，胸口越来越憋闷。一股子腥臭气从嗓子眼儿里冒出来，让人想要吐。我的手在瓷砖地上使劲扒着，突然碰到了那把电工刀。我抓起来，猛地捅下去。

掐住我脖子的手，松开了。

我咳嗽着，推开了身上的人。他一动不动。我看着李队趴在地上，眼睛睁得大大的。嘴也张着，好像要喊什么。那把电工刀正插在他背上。保安服上是一大块紫颜色，那块紫越来越大地漫了开来。

厕所的水箱突然"哗啦"冲了一下水，吓了我一跳。然后是流水的声音，从来没有这么大。

志哥也躺在地上，一动不动。我过去推了他一下。他的头垂下来。

我站起来，一点点地往后退。

我不知道我是怎么回到监控室的。

我坐了一会儿，抓起电话，手好像上了弦，拨了那个熟悉的号码。

电话通了。

我心里一激灵，把电话挂掉了。

外面的天，黑得透透的。

她

几个公安走进来。

他们问我，你认识丁小满吗？

丁小满三天没有来电话了。

他们说，他们打出了亚马逊娱乐城监控室的电话一个月来的通话清单。唯一的外线电话，是打给我的。

对面的亚马逊娱乐城。

一个大胡子的男人对我说，丁小满最后一个电话是在七月十六日凌晨两点二十五分打来的。他有没有对你说什么？

我摇摇头。

男人的口气重了：你要明白事情的严重性。亚马逊娱乐城发生了一起凶杀案。丁小满是最大的嫌疑人，现在畏罪潜逃。

我说，他会去哪儿？

男人说，我们也想知道。

转眼间，大大小小的线路与仪器在我身边布满了。男人说，别紧张，这是电话定位追踪系统。我们估计丁小满还会打电话给你。你现在照常工作。到时候，你知道应该说什么。

仍然是各种各样的人打电话进来。但是，他们不知道，自己的每句话都在监控之下。他们仍然在电话里头，尽情暴露着自己。一个男人告诉我，他想和他的情人殉情，征求我的意见，哪种死法既无痛苦死相又最好看。一个老太太怀疑她的女儿和女婿在琢磨她的遗产，问我如果偷偷捐给红十字会，需要办什么手续。一个小姑娘告诉我她因为来月经受到了体育老师的嘲笑，她决定去教务处告他非礼用来惩罚这个自以为是的男人，虽然她其实暗恋过他。一个喝醉酒的男人，问我愿不愿意跟他在电话里做爱，他说他可以付费，给他个卡号让他把钱打过来。

我不动声色地将他们敷衍过去。

大胡子公安皱了皱眉头，说，你的业务够繁忙的。

到了午夜的时候，所有人都很疲惫，也包括我。

丁小满的电话是在凌晨三点打来的。

他说，姐……

我说，小满，是你吗？

大胡子公安一挥手，手下人立即戴上了耳机。定位仪的荧幕也开始闪动。

小满说，姐姐。

小满哭起来了。

我静静地听他哭。这哭声被仪器放大，在房间里回荡开来。

大胡子做手势，示意我说话。

我说，小满，别怕。

我的眼睛好像被什么击打了一下，有很热的水，从眼角流淌下来。

小满没有再哭，他也不再说话。突然，我听见他声音很清晰地说，姐姐，我想见你。

大胡子使劲地对我点头。

我说，对不起，我不想见你。

我将电话挂断了。

大胡子用几乎咆哮的声音说，你为什么不见他？你知道你说这句话的后果吗？

我从抽屉里抽出一张"员工须知"给他看。

公司有业务规定，不允许私下约见客人。

手下人将定位报告拿给大胡子看，来电所在地，是城郊的一座肉联厂。

他

我很想，当我走出来的时候，那些人看着我。我突然喊起来，我想再打一个电话，可是，没有人理我。那个攥住我手的警员，好像很同情地看了我一眼，然后说：够了。

她

　　我再也没有等到他的电话了。大约每次铃声响起的时候，我都会心里动一动。终于动得麻木了，只是例行公事地跳一跳了。

杀 鱼

阿金血头血脸地跑过来，我就想，准是东澳的鱼档，又出了事。

这一天响晴。其实天气是有些燥。海风吹过来，都是干结的盐的味道。我站在游渡的一块岩石上，看着阿金跑过来。嘴里不知道喊着什么。

风太大，听不见。

待他跑近了，我才听清楚。他喊的是，佑仔，快跑。

扑街的海风。

我们一路跑。七斗叔刚从邮政局里出来。单车还没停稳，哐的一声被撞倒在地上。顾不得扶，接着跑。经过龙婆的虾干。抵死，她永远把虾干晒到行人路上。金灿灿的一片，给我们踩得乱七八糟。龙婆窝在她的酸枝椅里，站起身，中气十足地开始骂街，骂我们有娘养没娘教。

阿金回过头，脚步却没停，喊说，阿婆，我是有奶就是娘，你喂我一口得啦。

龙婆的声音也淹没在风里了。

并不见有人追上来，可我们还在一直跑。跑着跑着，不再听到周围的声响，除了胸腔里粗重的呼吸。也不感到自己在跑，倒好像是经过的东西，在眼前倒退。村公所，康乐中心，士多店，警署。新调来的小巡警，倒退得慢一些。他开着迷你的小警车跟在我们后面。

跑到了没有人的地方，澳北废弃的采石场。

我们瘫在一块大石上，躺下来。

这时，太阳正往海里沉下去。西边天上就是大片大片的火烧云。重重叠叠，红透的云，像是一包包血浆，要滴下来。滴到海里，海就是红的。光也是红透的，染得到处都是。我和阿金一样，成了个血头血脸的人。

整个云澳，是血一样的颜色。

这是我们住的地方。我生下来，就住在这里。

是的，我们村，叫云澳。

它有另外一个名字，叫"东方威尼斯"。

小时候，听青文哥说，威尼斯是个多水的城市，在一个叫意大利的欧洲国家。我就去查地图，这个国家，是在长得像靴子的半岛上。

我想有一天，我要去威尼斯看一看。因为我心里，总是有些不服气。为什么要叫我们"东方威尼斯"，而不叫威尼斯"西方云澳"呢？

阿金喘息着，说，丢，你说，我们就这么躺着多好。最好永远起不来。

我呸他一口，说，大吉利是，你躺你的，躺一世都行，唔好带上我。

唉，你说，阿金用胳膊捣我一下，他卖他的蚝，井水不犯河水，凭什么说我们的蚝仔有毒。

我就知道了刚才我们搏命跑的原因。阿金为了维护尊严又和人干了一仗，没打过人家，落荒而逃。我就说，金哥，你开了个鱼档，倒好像开了个擂台。打遍云澳全敌手。

阿金看我一眼，一拳打在我胸口。兄弟，练这一身的腱子肉，不是用来勾女的。英雄要有用武之地。

丢，什么世道。看我早晚收拾了他。阿金仰着脸，长叹一声，咱们手上得有带火的。

远远望见家里的水寮亮着，知道阿爷还没睡。

阿爷坐在门口，半蹲着，杀鱼。

我站在他面前，轻轻叫，阿爷。阿爷没抬头，也没应，用脚点一点边上的火水灯。我拎起灯，灯光浅浅射出来，正照着阿爷的脸。影子就拉得老长，折在对面的泥墙上。

自从我跟利先叔拜了码头，阿爷就不和我说话了。

阿爷在杀一尾大头鲔。鱼还是鲜活的，阿爷抄起九寸刀，猛扬起手，刀背重重落在鱼头上。鱼扑腾一下，又一下，就不动了。阿爷踩住鱼头，右手执刀自鱼尾一刮，鱼鳞就落下大半。翻转了鱼身又是一刮。然后刀尖一转挑出鳃，划开鱼肚，掏出鱼鳔和暗红的内脏。利利落落，前后不过一分钟。

阿爷洗了洗手，又用草木灰将刀擦一擦。端起盆走出几步，泼出去。转身回屋去了。留了我一个，看着泡了鱼血的水，在地上蜿蜿蜒蜒，流到脚边来了。空气中就渗出一股浓浓的腥气，散到夜里头了。

说起来，阿爷杀鱼，在我们云澳是一绝。就凭着一柄刀，快，准，干净。打老辈人开始，这技艺就渐渐没落。澳东的渔场，杀鱼都机械化了。可是村里的人，还是来买阿爷杀的鱼。说都是鱼，阿爷杀出来的，特别鲜。

我小时候，阿爷还是在场上杀鱼的。刚起网的鱼，活蹦乱跳。阿爷三两下就收拾了。码上盐，整整齐齐地排在码头上。

十多年前的渔场，还很宽绰。人和船，都没有这么多。阿爷杀累了，就叼着烟斗，坐在马扎上打瞌睡。我倚着他。阳光穿过晒满虾干的吊网，星星点点，晒在我们身上，暖融融的。那天，我记得清楚，突然来了群穿得花花绿绿的人，围上来，对着我们拍照。我没拍过照，怕得很，哇地就哭了。阿爷不作声，拎起木桶，蹲到一边去，杀鱼。那些人跟过去，一边看，一边用我听不懂的话叽叽喳喳。女人们发出惊叹。闪光灯一阵响。

傍晚，家里就来了个男人，给了一张名片，跟阿爷说，是旅行社的。说刚才一群日本游客，看阿爷杀鱼的技艺，欣赏极了。他们公司正在开发云澳的乡土旅游线，希望能和阿爷合作，请阿爷常驻在渔场表演杀鱼。酬劳比老实卖鱼可丰厚多了，游客多了还能提成。

阿爷不说话，埋着头磨刀，摆摆手。那人还在叽叽咕咕，不肯走。阿爷忽然站起身，扬起九寸刀，唰地飞出去，狠狠钉在了门板上。那人就逃出去了。

这些事，我当时是不懂得的，只是没见阿爷发过这样大的火。阿爷后来讲给我听，阿爷说，人不是马骝，杀鱼也不是杂耍，要演给谁看！

阿爷再也没有去场上杀鱼了。

早上起来，看桌上摆着碟菜脯蛋，还有一碗蚝仔粥。阿爷已经出去了。我知道，今天初六，阿爷去后山祭我阿爸了。我阿爸现在只有两个人祭他，就是我跟阿爷。我六岁的时候，阿爸在海上出了事，一年后阿妈就改了嫁。阿妈要带我走。阿爷不说好，也不说不好，只是执了一柄刀，站在大门口。阿妈放下我，再也没上门。

以往，阿爷去祭阿爸，带上我。在坟上浇上半坛自家酿的粟米酒，然后坐下来，自己喝掉剩下的半坛。也给我饮。我醉了，他就背着我，下山去了。有一次，我趴在阿爷背上，听见阿爷哑着嗓，唱一首我听不懂的歌。唱到一半，不唱了，就听见他小声地哭起来。

那是我唯一一次听到阿爷哭。我就想，我长大了，就好背着阿爷上山看阿爸了。可是，现在阿爷不和我说话了。

我喝了粥，还是眼困。就又去睡了。

朦朦胧胧地，梦到一条鱼。那条鱼围着我打转。身上的鳞片闪得晃眼睛。它游过来，靠近我，蹭一蹭我的身体。滑腻得不得了，又湿又暖。我想摸摸它，它一摆尾，就不见了。

这时候，一只手大力打在我裆上。我疼得一激灵，醒过来，看见阿金的脸，挂着贱笑。

我正要发火。他先躲开一步，说，死衰仔，仲困！发紧春啊，扯旗扯到鲗鱼涌了。

我一低头，瞥见自己的下身，脸也红了。我翻过身去，闷一声，去死喇。

死阿金又一掌，拍在我屁股上，说，快点起身啦，知你个大头虾不记得，今年杨侯诞，说好给利先叔帮忙的。你冰山阿爷都在场上了。

我这才想起来。一个鲤鱼打挺，套上背心，推着阿金就往门外走。

码头上已经很热闹了。

阿武哥和几个后生，扛着狮头向竹桥走过去。这道桥跨越涌口，连接杨侯庙跟对岸的戏棚和花炮会棚。这竹桥是前些天搭起来的，我也有份帮手。桥替了茂伯的云水渡。诞日人太多，也怕他两边船来船往忙不过来。这时候正涨潮，桥底的水哗哗响，欢快得很。

我和阿金跑过去，接过其他后生的家什。阿武扫我们一眼，恨恨说，你们两个懒骨头，只会在利先叔跟前扮嘢。

阿金吐一下舌头，说，谁能逃过武哥的火眼金睛。

杨侯庙跟前，已经聚集了许多人。多数的花炮会已经祭拜过了，这会儿正掷杯"抢花炮"。听阿爷说，早些年真的是用抢的。后来跟邻村伤了和气，才改用了抽签和掷杯。算是一年的运势，天注定吧。

　　舞狮的时候，我格外卖力。说起来，掌狮头的，要有身个儿，要腰力好，还要有股子机灵劲儿。前些年都是青文哥。这小子后来出息了，考上了公务员。不和我们这群小孩玩了。也是利先叔，一拳擂在我胸口，说阿佑也大个仔了，扛得起狮头。这才轮到了我。

　　今年坑头村的狮子舞得格外生猛，锣鼓似乎也和我们铆上了劲儿。我不睬他们，步子沉下来。脚底不能乱了阵。我知道，利先叔正盯着呢。这会儿利先叔坐在庙门口，半眯着眼，手里摇着把蒲扇。其实什么都看得清楚。步法走错了，鼓点没跟上慢了半拍了，都休想逃过去。

　　利先叔五十的人了，没一点老花，目力好过后生仔。他说他少年时，生了眼疾，他阿妈剜了自家猫的一对眼睛，裹在龙眼里喂他。他眼好了，抱着瞎猫的尸首哭。他阿妈一个巴掌扇过去，说，不想被人剜了眼，就先得剜了人的眼。

　　利先叔不是心硬的人。他跟我们说得最多的，是"以和为贵"。每年杨侯诞，他捐的供奉，也是几条村最多的。利先叔说，庙立在宝珠潭，可是有风水的讲究。这宝珠，正在大屿的狮山与龙脊水口之处。所谓狮龙争珠多苦厄，是要伤及乡邻的。这杨侯是南宋二帝护主的忠臣。建侯王庙，才可镇住狮龙，碑文上有"庙得宝而显"，不为自家，而在忌惮左右，说到底，只为一个"和"字。如今云澳民安物阜，也正在一个"和"字。

　　舞狮要靠一把气力，一个钟工夫，汗里外湿了个透。阿金帮我把行头卸下来，悄悄跟我说，我看见你阿爷了。

　　我拧着身体，踮起脚，看散去的人群。这时候响起了小孩子的哭声。天有些暗下去了。

　　晚上和伙计们吃围菜，又喝了许多的酒。喝到了醉醺醺，阿武说，丢，大头那边，是要有心看我们的好看。他们去年从珠海横琴进的蚝苗，到秋天死了一半。今年改从高栏进。上个月食环署来了人，一查，镉铅都超了标。

阿金愤愤地说，丢老母！谁叫他们贪便宜，怪不得找我们麻烦，是贼喊捉贼。

阿武说，现在他们嘴大，说我们跟外乡人赚不义财。我们把蚝卖给外国人，怎么就是不义财。本地人都去吃美国蚝。难道要我们学那些老人家，守着自己养的蚝臭掉？佑仔，你阿爷是头一个，给他们鼓动坏了，见我们就骂。

我低下了头。

阿金摔了只酒瓶在地上，摇摇晃晃地站起来，说，这帮衰仔，就是欠整治。

话未及落音，一只手猛地打在他后脑壳上。

整治，你要整治谁，整治了他们你就有生意做了？利先叔铁青着脸，不知什么时候进来的。

我们默不作声，看着地上的碎玻璃片。谁也不敢看利先叔。阿金也低着头，牙齿缝里却迸出话，凭什么要受这份窝囊气，拼回去，大不了一个死。

利先叔没再说话，半晌，手搭在了阿金的肩膀上：后生仔，死说说容易。这世上，多少人活都没活够。叔我见过的死人，比你们见过的活人还多。

阿金也没话了。

关于利先叔，有许多传闻。可都不完整，所有人的印象，似乎都是东拼西凑来的。

不知哪一天，他就出现在我们村里。无家口，是一个人。说话带客家腔。对这外姓人，村里人始终不待见。他倒是不夹生，见人说话。陆续又知道，他是流浮山过来的。从他阿爷，家里就养蚝。家里有一亩的蚝排。那地方风水好，天水围西边，后海湾畔。因为邻近珠江口，有淡水流入，养出的蚝，鲜嫩汁厚。

他说这村里本来风水停静。可就有天晚上，他照旧睡在水寮里。水寮四面透风。寮底下浪赶浪，将暑热气都赶了个干净。凉快。那天，他正睡得迷糊，就听见寮底有碰撞的声音。他以为是浪赶来的海货与杂物，没当一回事。可声音不断，"铿铿"直响，他就从地板的缝隙往下看。这一看，却碰上了另一双眼睛。也直勾勾地看他。他自然吓得一身冷汗。再一看，那眼睛一动不动地瞪着。是张青灰的脸。他一个激灵，叫醒了阿爸。父子两个，蹚着水下到海里去，乘着月光终于看见，水里躺着的，是个死人。

他爸先遮了他的眼。但他还是看清楚，是个淹死的女人，浑身赤条条。利先叔说，那是他第一次看见女人的身体。已经泡得胀鼓鼓的，一对大奶，却摊得像两个面饼。阿爸让他先回寮上去，可又把他喊下来。他下来才见，原来寮底下还有两个人，却是趴在水里，也是一丝不挂。是男的。

他至今不明白。后来他见过很多淹死的人，男的都是脸朝下，女的都是脸朝上的。

他知道他阿爸要他搭把手，父子两个，将尸体拉上了沙滩。他竟然也没有很害怕。

阿爸说，是偷渡的。

这时候月亮更亮了些。他便看见，几具青紫的尸身上，是累累的伤痕。阿爸说，可怜。退潮了，他们游不过来，困在了蚝田里，给蚝壳刮成了这样。

　　阿爸伸出手，将那女的眼合上。但合上，却又弹开。仍是直愣愣的一双眼。阿爸便说，我应承你，帮你料理后事，不要日晒雨淋。

　　那眼，再合，居然就闭紧了。

　　父子两个，就把尸体给埋了。没有报警。

　　七二年，大陆还在闹"文革"，闹得许多人都活不下去了。利先叔说，那时候，广东人家，都将"督卒"看作唯一的出路。所谓"督卒"，就是从水路偷渡香港。就像是捉棋，是有去无回的。一个家里有一个"较脚"成事的人，就算是幸事。

　　利先叔说，那是他第一次看见偷渡客。原本流浮山并不是偷渡落脚的地点，只是因为沙头角、梧桐山的陆路、网区，看管得比以往森严了很多。探照灯、岗哨、警犬，都是要人命的。所以，偷渡客才开始从后海湾铤而走险。其实也的确是险招。东西线的水路，风大浪大，也是九死一生。

　　往后的日子，利先叔便看了太多的死人。淹死的，给鲨鱼吃到缺手断脚的。看多了，心也就木了。

　　有一次，他看到海滩上躺了一个人，一动不动。他大着胆子走过去，见那人躺得直挺挺的，耳朵上架了副眼镜。他就想起，村里教书的先生也有一副。先生是让人尊敬的人，连带他的眼镜，也让孩子们羡慕。他就小心从那人脸上取下来，才看清是个很清秀的年轻人。

　　他在心里可惜了一下，就回了家。阿爸见他架着副眼镜，问起来。他照实说了。阿爸就一个耳光扇过来，说，攞死人的东西，是最不义。

　　就带着他，到了海边。那人的尸身还在。阿爸叹口气，将眼镜架到他耳上。却听见一阵响。尸身颤动了一下，接着是猛烈地咳嗽，吐出一口水，醒转过来。是个活生生的青年人。

　　青年人慌张了一下。阿爸说，别出声，跟我走。就默不作声带着回了家。换了干净衣服，爽净的一个人。利先叔说，那人说的是广州的官话，很好听。说自己是知青，下放了这么多年，也回不了城。心也绝了，才想游水过来。阿爸问他老家有人吗。他苦笑下，摇摇头，说爸妈手牵手跳了楼。再问起香港的人，又摇摇头。阿爸说，后生仔，眼下要靠自己了。

天发白的时候，阿爸背着阿妈，塞给青年人一个烟壳。里头有些钱，还有一张路线图。烟壳上写着一个地址。阿爸少年时的老友记，在湾仔开丝厂。

那青年人离开，远远在山脚下，对阿爸跪下来，磕了一个头。

我们问过这年轻人的下落。利先叔笑一笑，说，算是不错了。我们问起怎么不错。他停一停，说了一个名字。我们都吃了一惊。这个长年在报纸上出现的老富豪，戴着眼镜，不苟言笑。很难和利先叔口中的年轻人联系起来。

阿金很兴奋，问：他来探过你们未？利先说，第二年，我阿爸就肺炎过身了。也没见过他了。

他兴许来过吧。整条村动迁，他也找不到我们了。

对于利先叔为什么只身一个，从流浮山来到云澳，还是没人知道。只知道原先他在恒安伯的渔场帮手。后来买下了一个养殖场，种蚝。利先叔是村里第一个引进"筏式吊养"的洋法子养蚝的人。以往村里的人，除了圈海采野蚝，了不起了，就是"插竹"放蚝排，已经算是顶顶先进了。那天利先叔买的设备运过来，多少人都去看。看的时候兴高采烈，看后却都骂。说什么机械化，就是给蚝仔坐监，将蚝当鸡喂。这样养出的蚝仔，不知味道多寡淡。老辈人干脆说，这个外乡人，是成心要破坏云澳的风水，真是没阴功。

可是，到了冬至，收蚝的人来了，利先叔又出了风头。他养出的蚝量大，又肥又鲜。粉少，蚝品又是上乘。"本土派"们辛苦一年出的货，倒是少人理会，时时拍乌蝇。骂利先叔的人便更多起来。我阿爷就是一个，说这个人忘本，总归不得长久。可我问他怎么忘本，他又说不出，就是念叨我们张家，是张保仔的后代。若不是祖先给清廷招了安，现在还纵横海上，惩恶济民呢。这一段，我都听出了茧子来。也不知道老祖宗和利先叔，怎么就水见到火了。

又过了些时候，就传来了风声，说利先叔扩大了蚝场的规模，以往请的工人不够了，问村上的年轻人要不要跟他一起干。这一年，武哥、阿金和我，都上到了中五。我们不是青文哥，没有他的好脑筋。读书不说是受罪，也是嘥时间。我们三个一合计，觉得这外乡人没坑我们。中环在闹金融风暴，大学生都找不到工。这么高的工资，谁要跟钱过不去。我们就击掌为誓，到他那边去上工。家里人，能瞒几天是几天。

可是哪里瞒得住。阿爷三天后就知道了，执了一柄刀，在蚝场截住了我。

利先叔以为他要动粗，就挡在前面，说，阿伯，有话好好说，到底是自家孩子。

阿爷合一下眼，不望他，说，我同我孙子讲嘢，外人起开。

阿爷扔了一条大眼鲷在我跟前，佑仔，我给你一个字，你把这条鱼给我杀干净。你收拾利落了，由得你跟这外乡人干什么。

九寸刀也掉在我面前，哐当一声响。

我捡起刀，心里慌慌的。说起来，吃了快二十年的鱼，这杀鱼刀，没碰过几次。有阿爷在，何曾轮到我动手。

我让自己静下来，脑子里过一遍阿爷的手势。心一横，就下了刀去。去鳞，劈肚，放血，清鳃。依次下来，竟也有模有样。眼看一条鱼在我手里渐渐干净了。我心里装着一个字，到最后有些走神。采鱼胆的时候，手一抖，割破了。绿色的胆汁溅出来，溅到我脸上。有一滴渗进嘴角，苦得很。

我不敢抬头。

阿爷说，杀条鱼，你看到的是一个字。心里要装着一个钟。

阿爷站着不动，等我跟他走。我起身，停一停，却匿到利先叔身后去了。

利先叔张一张嘴。阿爷手一抬，止住他。弯腰捡起刀，转身就走了。

我看着他越走越远。在落下的太阳里头，阿爷的身形有点佝偻了。

我知道，阿爷看我舞狮子了。可这会儿他在哪呢？

阿金拍了下我肩膀，我才回过神。他说，走，看夜戏去。利先叔捐了三台戏，要唱到天亮呢。

戏棚里很热闹。村里的人，难得聚得这么齐。台上是个很老的小生，正咿咿呀呀。这一出《追鱼之仙凡配》，是阿爷最爱看的。我这么想着，禁不住东张西望。没看到阿爷，倒看见了一张熟悉的脸，是秀屏。

看见她，我心里动了一下。秀屏是我中学同学，同班，一直到中三。后来，她跟她爸妈搬到荃湾去了，再后来听说考上了城大。要说我们村里，出了文青这个状元，那秀屏就是女秀才了。秀屏又好看了些。那时候，她就和村里其他叽叽喳喳的细路女不一样，像个大家姐。有一次正上着课，我一错眼看见她。在阳光里头，见到她脸上有一些很细很细的绒毛，是金色的。

不知道这些绒毛，还在不在呢？

阿金看我呆呆地望，就也望过去，扑哧一声笑了，说，看老相好呢。说完拿腔捏调地唱：翩跹裙前蝶，同窗访妆前，今朝践旧约……我叹口气，想想《楼台会》里的梁山伯，命是不好，但遇到祝英台，运倒是不差的。

哎，阿金的声音突然变得很诡异，他凑到我耳边，说，你看她的屁股，比以前大了这么多，不知给多少九龙仔弄过了。

够了。我压低嗓门，还是吼了出来。

这一声惊扰了四周的人。秀屏也回过头来，眼光碰了我一下，就又转过去。她好像已经不认识我了。阿金对着她的方向做了个鬼脸。围在她身边的，是些村里的女仔，立即很厌恶地也偏过头去。有一个还扭动了一下。

阿金愤愤起来，说，丢老母。这群鸡货这会儿也变成了贞洁烈女，扮嘢啊。金爷我还看不上她们呢。

我低着头，脑袋里一阵空。阿金还在耳边絮叨：打炮都懒得理这一群，大口村那边的女人，花点钱，个个风骚过她们喇。见我不出声，阿金用胳膊肘捅我一下，佑仔，你还是只童子鸡吧，丢死人。改天哥哥带你去开眼界。

我奋力拨开人群，挤了出去。

回到家，房里传出轻微的鼾声。阿爷已经睡着了。

我冲了凉，走出门，坐下来。

今天的月亮很好。阿爷晒在外面的咸鱼，排得整整齐齐，闪着粼粼的银光。海上还有渔火。远处听得见戏台上的锣鼓声，却盖不住再远些，哗啦哗啦一道一道慢慢地响。那是退潮的声音。

云澳的声音。

第二天，我帮利先叔放蚝排。闷不声作地做了半日，利先叔拍拍我的肩，说，歇一歇。

我们坐在船头。他点上一支烟，又递给我一根。

佑仔。利先叔说，你阿爷还在恨我吧？

我笑一笑，摇摇头。

你阿爷恨我，你可不能恨阿爷。他说。

太阳偏西了。我看到水里有些暗影子浮上来，游来游去。是沙虫。

利先叔使劲抽了一口烟，把烟头掐灭了，然后对我说，老人家有老人家的对。

这时候，我看到远远的有辆车，在码头停下来。

车上走下来一些人，男男女女，都是城里的打扮。这些人在前面走，车在后面缓缓地跟着。

他们在我们蚝场停下来。一个戴渔夫帽的矮胖男人和身边的大个子耳语了一下。那大个儿就走过来，问我们村公所怎么走。

正当我们指指划划时，车门打开了，又下来一个人。是个女人。她将自己裹得很严实，戴着头巾，脸上架着一副大大的太阳镜，好像怕晒得很。矮胖男人对她招招手。她走过去。矮胖突然伸出手，在她屁股上抚弄了一下。她将那手打掉，躲开了。矮胖大张着嘴，我几乎听见他放肆的笑声。

女人四处张望了一下，也走过来。她在我面前站住，将太阳镜抬起来。我看见，这其实是一张年轻的脸，化了很浓的妆，很美。似乎在哪里见过，但又说不清楚。

她说，靓仔，你们这儿可真热。

说完，她将太阳镜又戴上了。嘴唇扬起来，是对我笑了一下。

他们的车，远远地开走了。

夜里，我又梦见了那条鱼。依然是滑腻腻的，还有些温热。围着我，游动。从我的肘弯，和腿中间穿过。我伸出手去，却抓不住。它的硕大鱼鳞，一张一合，我看到鳞片下粉色的血肉。我用手指碰了一下，很软很黏。突然这鱼鳞闭上了，把我的手指吸进去，然后是胳膊，头，和整个身体。我的身体被这血肉紧紧裹住，越裹越紧，一动也动不了。在这时候，我看见了那鱼的瞳仁里，有一张脸，是白天那个女人。

一阵战栗。

我醒过来，看一看自己。一些黏浊的东西在流动。我突然觉得鼻子一阵酸，不知道为什么。

冲凉，看着天已经发了白。远处有只鸟，很难听地叫了一声。

正午的时候，利先叔给我们放了假。

我们答应了家里，找天去澳北采野蚝。这也是我们云澳人一年一度的乐趣吧。阿武、阿金和我到了海边的时候，六仔和那群半大小子，已经在水里忙活了。

我们三个，换了游泳裤下了水。见六仔他们一个个精赤条条。海边的孩子，从小就没什么规矩禁忌。我们几年前也这样。家里怕蚝壳将裤子刮烂了，为了不挨打，干脆脱个干净。现在，人大了，到底不好意思。

六仔们的收获已经不错。有几个上了岸，光着屁股，蹲在岩石上敲蚝壳。说是半大小子，其实也已经读到了中二中三。生得成熟些的，腿间已经有了稀疏的毛。他们在岸上追追打打。阿武有些看不过眼，皱一皱眉，说，阿水，大个仔了，该要知丑了。

阿金便跟着起哄。光屁股溜溜，小心给蚝夹了鸡巴。

我正想阿金真是不改嘴贱的本色，谁知阿水却站定了，对我们一挺下身，前后耸动，挤眉弄眼地冲着我们喊，蚝我不要，我倒是中意让鲍鱼夹一夹。

水下水上，就哈哈哈哈笑成了一片。

突然间，我看见岸上的人止住了笑，一阵风地，七手八脚，仓皇地躲到了岩石后头。

我正发着愣，听见阿金在耳边轻轻说，鲍鱼来了。

就看见远远走过来了一群人。走在前面的是两个女人。一个为另一个打着遮阳伞。

被遮挡的人，穿着件宽大的衬衫。她用手搭起凉棚，朝我们的方向望一望，然后回头对其他人说了句什么。

我看见了一个矮胖的身形，知道正是昨天傍晚看到的那群人。他边上的大个子扛着一架摄像机，脸上有些不耐烦的神色，催促后面的人。后头的人抬着像是话筒的东西，但要大得多，裹着毛茸茸的套子，像是狐狸的尾巴。

他们在海滩上停下，忙活起来。

女人取下了太阳镜。阿武"啊"了一声，说，展羽凤啊。我这才回忆起，怪不得昨天看着眼熟。这张脸，正是去年 HTV 的剧集《四大名捕》里的，展昭的妹妹展羽凤。当时看的时候，觉得挺别扭。小时候就看《包公案》，从来不知道御猫展昭打哪儿冒出个妹妹。而且，还和张龙有了一段感情戏。不过这个女演员的古装扮相真是美，让人忘都忘不掉。想起来了，是个落选港姐，叫余宛盈。

余宛盈懒懒地左右伸动手臂，将衬衫脱了。一时间，我们都屏住了呼吸，原来她里面只穿了艳红的比基尼。身体十分地白，白过我们村上所有的女人。比基尼好像一团在雪上燃烧的火。

至少 C cup 啊。阿金在胸前比划了一下。同时冲着岸上吹了个响亮的口哨。

刚才撑伞的女人，就皱了一下眉头，问矮胖男人，导演，使唔使清场？

余宛盈就咯咯笑起来，说，不用了，不就拍几个镜头吗。

导演就手一挥，听阿盈的，让这些后生仔开开眼。

　　知道是拍戏，大家都来了兴味。刚才的光屁股小子，有些已悄悄潜回到水里。没来得及的，只有猫在岩石后头看。

　　也不知道是要拍什么。余宛盈倒是不紧不慢，拿出一管防晒霜，在身上涂。涂了臂膀，涂大腿，小腿。最后挤了些在胸口，轻轻地匀开。

　　我听见阿金咽了下口水。

　　这时候听见导演吼起来，Remond 跑到哪去了？不是又躲在车里吸粉吧？阿 Sam，去找他。整个组都在等他一个。

　　大个儿有些不情愿，但是转身去找这个叫 Remond 的人。

　　过了大约五分钟，才看见一个高大的男人，摇晃着走过来。男人的样貌很好看。但表情实在是有些颓丧，好像没睡醒，被人硬是从床上扯起来一样。这给他的英俊减了很多分。

　　我们也认出他了。香港的娱乐杂志，是个无孔不入的东西。我们这些偏远的地方，也从来不会放过。这家伙上过周刊的封面，在封面上也是一样抑郁的表情。往日他是 HTV 一个很红的小生。后来听说和澳门一个富商的三姨太勾搭上了。富商说要斩他，他就和那个女人跑到澳洲去，做了三个月的亡命鸳鸯。本港人就说，难得他们好像是有点真爱的。不过呢，后来这个姨太太却背着他，向富商妥协了。还在电视台发表了声明。他落得个人财两空。再后来，八卦周刊又爆出姨太太怀孕了。老富商将有第一个子嗣。港人就很兴奋，究竟六十多岁的富商有没有能力搞出一个孩子，还是本来就有阴谋。这个倒霉蛋，很快就被爆出在家里藏毒。声誉雪上加霜，已经好久没在 HTV 里出现了。今天在这见到他，连我们都有些意外。

　　导演并不抬头，甚至没有正眼看他。只是淡淡地说，怎么还没换衫？

　　一个助理模样的人，拎了包，带他去岩石后头换衣服。他再出来的时候，身上只有条泳裤。平心而论，他的身形还是很不错的，应该经常去健身房吧。肤色竟然和我们一样是黝黑的，看来十分健康。后来我才知道，想要这样的肤色，有一种叫太阳灯的东西，城里人照上个十几分钟，顶得上我们在蚝田里辛苦上整个中午。

余宛盈将一个本子递给他，说，阿 Ray，俾点心机。

男人道谢，接过本子，轻轻应一声。

他们两个面对面，说着话，比画手势。声音太小，听不见说什么。我猜是在对台词吧。

导演猛然站起来，从他手中抽出剧本，在他头上狠狠打了一记，说，收起你的哭丧脸，又未死老母。今次俾机会你，你唔好累其他人。

男人低下头，从地上捡起剧本。

各方就位。

导演大喊一声"开麦啦"。

Remond 牵着余宛盈的手，从远处走过来，在海滩上坐下。沙子给太阳晒了一下午，应该还很烫。我看到余宛盈颤了一下。

Remond 执起余宛盈的手，放在腮边，说，阿玲。

余宛盈顺势倒在他怀里，说，阿轩，这样和你在一起，真的很幸福。

Remond 说，你信不信，我可以给你更多的幸福。

余宛盈立即坐起来，说，不要再说这样的话了。我们不是挺好的？你不能放弃我姐姐，也不能放弃你阿爸一手创建的企业。

Remond 沉默，突然狠狠地抱住她的肩膀说，为了你，为什么不能？

阿金讪笑了一下，说，都二十一世纪了，还用这种"屎桥"。

接下来就是两个人的争执。很无趣。但就在这么无趣的争执里，Remond 扮的这个叫做"阿轩"的阔少，似乎不在状态，不停地说错台词。导演渐渐在"Action"和"Cut"的不断重复中，失去了耐心。

但我们都在这争执中，看到了被 Remond 粗暴的动作挤压，余宛盈的胸部鼓突变形，好像要从 bra 里弹出来。

我听见身后的喘息声。转过身去，阿水正在水里动作着，拧动眉头，突然浑身一阵抖。待阿金看明白了，一脚朝他踹过去，死衰仔，打飞机啊。扑街喇，哥哥们还没怎样呢，就轮到你？

Remond 再次说错了台词。余宛盈叹了口气，抬起手在耳边扇了两下。

导演很火了，对他们吼，还想不想收工？

旁边的助理，将冰好的毛巾放在他额上，说，陈 Sir，时间不早了，不如先把重头戏拍了。太阳落山前，能补几个镜头，就尽下人事。实在不行只好用蓝幕做后期啦。

导演静一静，说，也好。要不是贪个靓景，这鬼地方我是不要来的。连个车都不通，走了半天才进来。

我们几乎要散了，可听到了重头戏，想想就又留下来。

Remond 仔，精神点。导演放大了声量，这场你有着数。

男人回过头，虚弱地对导演笑一笑。

重头戏接上了刚才争执的一幕。看起来是由冷战开始的。两个人不说话，余宛盈低着头，用脚拨着沙子。

突然，男人转过身，一下抱住了余宛盈。同时捉住她的嘴唇，深深地吻她。这一幕太快，我们有些目瞪口呆。

两具身体缠在一起。摩擦，抚摸。虽然是做戏，但似乎两个人都投入了进去。连周围的人，都敛声屏气。

这时候，夕阳的光打在他们身上。两个人就成了金色的了。漂亮的身体，好像快要熔化在了一起。

男人忽然一抬胯，压住了女人。然后伸出手，探进了她的红色 bra。

女人挣扎着，喘息中也抽出了胳膊，扬手给了他一记耳光。

男人被打蒙了，摸摸自己的脸，愣愣地看她。

Cut！导演使劲摇摇头。

阿盈，没吃中饭吗？这一下是给他挠痒痒？记住，这时候的你，百感交集。你发现你深爱的男人，到头来不过是贪恋你的肉体。OK，找找这种感觉。你是一朵高贵的樱花，一脚被人踩到了烂泥里。

我，不会演樱花。余宛盈懒懒地应他，同时用手搔了搔头发。

那，泼妇你总会演吧。导演激动地扬一下手，喊起来：打过去，大力点！

两具身体又开始纠缠。一只手伸进了红色 bra。

啪！

这一下打得实在很用力。我们都听得一清二楚。

男人身体晃荡了一下。但没有摸脸的动作。我们都看到，他晃了一下，趴倒在了余宛盈的身上。

余宛盈推了推他，忽然惊叫。

这个叫 Remond 的男人，竟然在这个关键时候，昏过去了。因为中暑。

大个儿和助理将他抬到了阴凉地，敷冰袋，使劲掐他人中。但他还是没有醒过来。

导演愤愤地又站起来，诸事不顺。快点，给这个衰仔 call 白车啦。

太阳一点一点西沉下去。助理也有点紧张了，她问导演，还拍不拍。

导演一边揉太阳穴，一边狠狠吐了口痰在脚底下，喊道，拍？人都扑咗街了，仲拍乜鬼？

拍，为什么不拍。余宛盈整一整已经移了位的比基尼，站了起来。

她说，大不了找个人顶一下。

　　导演还在气头上，听她这么说，更有些恼火：这些男人，个个都想同你拍。可是有一个生得似样的吗？你倒是挑一个出来。

　　余宛盈环顾一下，眼光突然停住，落在我身上。

　　找这个细路哥顶一下。她说，他身形样貌都和阿 Ray 好似。

　　我吃了一惊，僵在原地。脚底下的沙子，突然间变得滚烫。伙伴们也吃了一惊，看看我，又看看余宛盈。

　　导演拧一下眉头，上下打量我，然后说，是有几分似。不过我们可是拍的限制级镜头。后生仔，你满十八岁了哦？

　　我呆在一边。

　　余宛盈走到我跟前，眼角向上挑一下，说，导演问你话呢，细路，你满十八岁了？

　　我在慌乱中点了点头。她的脸贴得很近，我感到了她说话时的气息。有些甜腻。

　　导演还在犹豫。

　　天色又暗了些。助理走过来，跟导演说阿 Ray 看来今天是醒不翻了。这孩子行为能自主了，他要是没意见，就拍个借位。

　　导演说，盈女，等会儿重拍摸你的镜头，怕不怕蚀底？

　　余宛盈浅浅一笑，拍啦。为艺术献身，好抵得。再说里面有胸贴。

　　导演脸色也舒展开了，竖起大拇指，豪气，好敬业。我没有疼错你。来年金像奖是你的。

　　他们给的泳裤很紧，穿得不舒服。我有些害羞，不自觉地抱起膀子。助理带了个女人型的男人过来。打开一只箱子，里面花花绿绿一片。他拿起一把刷子，在我胸前扑粉。粉的气味怪异，我鼻子一痒，狠狠打了个喷嚏。我问，你干什么？

　　他不理会我，继续扑粉，说，别动，化妆，造阴影，让你看上去更

man 更大只。

导演过来，看看我，点点头。然后俯在我耳边，说，后生仔，有没搞过女人？

我一惊，耳根不由自主地发起热来。

他拍拍我的肩膀，诡笑，不怕，Ray 哥是情场老手，你就有样学样啦。

余宛盈就在我面前，这么近。

我身后是摄影机。导演说，开麦啦。

我一动不动，背上渗出细密的汗，一点一点地，汇集，流下来。

余宛盈的唇是血红色，轻轻张开。我听见她说，抱住我。

我伸出胳膊，手在空中停住了。

一只手牵过我的手，慢慢地，落在她的腰上。那是一块滑腻的皮肤。我的手指颤抖了一下。恍惚中，想起了梦中那条鱼。

用力。她说。

我终于抱住了这个女人，这样柔软。我周身的肌肉连同身体的一部分膨胀、坚硬起来。我感到自己胸口有些憋闷。

这个女人扭动身体，鱼一样，在我怀里挣扎一下。但其实把我缠得更紧。

她的唇摩擦着我的耳垂，轻轻地。她说，探进来。

我犹豫了一下。她说，别怕。

我的手慢慢伸进了她的 bra。

"啪！"脸一阵火烧。我知道，结束了。

我捂住脸，镜头定格。

导演哈哈大笑。

好小子，一次过。没估到这么入戏。拍咸片的好材料啊，哈哈。

余宛盈站起来，扫我一眼，眼光有些冷。她说，可算是收工了。

我坐在沙地上，看着她的背影。沙子还很烫。太阳的光已经暗了，她的 bra 变成紫红色了。

我穿好衣服。那个女助理走过来，递给我一只信封。没说话，对我笑一笑。

他们走远了。间中传来导演骂咧咧的声音，也渐渐听不见了。

发什么呆。我转过头，看见阿金不怀好意的脸。趁我不注意，他从我手里抽过信封。打开一抖，一张棕黄色的纸掉了出来。

阿金愣了一下，说，好抵。一巴掌五百块。

夜里，我以为我会做梦。因为我想，我应该要梦见那条鱼。

但是我没有，我没有睡着。

我从来都想，"失眠"这个词，只属于那些精细的城里人。他们总有千奇百怪的原因，让自己睡不着。

这一天夜里，也分外安静。连海浪的声音，都没有。村里的人，都睡着了。云澳睡着了。

我是在一阵手机铃声中醒来的。

是阿武的电话。阿武的声音有些小心翼翼。他说，是你阿爷要你过来。

我赶到龙婆家的时候，屋里已经来了不少人。

难得村里的老少集在一起，在这样小的屋子里。我看到阿爷默不作声地站在屋角，脸有些发木，头上却闪着时隐时现的光斑。龙婆的屋子太老旧，修修补补了几十年。阴天漏雨，晴天漏阳光。

我挤进屋子里，到了阿爷跟前，唤他一声，他也没睬我。这屋里的空气不太好。很重的湿霉气，还混着中药和不新鲜的虾干味道。一股一股地冲鼻子。

人们都没有说话，屋里只有一个声音，是龙婆在哭。

龙婆在哭，窝在她的酸枝椅上，佝偻着身体，人更显得瘦小。这时候，有人叹了口气，是村公所的永和叔。这一声，引得龙婆的哭声突然大了音量。

永和，我是看着你长大的。你应承过我，村公所要给我送终的。龙婆抬起脸，眼睛却看着一个不知道的方向：他们要拆我的房。要我无遮头瓦，死了变作孤魂野鬼，去到海上喂鱼。

永和叔垂着头，忽然开声，却爆了一句粗口，说这条村，我们上下住了几百年。要我们搬，前代人的祖坟要不要一起掘走？唔通要老小都断了根。我看政府也不见得站在他们一边。人都讲个道理，阿婆，去年生果金的事，不是算倾妥帖了。

龙婆止住了哭，茫然地看我们一眼，眼神突然利了。她满脸的皱纹纠结起来，愤愤地说，我知道，他们是欺负我孤寡……

永和叔连忙劝她，谁说非要开枝散叶才算是有儿女，我们村的孩子，阿武，佑仔，大头，个个都是你的孙。

阿爷一把将我推到龙婆跟前，说，龙秀，你男人和我是本家兄弟。有人敢动你，张家的子弟，若是不拼出命来护你，就莫要怪我不让进家门。这几年，村上给外姓人唱衰了风水，带坏了子弟。我们怕是将来棺材地都留不住了。

龙婆擤了把鼻涕，狠狠甩到地上。她支着身体，颤巍巍地从椅子上站了起来，用拐杖一躜地，说，我不要什么棺材，谁要拆我的屋，我就一把烧了干净。这屋子就是我的棺材。

激愤中，永和叔一面跟着骂，一面温言软语平息众怒。阿金扯了我一下，使了个眼色，我趁着闹腾就跟他出去了。

我们都看见，利先叔站在不远处。太阳正烈，他的脸被晒得发红。

看见我们，他将手里的烟掷在地上，用脚踩了踩，转身走了。

阿金说，看来迟早要干一仗。上个月来了几个人，在村里东睥西望，带了仪器来，量了大半日，我就知道事情不好了。

屋子传来些嘈杂的声音。额头流下汗来，慢慢渗到眼睛里，一阵辣。我擦一把，自言自语：究竟搞乜水？

听说是要在这弄个水上度假村，图纸都弄出来了。澳北那，阿金眯了眯眼，好像在看海市蜃楼，以后就是个五星级酒店。

那蚝场怎么办？我脱口而出。

蚝场？阿金搔搔脑袋，也没言语了。

过了半晌，他说，漫说是蚝场，大概整条村都快要没了。大吉利是，统统搬到元朗的居屋去，到时候买卖，还得自己补地价。

那也不是他们说得算的。我不自觉引用起永和叔的话。

阿金冷笑了一声，说，谁说得算？钱说得算。龙婆现在是哭天抢地，开给她的补偿金一百万，往后看加到了两百万她还哭不哭。

我回头看看那黑黢黢的屋瓦，上面爬满了茑萝和金银花。还有一只朽到发了黑的南瓜，是去年结的吧。我叹口气，说，龙婆的房子是祖宅，她男人留下的念想，到底舍不得。

念想？阿金念了念这两个字，说，要说念想，成条村都是念想。龙婆两间屋，按政府的话，有一间还是僭建物。倒是值了一百万，为什么，还不是因为孤零零地建在了村口。要开发一期，就得先搞掂她，由得她坐地起价。

我有些吃惊地看了看阿金，我们整天混在一起，他怎么知道得这么多。

我突然有些烦躁，也不知为什么。我脱了背心，在身上胡乱擦了擦，对阿金说，我去冲个凉。

我来到了澳北。

火烧云又泛起来了，漫天都是，血一样。

海滩上坐着一个人。我犹豫了一下，还是走过去了。

余宛盈抬起头，看我一眼，拍了拍身边，让我坐下。

快走了，再来看看，往后也看不到了。她抱着膝，看着海的方向，不知道是在对谁说。

我坐下来，轻轻说，我也来看看，是快看不到了。

她转过头定定地看我。我掬起一捧沙子，沙子从手指缝中间流下去。

她郑重地对我伸出右手，说，我叫余宛盈。

我笑了。余宛盈不是昨天的余宛盈。她穿着宽落落的布衬衫，头上扎起了一个马尾。爽利利的，像去年来村里写生的大学生。

我说，我知道你。我看过你演的展羽风。

她也笑了，问，我演得好吗？

我点点头，说好。

她说，我也觉得好。那是我唯一没靠男人得来的角色。

我一时语塞。她倒轻松松地撩一下头发，问我，你叫什么？

我说，阿佑，张天佑。

张天佑。她重复了一遍，说，有点土气。

我低下头，说，是上苍庇佑的"佑"，阿爷说，我无爹无娘，只有依天靠地。

上帝保佑的"佑"。余宛盈从胸口掏出一个银亮的十字架，说，挺好的名字。

我们没再说话，就这么坐着。

火烧云越来越浓了，红的变成紫的，紫得发乌，渐渐变成猪肝色，不好看了。

　　我听到了抽泣的声音。

　　我转过脸，看见余宛盈眼睛愣愣的，只管让眼泪流下来。

　　借我个肩膀。她说。

　　什么？

　　借个肩膀，让我靠一下。她没有抬起头，好像在对着海说话。

　　我朝着她身边挪了一下。

　　她把头靠上来。过了一会儿，突然笑了。我吓了一跳。

　　她说，你，还没长成呢，都是些骨头。男人的肩膀，应该是又厚又实在，才让女人觉得可靠。

　　我知道，我就是个替身。我也笑了，一张口冒出这句话。

　　她沉默了。头从我肩膀上慢慢抬起来。

　　我，我是说昨天的事。我想解释一下，但说出来，才觉得自己的蠢。

　　她将脚插进沙子里，揉搓了几下，轻轻问，想拍戏吗？

　　我还没回过神，她的脚很好看，像一对白饭鱼。

　　我是说，不做替身，演你自己。她看着我的眼睛，灼灼地。

　　我躲过她的目光，自嘲地笑一下：我能演什么？吃喝拉撒睡，是人都会。

　　有别人不会的吗？她问。

　　我想一想，说，杀鱼。

　　隔天的中午，大头跑到蚝场来了。

　　我们都有些意外。阿武上下打量他，说，头哥，稀客啊。

　　大头气喘吁吁，说，你以为我想来？龙婆，他们要拆龙婆的房了。

　　我停下手里的活，说，你说谁，谁要拆？

　　房地产公司找了一帮狠角色来，在往外扔龙婆的东西。我们几个人手不够对付，分头去拉人，快，要去的话带上家伙。

阿武拈起把蚝刀，在布上一擦，说，丢老母，当我们云澳人是鸡仔。阿佑，走。

我看一眼阿金。他低着头，好像什么也没听见。大头说，金哥，我们的恩怨，回头算。这可是成条村的事情。

阿金沉下脸，你现在知道说成条村了，带马仔斩我那阵怎么不说？一个钉子户，不值得老子去搏命。他使了一下劲，手中的蚝壳裂开了，"啪"的一声脆响。

阿武瞪他一眼，推我一把说，走。

村口的晒家寮被风吹了又吹，阵阵海味传过来。天闷气得很，蜻蜓贴着海皮飞来飞去。

恒安伯弓着身，正忙着用塑胶布遮盖他晒在场上的海蜇和鱿鱼干。看见我们，遥遥地喊，后生仔，要到哪里去？

我们没有睬他。我们望见龙婆家门口，果然聚了不少人。龙婆的酸枝椅，倒在了地上，一条腿已经折了。

有人正往外搬东西，有人站在屋顶上，将黑黢黢的屋瓦掀了下来。龙婆倚着墙，呆呆站在一边。看到一个胳膊上文龙的男人，抬了她陈年的虾酱坛子出来，她突然冲了过去，同他争抢。男人任凭她撕扯，未松手。我们看到龙婆抓住他的手臂，狠狠咬下去。男人一撒手，坛子掉在地上，一声闷响。

黏腻的虾酱慢慢流出来，泛着紫红色的泡沫。龙婆跪在地上，捧起虾酱，一把一把地装到了破坛子里。

男人捂着胳膊，脚踢过去，这回坛子完全碎了。

阿武一捏拳头，说，丢，还愣着干什么。他跑过去，一拳揍到男人的鼻子上。男人趔趄了一下。我们看到有血从他鼻子里淌下来，好像一条红蚯蚓。男人吼一声，冲向阿武，拳脚相加。

大头抱住一个胖子，对我大声喊说，佑仔，上房。我飞快地爬到屋顶上，把房上正掀瓦的小个子扯下来，摁在墙根里，大力地将拳头擂下去。

一场混战。诅咒的声音、哭喊声、家伙撞击的声音混成了一片。我眼前渐渐有些模糊，可是还听得见，也闻得见。

好大的腥咸味，是虾酱的味道，还是血味，从嘴角渗了进去。我使劲吐了口唾沫，带出一颗沾满血的牙。

我不顾一切地，投入了这场战斗。我不知道为什么，我只是觉得心里发堵。钻心地疼，我知道肩膀上被人斩了刀。阵阵温热。我流了泪，突然觉得十分痛快。

别打了。我听到阿武的声音。我转过头，看见阿武表情扭曲的脸。我顺着他的眼光望过去。看见龙婆，正举着一只塑胶桶，往自己身上泼水。龙婆一边泼水，一边唱。我听出来，唱的是《百里奚会妻》。百里奚，五羊皮。昔之日，君行而我啼……龙婆哑着嗓子，唱得又哭又笑。

这时候，我才闻见一阵刺鼻的气味。心里一惊，龙婆泼的不是水，是汽油。

龙婆从围裙里掏出一盒火柴。

文身男这时候也慌了，他脑袋还被阿武夹在肘弯里，歪着脖子喊，婆婆，你唔好将件事搞大佐。我们也是混口饭吃，不想出人命。

龙婆打开火柴盒，取出一根，说，我当着你们的面死，我死鬼男人也看得见。

文身男一边挣扎，一边嚷，你要索命，冤有头，债有主。给你开价的是林耀庆，要不是他，谁稀罕你这两间破屋。

天突然暗了下来，变了姜黄的颜色。"轰"地响过一个炸雷。

龙婆手里的火柴掉到了地上。

我肩膀一颤，泄了劲。

被我按倒在地上的人一个翻身。我的后脑勺发出沉闷的声音，眼前黑了。我抬一抬胳膊，什么也没抓住。

我睁开眼睛，看到的人，是阿爷。

阿爷在笑。

我老张家的后代，有种。阿爷扭过头，对诊所的护士说。

护士打开窗子，海风吹进来了，腥咸腥咸的。

阿爷。我说，我想学杀鱼。

七月尾的时候，永和叔带了阿武我们几个去了中环。我们等在一个形状像是海螺的大厦门口。我们头上缠着白布条，牵了横幅，上面用红油漆写了"无良地产开发商，政府大石压死蟹"。

我们站了一下午，来来往往的，没有人睬我们。有人偶尔瞥我们一眼，我们赶紧举起拳头，喊出一句口号。那人木着脸，低下头，又走开了。

九月头的时候，传来了消息，说汉原集团取消了开发云澳的计划。村里老辈人说，精诚所至，金石为开。有钱人也是人。

我不知道。但那天，我们并没有等到那个老富豪。

十二月的时候，余宛盈的新片子上映了。圣诞档。

阿武、阿金、大头，要我请客去看。因为里头有我和余宛盈的激情戏码。

但他们都很失望。因为那段戏给删掉了。

在男女主角吃大排档的镜头里，我看到不远处有一个背影。他抬起刀，三两下，利落落地把一条大头鲔收拾了。

胳膊上一道红，是鱼的血溅出来。

那是我。

猴　子

一

辞职信

西港动植物园园长办公室执事先生台鉴：

　　本人很遗憾在这个时候向公司正式提出辞职。

　　本人进入公司已近三年，很荣幸成为公司一员。在此期间，承蒙公司给予学习机会，于良好环境中，提高专业的知识与技能，并取得宝贵工作经验。

　　此前红颊黑猿杜林（雄性）走失一事，为公司与社会带来相当大的困扰。本人作为园内灵长类动物专职饲养员，难辞其咎。在此，本人深表歉意，并郑重提出辞职，以示悔过。

　　感谢公司数年来对我的信任和提携，离任之前，本人会先办妥一切分内职务及清楚交代手头上的事务。本人申请在本月底（十二月三十一日）结束在园内的工作，敬请察情批准。

敬祝　公司业务蒸蒸日上

李书朗　谨启

二〇一一年十二月二十二日

就像之前对警方所说，他至今不清楚杜林怎么能够打开铁笼的安全锁，逃了出来。这把锁的密码有六位数。除了他以外，只有动植物园的档案室留有备份。

好吧。这个密码，其实是南茜的生日。他曾经想过要改，因为他已经和南茜分了手。但是，一念之间吧，他没有改。

他当然没有低估过杜林的智商。他甚至觉得，杜林比他更聪明。首先，这一点体现在时间观念上。杜林总是能够精确地把握到法定喂食的时刻，误差不超过五分钟。有时候，他稍有怠慢，杜林立即用它独特的嗓音尖叫，并且把铁笼摇得山响。他听到往往拎着食物飞奔过去。杜林看见他，才慢悠悠地攀援而下，一脸的事不关己。

这时候，他就有些恼火，然后又很沮丧，觉得自己在动物园里的老板，其实是杜林。它只是只猴子。

也不对，确切地说，杜林是一只红颊黑猿。Hylobates gabriellae。这个不知所谓的学名，决定了它的金贵。身为黑长臂猿亚目的唯一物种，红颊黑猿的繁殖率极其低下，当之无愧的濒危动物。

它们的珍稀，也和生活与配偶习惯相关。这种猿猴，一旦成年，便保持着对于配偶忠贞的态度，终身坚守一夫一妻、加上子女的小型家庭结构。所以，与猕猴那种满山遍野、猴王振臂一呼的社会性群居模式截然不同。后者以滥交繁衍的方式，占有了更多的生存资源，也注定了种群的低贱。

因为基因的缘故，即使离开了柬埔寨和越南的老家，红颊黑猿仍然

保留了这种习性。十岁的杜林，与它的配偶 Lulu 已生活了五年，并产下
两头幼猿。抱着挽救物种的愿望，动物园曾作出更多的努力。去年的时
候，他们将一头进入发情期的雌性红颊黑猿玛雅放进了杜林的笼子，企
图造就奇迹。然而，发展并不如他们所想象。一方面，杜林和 Lulu 似乎
没什么困难地接受了玛雅的存在，与它共食同寝，和睦相处。但是，工
作人员很快发现，事实上，这种相敬如宾的态度后，玛雅依然是个局外
人。这对夫妇以不动声色的方式将玛雅排斥在家庭结构之外。情愫暗生
是行不通的。有鉴于此，他们改变了策略。当然这也是出于无奈，因为
目前杜林是园中这个物种里唯一的雄性。他们实行了短期隔离政策，将
杜林和玛雅关在了特别驯养室里。希望独处能速燃它们的干柴烈火。然
而，即便如此，几天之后，玛雅主动示好，杜林依然是不解风情的样
子。玛雅开始表现得焦躁，淑女风范尽失。这时候，杜林很从容地攀到
房间的一角，开始享受曲奇饼和香蕉。

　　于是有科研人员开始怀疑杜林的性能力。对这一点他大概会有发言
权，因为与这只猿猴三年来朝夕相处。杜林对性事的态度，看似并不很
积极，但事实却出人意表。他记得某一个冬天，杜林与 Lulu 一次漫长的
交欢。大约将近一个钟头。尽管在姿势方面，并无甚可圈点之处，但那
份勇猛与投入，却足令人类汗颜。他站在僻静处，看着它们，动作天真
而舒展。于是对它产生了一些敬佩。想起与南茜有一回在他的工作间仓
促的做爱。南茜感到了他的犹疑与心不在焉，因为他心里还记挂着第二
天的公务员考试。那导致了他们最激烈的争吵。

　　是的，的确是在冬天。杜林拥有一种类似于人类的控制力，使得性
事处于宁缺毋滥的状态。这与发情期无关。虽然，如同其他猿猴一样，
它无法控制这时期兽性的生理反应。它站在铁笼的最高处。所有的人，
都可以看到它的阳物，无耻而赤红地挺立着。这为它赢得了很多的观

众。男孩子们往往兴奋地大叫。年轻的母亲试图遮住他们的眼睛，但同时忍不住与同伴交头接耳。但他们也都注意到，杜林出奇地安静。这猴子并无丝毫焦躁，只是安静地站在笼子里，一动不动。他很明白，杜林的性情与本能之间，此时出现了莫名的抽离。他看着这猴子，在人们的喧嚣与指点中无动于衷。用一种淡定明澈的眼神，谛视远方。他就会生出一种荒唐的想法，觉得杜林其实在思考。而且思考的内容，远远大于他的想象。

有一段时间，他将之理解为一种思念。尽管他也不确定，东南亚的空旷雨林，在杜林的头脑中，究竟留存了多少记忆。于是，他就会顺着这个思路想下去，觉得虽是寄居的状态，这只猴子也应该知足。在这个寸土寸金的都市，居大不易。地方永远都不够住。每一任特首的施政报告，都因此招致民怨沸腾。他和自己的父母，蜗居在荔枝角一处唐楼单位，也已近二十年。而这只猿猴，和它的妻儿，却住在这个近两百尺的笼子里，过着悠游的生活。何况，是在中环半山，毗邻西港最高尚的住宅群落。即使论起这动植物园的渊源，也与它的金贵足以相配。公园以北的上亚厘毕道即为昔日港督府的所在地，所以这座公园，被市民们尊称为"兵头花园"。每每想到这里，他也不禁哑然失笑。笑自己地产经纪式的现实想法。他在骨子里，仍然是个世俗而功利的西港人。而杜林，不过是一只猴子。

然而，他现在却知道了，杜林当时或许在酝酿的，是些更为复杂的事情。或许可以说，它的逃逸计划，是蓄谋已久。

他其实非常明白，没有人会相信，一只猴子会打开密码锁。这是天方夜谭。如果假设成立，那其他的灵长类动物，大可以做更为高端的事情。比方参与开发 iPhone5，那还要乔布斯和蒂姆·库克干什么。但是，他还是将这种猜测说了出来。因为，他很确信自己在凌晨离开之前，很谨慎地锁好了笼门。园长居高临下又宽容地笑，觉得他不过在为自己的渎职做虚弱的辩解，将责任推给一只猴子。是的，同样诡异的是，那天的监控器竟然坏了。一切无稽可查。事情的可能性变得确凿。是的，或者是出于无心之失。如果他否认这一点，那么，他就要接受另一种推论。就是，他刻意放走了那只猴子。

这一天的《水果日报》的头版新闻："火星撞地球，智慧马骝重演《偷天陷阱》"。

这个标题，很符合港媒的刻薄与浅薄。《偷天陷阱》是好莱坞红极一时的一部电影。主角是两个骇客级的雌雄大盗。报纸上作为黑体标引的，自然是他的话。报刊档的阿伯盯了他看。他才发现，另一份叫《悠然一周》的杂志封面上登了他录口供时的照片。他觉得自己还挺上相的，除了领子有些褶皱，稍显狼狈。杂志的标题大同小异，只是将电影名改成了《达·芬奇密码》。

他回到家的时候，夜已经深了。母亲一个人倚在沙发上，在看一出粤语残片。这片子他也看过，叫《情海茫茫》。影片里的谢贤还很年轻，与南红在山上远望跑马地、铜锣湾与维港。那时候的维港似乎也宽阔得多，看上去还有些气势。他就坐在母亲身边，同她一起看。后来，父亲也走了出来，坐在另一边。过了一会儿，父亲点起一支烟，又让了一支给他。点上火，爷儿俩就沉默地抽烟。彼此没有说话，都有些小心翼翼。烟抽完了，父亲要起身去拿。却被母亲按住，说，一包还不够？这时候，插播了新闻。不意外地，又看到了他。面对太多的摄像机，他到底还是有些不镇静。还是那些话，他看到自己苍白着脸说出来，眼神有些闪躲，像个无助的孩子。

这则新闻播完，母亲关上了电视。父亲将手里的烟蒂掐灭，力道有些狠。父亲终于说，仔啊。没了这份工，又会怎样？何苦讲大话？

他想起三年前毕业，恰逢世道最不景气的时候。找工作到处碰壁。作为名牌大学的文学系学生，终于放弃了幻想，接受了这份饲养员的工作。父亲说，仔啊。搵唔到工，又会怎样。爸妈养你，何苦去服侍马骝？

他站起身，回到自己房间，关上门。

他快要睡着的时候，接到了南茜的电话。南茜说，你还好吗？他说，还好。南茜说，我要结婚了，这个月底。你能来吗？他说，哦，恭喜你。

南茜说，你能来吗？他说，能。两个人沉默了一下，南茜说，那个事，我相信你说的。

他挂上电话。鼻子酸了一下，一下而已。

现在，他将辞职信很仔细地折好，放进了信封里，封上口。他想，他还是应该去看看杜林。

他站在笼子前面。杜林蜷缩在墙角。认出他，微微地抬一抬眼睛，算是打了招呼。应该是麻药的劲儿还没有过去。

这时候，不知道为什么，他想起了多年前看过的一部小说，是一个日本人写的。这个叫太宰治的人自杀了很多次，最后终于成功了。

他想起了小说中的一句话。

"生而为人，我很抱歉。"

在他这样想的时候，他似乎看到杜林龇牙咧嘴地取笑了他一下，然后伸长了胳膊，回身一荡，跳到笼子顶上的小木屋去了。

姿态很优雅。

二

公　告

　　本公司旗下艺人谢嘉颖（Vivian Tse），因本月中环猿猴逃逸事件受到惊吓，乃至精神失常。日前已送至大青山精神康复中心疗养。鉴于其已缺乏对自我行为能力的基本控制，本公司对其言行所表露的资讯，概不负责。亦请媒体自重。否则本公司对于相关事宜，将诉诸法律手段。

　　特此敬告，以示民众。

寰宇国际娱乐股份（有限）公司

二〇一一年十二月二十二日

　　我没有疯。我知道。

　　我也并没有后悔，打出了那个电话。

　　Edward，你应该知道，我是爱你的。

　　是的，我承认我当时是乱了方寸。我应该打给 999。

　　但是，我真的很怕，你明白吗？

　　当时你正趴在我身上。而它，那只猴子，就站在床角。你看不到它的眼神。很冷，好像要看穿我。你能想象吗，一只猴子，有人一样的眼神。

　　我怕极了，你知道吗？我想让你停下来。可是，你当时正在兴处，你完全没有理会我。它就在你身后，一动不动地，看着你动作。

　　我或许不该叫出声来。这样你就不会猛然回过身。它也就不会受惊，一口咬在你的大腿上。我不知道它咬穿了股动脉。我只看到血呼啦一下涌出来了。

我头脑里只有那个电话号码。

是的，我想都没想就打出去了。我一边抄起那条裙子，用尽气力包扎在你的大腿上，一边拨了那个电话。

那猴子还没有走，它看着我慌慌张张地打电话。它就安静地坐在窗台上，看着我。

你苍白着脸，好像还没意识到发生了什么事情。你的血把那条PRADA 的雪纺裙子，染成了一片鲜红。我没想到这条裙子可以派上这个用场。是的，你没见我穿过，前一天才从巴黎送过来。我原本准备新片发布会的时候，给你一个惊喜。不会，这次绝对不会了。我知道，你最不能容忍的事情，就是我和其他的女明星撞衫。

我听到救护车的声音了。我听到门铃响了。我打开门，看见镁光灯一阵乱闪。

一片空白。

我回过头，却看见那只猴子的眼睛。人一样的眼神。它看着我。它慢慢地站起身，走了两步，掀起窗帘，从窗口跳出去了。

是的，我是自食其果。

别的都不重要了。重要的是你没事，你活过来了。

我是自食其果。大概所有人都这么想，包括你。唔怪之得，现在十几个大刊小报的封面头版上，都是我的脸。超过我当年最风光的时候。有人骂我黐线没大脑。有人说我自演自导"苦肉计"，为了要逼宫。机关算尽，咎由自取。

是的，我为什么要打给 Ann。

我说给你听，你大概会觉得可笑。因为我信她，只信她一个。我信她，胜过信耶稣，信特首，信老板，甚至也胜过，信你。

你知道的，我有几次换经纪人的机会。那年 Maggie 在纽约风生水起。她的经纪人找过我，说我进军国际的时机到了。和他合作，换一张牌，满盘皆活。我笑笑说，不换，Ann 是我的"糟糠之妻"。

没有 Ann，就没有我。

我一个台湾人，只身一人来西港。没背景，没资历，又是落选亚姐。我凭什么有今天。

八年前，我在杜郁风的剧组里做"咖喱非"。那年闹 SARS，天又寒。戏场冷清得很。可是我不想走，因为走了也没地方去。我裹着羽绒衫，坐在化妆室门口抽烟。这时候走过来一个人，戴着大口罩。她打量了我一会儿，说，妹妹仔，我看好你。

这人就是 Ann。

第二天，Ann 签下了我。

有半年，我没做任何工作。Ann 给我找了个老师，苦练广东话。Ann 说，要想红，先过语言关。

半年后，Ann 给我接下了第一个通告。是一部三级片。我犹豫得很，记得还哭了。Ann 说，妹妹仔，你信我，为上位，只接这一套。

Ann 有信用，自此再没接过。因为这部三级片，我红了。

有人说，这部三级片接得很合算。背部裸，未露点。脚湿了湿水，还没入海就上了岸。

可我知道，你恨我拍过这片子。我也知道，你曾经和寰宇的老板交涉，要把片子的原始拷贝买下来。有这部片，我就永远摆脱不了三级女星的头衔。

我也知道，你是爱惜羽毛的人。你和你老婆分居两年。无绯闻，无纠葛。你不想被人说丰信集团的太子爷最后栽在一个三级女星的手里。

可如果没有这部片，哪里有后面的那些试镜机会。视票房为生命的杜大导演又怎么可能给我担正。哪里会有金像奖最佳新人、金马影后、东京电影节最佳女主角？

你，又怎么可能认识我？

那天是我的庆功宴。

曲终人散。你走到我面前。

你说，我是你的影迷。我喜欢你扮的项洛雨。由少演到老，不容易。风尘干练，大情大性。没想到，真人其实是个细路女。

"细路女"三个字，被你说得极温柔。说完，你转身即走。

说起来，如果不是第二天看到狗仔队拍的照片，我还不知道你是谁。

自此后，我一天收到一束黄玫瑰。附一张卡片，上面是我念过的一句台词。

风言风语。Ann 第一次跟我翻了脸。

Ann 说，现在你的人，是公司给的。不是你自己的。

我说，我们合约上写得清楚，五年不恋爱。现在已经过了。

Ann 说，你要现实一点，漫说他只是分居，就是他老婆死了，续弦也得是拿得出手的名门千金。又怎会轮到你？

有一次，你忍不住了，问我，为什么没说过，想要个名分。

我想一想，说，怎么没想过，我想要个名分，是你心里的"细路女"。

你用力搂一搂我，没再说话。

是的，我自生下来，何曾做过别人的细路女。

七岁上，妈死了。爸一个人带我和我弟，打打骂骂过生活。长到十六岁，怀了邻校男生的孩子。退了学。我想留，那男孩的爸妈双双跪在我面前。我跟着他们去打掉了。那个月，人像失了魂。

有天夜里，睡得迷糊，闻到浓浓酒气。醒过来，看见爸红着眼睛，盯着我。他一把掀开我被子。我一惊，跳下床就往外跑，听他带着哭腔喊，为什么别人动得，我自己……

我跑到姑婆家。姑婆抱了我哭，说，走吧，这家留不住你了，走越远越好。

在你以前，没人叫我"细路女"。

我知道 Ann 接到我的电话做了什么。一网打尽，全港的媒体来得这么全，好像是开发布会。我和你一样，没试过血淋淋地被堵在床上。

我知道你爸花了上亿，买了有你入镜的照片。徒留下我一个人，惊慌失措的脸。

我不知道，Ann 和 Sabrina 背后有交易。我和 Sabrina 分别被传与人不合。唯独彼此像是惺惺相惜的姐妹花。本来也没什么不对，何必呢。戏路本就不同。我演我的烈女，她扮她的荡妇。井水不犯河水。

最后一次见 Ann，要我暂时放弃几个广告代言，说是另有打算。我没问为什么。

临走时，她在我耳边轻轻说，Sabrina 需要一个对手，才能水涨船高。现在她起来了，不需要你了。

这回拜天所赐，还顺带灭了你的豪门梦。

毕其功于一役。这么多年。

现在，所有的媒体口径一致，之前说处心积虑要名分，要让你蹚浑水，不好。于是改版本为我走火入魔，被只马骝吓癫，自编自导独角戏。

好，那我就将这独角戏演下去。

只是在这里没观众，没人听，没人看。

外面看不见我，我看得见外面。

外面有条河。你信吗，或许我们没留意过，西港还有这样安静的河。好像我老家高雄的一条河。小时候挨了打，跑出去，我就坐在那河边，直坐到天黑。

不知道那只猴子，现在怎样了。

报纸上写，饲养员说猴子自己开了密码锁逃出来。这故事大概没人会信。不过不知道为什么，我有些相信那男孩的话。

或许因为，我看过它的眼睛。

三

十二月二十日　星期二　多云转阴

　　亚黑，你走了。我知道，是老豆送你走的。我看到他用香蕉把你引出去。我没有出声。

　　你不要怪老豆，他心里也很难过。老豆很不容易，我们家很穷。你吃得又太多了，老豆养不起。

　　等我长大了，就出去揾工。赚钱。赚了钱，我就把你找回来。你要等我呀！！！

这是童童最后一篇日记。

如果不是看到这本日记，他可能至今都不知道，他送那只猴子走的时候，童童其实是醒着的。

他愣愣看着女儿的遗像，细眉细眼，嘴角微微上扬。他看着看着，再次心疼地哭出来了。

这是为给童童申请"行街纸"拍的照片。

童童来西港后还没拍过照。那天天气很好。他跟楼上许家阿婆借了轮椅，推了童童上街。大概很久没有出门了。童童一直在笑，笑得没缘由。见什么都笑，士多店、街心公园、来往的行人和狗。只是看到背了书包下学的孩子，她才沉默了一会儿，远远地看他们。看他们走远了，看不见了，才回过头来。脸上依然是笑的。

到了照相馆，童童却笑不出了，偷偷跟他说，阿爸，我好害怕。他说，乖女，不怕，告诉照相的伯伯，你几岁了？

照相伯伯就问，是啊，小朋友，你几岁了？

童童想一想，说，七岁。

伯伯就明白了，就说，乖啦，伯伯没听清哦，小朋友几岁？

童童回头看一看他，转过身，安静地回答，七岁。

伯伯按下了快门。说"七"的时候，童童嘴角扬起，好像在微笑，露出白白的牙。童童是个好看的小姑娘。

这两排整齐的白牙和笑，是他熟悉的。阿秀也有这样的笑。

阿秀。他在心里念了一下这个名字。

那年是他过西港后第一次回乡下吧。算是他这一世最风光的时候了。乡里人都争相过来看"西港人"。

夜里，他和同宗的老大伯喝酒。老大伯问他成家没。他摇摇头。大伯就说，也该说房媳妇儿了。要不，就在乡下娶一个。西港的女子，恐怕心气儿总要高些。要说过日子，还得找个知根知底的。

第三天，媒人上了门。却也带来了一个人，是个姑娘。那姑娘中等身量，苍黑的脸，并不特别俊。却有双细长的眼睛，平添了几分媚。笑起来，牙齐齐整整。很好看。

他也就动了心。媒人那边，却几天未有动静。他有些心焦，终于央人去问。回话说，他别的都还好，就是看面相年纪太大了些。毕竟人家是个黄花女。

他就有些灰心。这一年，他已经四十八岁了。十几年前"抵垒"，拿到西港身份。为了能出人头地，衣锦荣归，这些年咬了多少回牙，又吃了多少苦，都不在话下。可是，时间却回不了头。这么多年，对他有意思的女人不是没有。可是他心里，总怕让人跟着挨苦，对人不住。男人，总该让自己的老婆过上安稳日子。

这么着，他就想要放弃。媒人却又说，也不是没办法，就看他有没有心。他问怎么个有心法。媒人说，阿秀娘说了，就这一个女儿，要是去了西港，算是远嫁。这辈子都不知见不见得到了。所以一份彩礼是要的，也算提前为她送了终。

媒人就说了个数。他想一想，没吭声。又过了半晌，说，行。

这数目不小，他回去，把在西港开的小五金厂给卖了。他想，只要生活有了奔头，钱能够再挣。何况到时候，就是两个人搭手了。

他热热闹闹地成了亲。女方家的面子也挣够了。他在乡下待了一个月。临走也说，回了西港，紧要把阿秀也办过来。

他们不知道，为了这场姻缘，他拿出了全部身家，万事要从头来过。

他回了以往做过的冻肉厂干活。老同事们都惊奇，说他黐线。何至于为了一个女子，十来年的辛苦打水漂。他傻笑。心里却有盼头和幸福。

一年后老家人来，和他说，阿秀生了个闺女。他笑开了颜，问这问那，老家人脸色却不甚自在。

终于回去，阿秀抱出了小人儿。玉玲珑似的，也是细长的眼。他正欢喜着，阿秀说有事和他说，就打开了襁褓。这孩子的右腿纠结着，是先天畸形。

他愣一愣，抱着阿秀和孩子大哭。发誓要给这娘儿俩好生活。

回去后，他便分外努力，口挪肚攒，挣了钱就往乡下寄。

然而这时候，却赶上了亚洲经济的大萧条。没有了家底的人，更是首当其冲。先是被裁员，他认了命，就去打散工。无非多做些，起早贪黑更辛苦些。

这样久了，积劳成疾，咳个不停。终于有天带出血。去政府医院看，说是染了肺结核，已经很严重。

他就此不能再工作。虽然脸上无光，但还是领了政府的综援。

仍是往乡下寄钱，只是数目愈见少了。他也不敢再回乡，一切无从说起。

终有一日，收到同乡带来的书信。说阿秀改嫁了。孩子现在归他阿娘带。

他心里黯了。出去喝了一夜的酒。第二天对同乡说，要将孩子接来。同乡叹一口气，这话以往说还成，现在你都这样了，拿什么养孩子。西港的生活又这么贵，放在乡下老人身边，总还算有个靠。

又过了几年，老人殁了。

他回去奔丧。族里的人说，你想办法把孩子带走吧。

他走过去，牵了牵这孩子的手。孩子手缩一缩，抬起头看看他，又慢慢地伸过来，放在他的大手上。

这一来，他便有些急火攻心。想着快些将孩子办过来。然而，这些年，因为意志的消磨，对于港府颁行的各种政策已经到了漠然的程度。就找到了一个熟人帮忙，将仅余下的三千块当了酬劳。但竟然所托非人，熟人音信全无，连要命的"出世纸"也弄丢了。他再想一想，终于决定让女儿走自己二十年前的老路，他东挪西借了五千块，央人帮孩子偷渡到了西港。

那天晚上，看着细长晶亮的眼睛，他第一次紧紧拥抱自己的女儿。心底里有些暖。尽管也知道相依为命的日子，将不太好过。

童童是个安静的孩子，寡言少语。

开始，他以为面对这徒然四壁的家和一个陌生的大人，她有些不知所措。后来发现，这安静是出于天性。

甚至于连同对你的好，也是安静的。

因为有这孩子，他不愿再以西洋菜煮粥惯常地生活。有时候，会在周末的时候，到帮佣过的餐厅等着。等到快收工，看人不多了，就走进去，拿一个搪瓷杯，去倒了盘子里客人的剩菜。按理这是不合适的，但部长和服务生，以往都认识，又觉他可怜，便都睁一只眼闭一只眼了。

这样几次，再夜了回到家，就看到童童一瘸一拐地走过来，帮他接过搪瓷杯。他看桌上已摆好的碗筷，还有一煲饭。都说"穷人孩子早当家"，童童似乎又太早。他就有些心酸。

坐定了，他扒了一口饭，看到自己碗底卧着几块完整的叉烧，是这搪瓷杯里的精华。便再也抑制不住，流下了泪来。

这孩子，只是脸上很少会有笑容。因怕被人看见，便不能出门。有时候，趴在窗口上，看外面。直看到天擦黑了，才下来。

社区里终于知道了童童的存在。便有义工上门。他开始很抗拒。后来听说只要主动向当局自首，在议员的协助下便不用坐监，童童还可获入境处签发"行街纸"。有了合法的身份，将来还有可能上学。

他心里便出现了一些希望。

那天他们拍了申请"行街纸"的照片，父女两个回到家里。

就在这时候，他看见了"亚黑"。

他看到这只马骝，正蹲在他们栖身的碌架床上，一动不动地看着他。

他也是第一次看到体型这么庞大的猴子。

他从来没有这样恐惧过。并不是因为这猴子，而是，他看到童童已经走到了猴子的面前，对它伸出了手。

他不敢叫，也不敢上前，他担心自己任何一个举动会激怒猴子，情急下伤害自己的女儿。

他看着童童柔软的小手，放在了它额前的一撮毛发上，抚摸了一下。

他看到，猴子微微舒展了长满了皱纹的脸，发出轻声呻吟。

在这一刹那，他觉得这猴子的面相，有些像自己。

这时候，童童回过头看他，脸上有惊喜的笑。

他想，他决定留下了这只猴子，或许只是为了将女儿这一整天的笑容，留到晚上。

童童和猴子对视了一会儿，打开了手上的纸袋，掏出一块老婆饼。

猴子并没有怎么犹豫，迅速地拿过来。

他笑一笑，同时有些好奇地注意猴子下面的举动。他似乎并没有因为女儿的慷慨而不适。尽管这块点心，对他们父女而言，已经是需要咬一咬牙的奢侈品。

猴子并没有塞进嘴里狼吞虎咽。它轻轻咬了一口老婆饼，也许是出于谨慎。很快，它加快了咀嚼的频率。他猜想它应该是饥饿的。然而，仍然控制着咬食的速度，使它的样子不至于太像个老饕。他想起了大帽山上漫山生长的猕猴，有关它们时常有一些新闻，多半是控诉这些野生的动物袭击游客，强取食物的行径。相较之下，这只猴子简直是绅士了。

他于是也掰下一根刚买的香蕉。其实是街市收摊前卖剩的尾货，熟得已经过了头，有些发软，现出铁锈般不新鲜的颜色。

猴子看一看，接过来，熟练地将香蕉皮剥下来。然后开始认真享用。它神情的淡定自若，的确令人叹为观止。

童童惊奇地看它，又望一望自己的父亲，再次咯咯地笑起来。

猴子看着童童笑，也咧开了嘴巴，露出了有些发黄的牙齿与苍红色的牙龈。父女两个便知道，它应该是快乐的。

这时候，它把香蕉皮丢在一边，突然展开修长的手臂，一躬身，做了一个倒立的动作。这样也暴露了它红色的屁股。它就这样倒立着，在碌架床上转了一个圈，床上的木板就发出咯吱咯吱的声响。

他知道它在取悦他们父女，作为友善的回报。

这是一只懂得感恩的猴子。

这猴子似乎不知疲倦，在床上转了一圈又一圈，好像上了发条的机器。

"亚黑"。童童说，阿爸，我想叫它"亚黑"。

他点点头。

童童便再次叫，亚黑。

猴子这时候，停下来。它伸开胳膊，抓住床上铁栏杆，使劲一荡，到了童童身边。

亚黑。童童放大了声量。猴子轻轻地叫了一下，声音好像初生婴儿的啼哭。

晚上，他走到床跟前，为童童盖好被子。

亚黑睡在童童的脚边，只抬了一下眼睛，眼神里并没有什么内容，就又闭上。它睡觉的样子，将自己蜷成一团，也如同婴儿。

在暗沉的灯光底下，他也坐下来。听着女儿与亚黑发出均匀的呼吸的声音。突然觉得，他们好像一家人。

已经很久没有这种感觉了。他曾经的理想，或许也就是在这样一个夜晚，有一个能坐在一起、相依为命的三口之家。

这样坐了很久。他站起身，抽出白天买的报纸。

家里没有收音机与电视，这是他每天获取资讯的唯一方式。而这资讯并非港闻大事，却也关乎生计。报纸上经常有些超市打折的消息，还有些优惠的印花贴纸。他便如同很多过日子的阿婆，仔细地剪下来，放在鞋盒里备用。

他戴上老花镜，举起剪刀。就在这时，一幅图片赫然进入视线。图片上是一只黑色的猴子。这是一则安民启事，说得十分明白。西港动植物园走失了一只红颊黑猿，估计在西环与上环一带活动。请广大市民不必恐慌，该猿类为国家级保护动物，生性温和，通常情形下不会伤害人类。如有市民知情，请迅速与警署联络。

他手抖了一下，回头看一眼亚黑，顿时警醒，并倏然紧张起来。他想起，自己的行为，似乎与窝藏相关。如今在议员的帮助下，刚刚获得赦免。如果再有新的案底，恐怕再无生天。那么他们父女两个的将来……

想到这里，他头上已经冒出了密集的汗珠。

他走到了床边，举起了一根香蕉。

亚黑条件反射一样，睁开了眼睛，并咧了一下嘴。他退后了一下。亚黑坐起来，看着他。

他又往后走了几步。亚黑跳下床，亦步亦趋。抬起头，还是看着他。

他看着亚黑毫无戒备的眼神，忽然间心里有些痛。

但脚下的步子，却快了很多。

他打开了门，走出去。

亚黑也跟出去。就这么对面站着，渐渐都适应了暗黑的光线。亚黑轻轻地叫唤，好像婴儿的声音。

他将香蕉放在地上。亚黑捡起来，剥了皮，低下头，一口一口咬下去。

他闪进房间，将门关上了。

他将耳朵贴在门上，听见了几声急促的叫声，很轻。接着，是身体摩擦门的声音。他知道，它想要进来。

他几乎在这时候打开了门，却想起了什么，将门的保险锁按下去了。

第二天，他告诉童童，亚黑从窗户跳走了。

童童看看他，又看看窗子，没有说话。再抬起头，已经没有了笑。

他心里默默祈祷，希望亚黑能快点被人找到，回到属于它的地方。

那时候，他可以带童童去动植物园。他似乎看到了女儿与亚黑重逢时，惊喜绽放的笑容。

他们父女二人再次看到亚黑，是在第三天的中午。

当时，他正在街市里，为一副猪肝，与"猪肉祥"讨价还价。

这时候响起了枪声。

他看到街对面康乐中心的楼顶，有一团黑色的毛茸茸的东西，晃动了一下，从排水管道上跌落下来。

他张着嘴巴，愣了神。过了许久，才想起身边的女儿。

这时候，他看到童童向着街对过奔跑过去，一瘸一拐地。而同时，一辆货柜车呼啸而过。

车身遮住了他的视线。

一些穿制服的人，大声地喊着什么。他听不懂。

突然，他什么也听不见了。

四

新闻稿

（综合报道）（星港日报报道）日前于本港动植物园走失的红颊黑猿，终被捕获。市民报警，有黑色"甩绳马骝"在西环坚尼地城一带盘桓。警方与消防员接报赶至，见硕猿在西区德福道嘉惠阁露天停车场活动，因其行动敏捷，无法接近，警员只能充当"狗仔队"进行跟踪监视，同时要求渔护署人员和兽医前来协助捕捉。

中午近一时，渔护署人员与兽医赶至。硕猿已逃至西区康乐中心楼顶，兽医遂在距离二十米处，向它发射麻醉枪。其中枪跌落后仍爬上山坡棚架欲逃走，但因药力发作，约十分钟后手脚疲软躺下。

兽医将其放入兽笼，以手推车送至公园兽医室，经检验无恙。稍后，麻醉药力消散，被送返栖身铁笼，"逃狱"五十六小时后才与妻儿团聚。

逃逸期间，此"甩绳马骝"曾大闹中半山豪宅区，此地区多商贾名流和明星居住。据闻旧山顶道七号金陵阁一谢姓女星，因受到该猿滋扰，惊吓导致精神失常，已送至大青山康复中心休养。

此为西港动植物公园第三宗涉及猿猴案件。最严重一宗乃二〇〇二年八月二十六日，公园内一头三十岁雄性红颊黑猿，抓伤在笼内清洁的女工右肩。

（本报记者　袁午清　2011 年 12 月 22 日）

稿子总算发出去了。真搞不懂，西港人为了一只猴子，也要长篇累牍地跟踪报道了三天。黐线。

不是为了阿玉，我大概不会选择留在这里工作。也不知道她什么时候才能拿到博士学位。

在这里，作为一个媒体人的理想，大概要一天天地磨掉了。想当年刚入行，在《国民日报》做见习记者，已经在国际要闻部跟着外交大佬们作随访。现在倒好，上礼拜陪了渔护署去界限河抓被人弃养的鳄鱼，今天又要伙着西区警署的人去逮马骝。这世道，真是畜生比人金贵了。

出了报馆，突然觉得蚀心地饿。想街角有间久负盛名的小餐厅，还未帮衬过。就走进去。点了一个萝卜牛腩粉。汤头很好，味道浓厚。结账时，还是传统的派头。老伯慢悠悠地收钱，找钱。拿出簿子记下账数。

合上簿子，见面上贴了张白纸，上面写了四个字：死亡笔记。

我笑一笑，走出门去。

抬起头，一天灿烂的好星。